UWE KLAUSNER

Sisis letzte Reise

UWE KLAUSNER

Sisis letzte Reise

Historischer Kriminalroman

Immer informiert

Spannung pur – mit unserem Newsletter informieren wir Sie
regelmäßig über Wissenswertes aus unserer Bücherwelt.

Gefällt mir!

Facebook: @Gmeiner.Verlag
Instagram: @gmeinerverlag
Twitter: @GmeinerVerlag

Besuchen Sie uns im Internet:
www.gmeiner-verlag.de

© 2018 – Gmeiner-Verlag GmbH
Im Ehnried 5, 88605 Meßkirch
Telefon 0 75 75 / 20 95 - 0
info@gmeiner-verlag.de
Alle Rechte vorbehalten
2. Auflage 2022

Lektorat: Claudia Senghaas, Kirchardt
Herstellung: Mirjam Hecht
Umschlaggestaltung: U.O.R.G. Lutz Eberle, Stuttgart
unter Verwendung eines Fotos von: © https://commons.wikimedia.org/
wiki/File:Josef_Arpád_von_Koppay_-_Kaiserin_Elisabeth_von_Öster-
reich_auf_den_Stufen_des_Achilleons.jpg
Druck: CPI books GmbH, Leck
Printed in Germany
ISBN 978-3-8392-2261-4

Personen und Handlung
sind zu Teilen fiktional

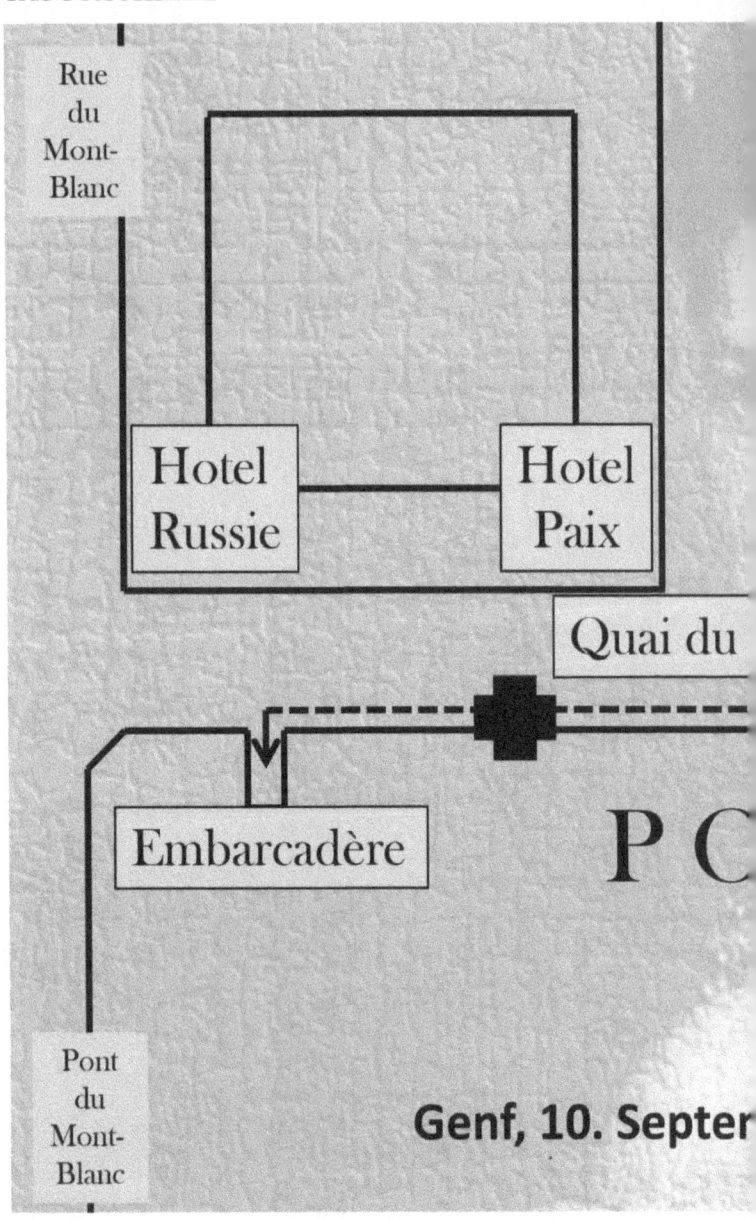

6

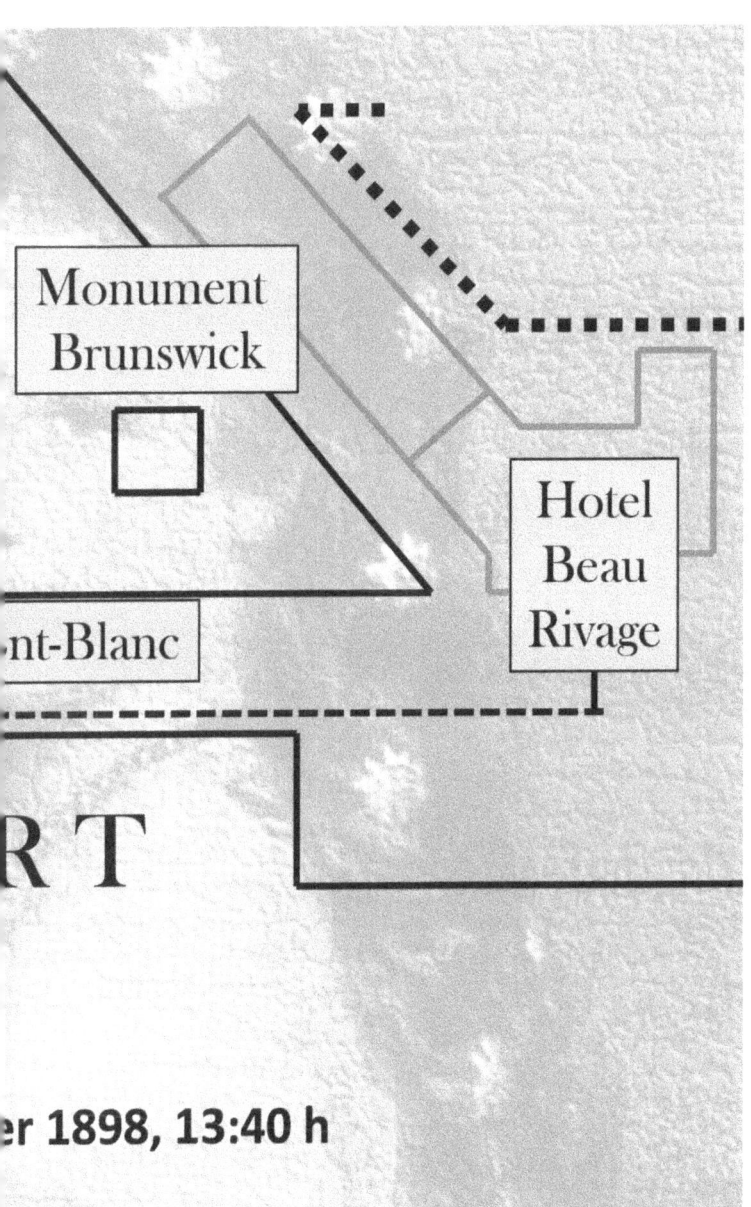

Monument
Brunswick

Hotel
Beau
Rivage

nt-Blanc

RT

er 1898, 13:40 h

Kaiser Franz Joseph I.
an seine Frau Elisabeth, genannt »Sisi«
(10. September 1898):

Adieu, schöner, guter, süßer Engel. Dein Kleiner.

Der Brief erreichte die Kaiserin nicht mehr.

REALE CHARAKTERE

(in alphabetischer Reihenfolge)

Elisabeth, genannt »Sisi« (1837–1898), Kaiserin von Österreich und Königin von Ungarn

Jean Fernex, Direktor des Évêché-Gefängnisses in Genf

Luigi Lucheni (1873–1910), italienischer Hilfsarbeiter und Attentäter

Irma Sztáray, Hofdame der Kaiserin Elisabeth

FIKTIVE CHARAKTERE

(in alphabetischer Reihenfolge)

Auguste Beaulieu, 27, Privatermittler und Konzertpianist

Dr. Max Burgstaller, Rechtsanwalt

Justine Delacroix, Inspizientin am Grand Théâtre de Genève

Mademoiselle Filigran, Beaulieus Vermieterin

Urs Lienhard, Chefredakteur der ›Tribune de Genève‹

Maurice Lupin, Kriminalkommissar

Inès Mirabeau, genannt »Schneewittchen«, Amüsierdame in Madame Passepartouts Etablissement

Cesare Vittorio Emanuele Monteverdi, 28, Redakteur bei der ›Tribune de Genève‹ und Beaulieus ehemaliger Schulkamerad

Mademoiselle Papillon, Lienhards Sekretärin

Madame Passepartout, Bordellbesitzerin und Beaulieus Confidante

Raymond Pelletier, Prokurist bei der ›Crédit de Genève‹

Jean-Jacques Vannod, Gefängniswärter

Hugo Villefranche, Gendarmerie-Obermeister und Lupins Mann fürs Grobe

Des Weiteren:

Ein **Kutscher**

VORBEMERKUNG

Um die Authentizität zu wahren, wurden die französischen Begriffe u. a. bei Ortsbezeichnungen, Eigennamen und feststehenden Begriffen so weit als möglich beibehalten. Auch auf Anführungszeichen wurde in den genannten Fällen verzichtet.

»In ihren Dichtungen sah sie (Elisabeth) sich meist als Feenkönigin Titania. Die erfolglosen Verehrer wurden als Esel dargestellt – wie im »Sommernachtstraum«, Elisabeths Lieblingsstück. In jedem Schloss, das die Kaiserin bewohnte, befand sich ein Bild Titanias mit dem Esel. (…)

Immer wieder beklagte sie Titania, die nie Erfüllung in der Liebe fand.«

Nur ich, die schier wie Verfluchte,
Ich Feenkönigin,
Ich find nie das Gesuchte,
Nie den verwandten Sinn.

(zit. bei Brigitte Hamann, *Elisabeth. Kaiserin wider Willen.* Wien – München 1982, S. 397)

ERSTES BUCH

GENF, 19. OKTOBER 1910

PROLOG

1

Jean Fernex, Direktor des Évêché-Gefängnisses, an den Polizeipräsidenten von Genf

»Oh mon Dieu, was ist denn hier los?«

»Der italienische Bastard hat sich erhängt, das ist los!«, platzte ich heraus, riss Vannod die Lampe aus der Hand und leuchtete dem Häftling aus Zelle 68 ins Gesicht. Kein Zweifel, um den Hurensohn war es nicht schade. Kein Mensch würde ihm auch nur eine Träne nachweinen. Und ich selbst am allerwenigsten. Nun ja, mit seinem Anblick war das freilich so eine Sache. Gliedmaßen wie ein Gnom, die Gesichtspartie grotesk verfärbt, unförmige Nase, geblähte Nüstern, hervorquellende Augen, Zunge wie ein Reptil. Kurzum, nichts für Ästheten. Und schon gar nichts für Leute mit schwachen Nerven. Etwa für einen Waschlappen wie Vannod, der wie ein Klageweib mit den Armen herumfuchtelte. »Oder denken Sie, er macht das nur zum Zeitvertreib?«

Na schön, ich gebe es zu. Es gehört sich nicht, über Tote herzuziehen. An der Tatsache, wer da von der Decke der Dunkelzelle baumelte, änderte dies jedoch nichts. Hatte mir dieser Querulant doch mehr Scherereien gemacht als sämtliche Knastbrüder zusammen. Andauernd Streit anfangen, die Zelle verwüsten, am Essen herummeckern und das Personal und mich auf das Übelste beschimpfen. Dass ich ihm das nicht durchgehen ließ, wird man ja wohl verstehen. Andernfalls hätte ich mich zum Gespött gemacht. Und so gab es nur einen Ausweg, nämlich drei Tage Dunkelarrest. Viel genützt hat diese Maßnahme leider nicht, und wenn ich ehrlich bin, ich wusste es schon im Voraus. Von daher hielt sich meine Trauer über sein Ableben in Grenzen.

Eins war von vornherein klar. Bei meinen Vorgesetzten würde die Nachricht wie eine Bombe einschlagen. Daran anschließend würden sich die hohen Herren auf die Suche nach dem Schuldigen für das Malheur begeben. Fast zwangsläufig würde dabei die Gefängnisleitung ins Visier geraten – also ich. Frei nach dem Motto: »Tritt nach unten, damit du obenauf bleibst.«

»Nein, Monsieur le Directeur, natürlich nicht.« Selbstmord in der Dunkelzelle. Schlimmer ging es wirklich nicht. Und dann auch noch Vannods Gewinsel, einfach zum Davonlaufen. »Wie konnte das bloß passieren!«

»Das frage ich Sie, Vannod.« Und das ausgerechnet mir, wo ich doch weiß Gott schon genug Probleme am Hals hatte. Und jede Menge Widersacher, die nur darauf warteten, mir eins auszuwischen. Allen voran die Reporter, meine Intimfeinde schlechthin. Eine Schande ist das, kaum zu glauben, was sich die Schmutzfinken vom Journal herausnehmen. Von nichts eine Ahnung, aber große Reden schwingen und kein gutes Haar an meiner Amtsführung lassen. Wirklich unerhört, die sollten sich was schämen. Ein Gefängnis ist schließlich kein Erholungsheim, auch wenn die Herren von der Presse das anders sehen. An manchen Tagen geht es hier zu wie im Irrenhaus, das kann ich mit Fug und Recht versichern. »Verdammt, wie stehen wir jetzt bloß da!«

Dass Häftlinge durchdrehen, ist weiß Gott nichts Neues. Wer könnte es den armen Teufeln verdenken. Aber wie man die Ruhe besitzen und bis zuletzt Arien schmettern kann, das will mir partout nicht in den Kopf.

Apropos Oberstübchen. Ganz richtig im Schädel war der Kerl ohnehin nicht gewesen. Und das ist noch zuvorkommend ausgedrückt. Wer, frage ich mich, macht sich die Mühe und kritzelt ein Heft nach dem andern voll, um sein verpfuschtes Leben auszubreiten. Antwort: einer, der mit der Realität auf Kriegsfuß steht. Der sich einbildet, Großes vollbracht zu haben.

Ein Wirrkopf, der um keinen Preis in Vergessenheit geraten möchte.

Nun ja, was das anging, konnte Lucheni beruhigt sterben. Der Platz in den Geschichtsbüchern war ihm sicher, so gut wie jedenfalls. So sicher wie eine Fahrkarte in die Hölle. Einfach, versteht sich. Schließlich hatte er die Kaiserin von Österreich auf dem Gewissen, wodurch der Herumtreiber zu zweifelhafter Berühmtheit gelangt war. Vor zwölf Jahren hatte der Fall ganz Genf in Atem gehalten und für jede Menge Schlagzeilen gesorgt. Attentat auf die legendäre Sisi, dereinst schönste Frau der Welt, am helllichten Tag, vor den Augen zahlreicher Passanten, begangen von einem ruchlosen Anarchisten: Das war der Stoff, aus dem die fünfstelligen Auflagen gemacht waren. Der Stich war mitten durchs Herz gegangen, wie durch Papier, um es bildhaft auszudrücken. Anders als erwartet hatte Lucheni jedoch keine Reue gezeigt und sich im Gegenteil mit der Tat gebrüstet. Er habe ein Zeichen setzen und mit seiner Tat für Aufsehen sorgen wollen. Merkwürdige Begründung, nicht wahr? Auf einen Aristokraten mehr oder weniger komme es ja wohl nicht an. Von einem Tatmotiv, so der bekennende Anarchist, könne im Übrigen keine Rede sein. Er, Lucheni, sei darauf aus gewesen, einen

Prominenten zu töten, wen genau, habe keine große Rolle gespielt. Je bedeutsamer, desto größer das Aufsehen, nur das habe in diesem Moment gezählt.

Das hatte er jedem gesagt, der es hören wollte. Immer und immer wieder, bis zum Überdruss. Auch wenn er nicht müde wurde, dies zu betonen, beim Untersuchungsrichter hatte er damit nicht landen können. Der allseits geschätzte und als überaus kompetent geltende Monsieur Léchet war nämlich nicht nur skeptisch, sondern von der Idee einer weitverzweigten Verschwörung geradezu besessen gewesen. Allein, er war den Beweis für die These schuldig geblieben, auch wenn er Himmel und Hölle in Bewegung gesetzt hatte, um den verlausten Makkaronifresser zu überführen.

Excusez-moi, soll nicht wieder vorkommen. Ein Mann in meiner Position sollte sich im Griff haben. Wäre dem nicht so, hätte er den Beruf verfehlt. Auch wenn er wie ich noch nicht lange im Amt ist, besitzt ein Gefängnisdirektor Vorbildfunktion. Sonst darf er sich nicht wundern, wenn ihm die Ganoven auf der Nase herumtanzen. Männer vom Schlage eines Lucheni, die es hier gleich dutzendweise gibt, brauchen die harte Hand. Wer etwas anderes behauptet, weiß nicht, wovon er redet.

»Und was nun, Herr Direktor?«

»Das frage ich mich auch, Vannod.« Kein schöner Anblick, so ein Erhängter. Und dann erst die Ratten, von denen es nur so wimmelte. Der Geruch nach ihrem Kot, Schimmel und abgestandenem Schweiß. Die beklemmende Enge, die in der zwei auf drei Meter großen Dunkelzelle herrschte. Vom Gestank, der aus dem Abortkübel drang, nicht zu reden. Kein Wunder also, dass beinahe jeder, der hier landete, binnen Stunden aus dem letzten Loch pfiff.

So gut wie jeder, nur dieser Lucheni nicht.

Zwölf Jahre lang hinter Gittern, acht hier und der Rest in Saint-Antoine. Nicht gerade viel, wenn man bedenkt, was der Halunke auf dem Kerbholz hat. Beziehungsweise *hatte.* Wird auf Kosten der Allgemeinheit durchgefüttert, wo er es verdient gehabt hätte, einen Kopf kürzer gemacht zu werden. So gut wie der hätte ich es einmal haben sollen. Wenn *ich* am Ruder gewesen wäre, dann hätte er sich auf was gefasst machen können. Dann hätte ich sämtliche Hebel in Bewegung gesetzt, dass er an die Österreicher ausgeliefert wird, juristische Spitzfindigkeiten hin oder her. Und selbst wenn es im Kanton Genf keine Todesstrafe gab, es wäre ein Leichtes gewesen, das Problem aus der Welt zu schaffen. Ein für alle Mal. Aber nein – die Herren in Bern wissen ja immer alles besser. Schlugen sämtliche Ratschläge in den Wind, bestanden auf Einhaltung der Paragrafen. Wo kämen wir da hin, wenn sich jeder, dem es in den Kram passt, darüber hinwegsetzen könnte. Was Recht ist, muss auch Recht bleiben – basta.

Und was, bitte schön, kam dabei heraus? Die Subalternen, allen voran meine Wenigkeit, durften die Suppe auslöffeln.

Wie immer.

»Eins ist ja wohl klar, Monsieur le Directeur: Wir können ihn da nicht hängen lassen.«

»Was Sie nicht sagen, Vannod! Darauf wäre ich nun wirklich nicht gekommen.« Irgendwann in nicht allzu ferner Zukunft wird mich der Hohlkopf von Wärter in den Wahnsinn treiben. Das ist so sicher wie das Amen in der Cathédrale Saint-Pierre. Es sei denn, ich finde jemanden, der mich protegiert. Dann wäre ich fein raus, und das Geschwätz dieses Tölpels bliebe mir erspart. »Na dann mal los, Herr Kollege – nur keine Müdigkeit vorschützen!«

»Ich weiß nicht recht, Herr Direktor«, gab Vannod zu bedenken und knetete seine Trinkernase, was er immer dann tat, wenn er Fracksausen bekam. »Aber finden Sie nicht auch, wir sollten zuerst den Polizeichef benachrichtigen?«

»Und weswegen?«

»Deswegen!«, versetzte Vannod und deutete auf den Erhängten, der mir wie ein Grimassen schneidender Kobold erschien. Mir zumindest war das Lachen vergangen, und ich hätte aufgeatmet, wäre mir der widerwärtige Anblick erspart geblieben. Und die Scherereien, die mir ins Haus standen, mit dazu. »Schöne Bescherung, finden Sie nicht auch?«

Oh ja, das fand ich auch, wenngleich ich so tat, als ob ich die Frage überhört hatte. Vorausgesetzt, die Presse bekam Wind von der Sache, dann würde ich selbigen von vorn bekommen. In dem Punkt gab ich mich keinen Illusionen hin. »Ich frage mich, wie er das zuwege gebracht hat.«

»Mit Verlaub, Monsieur le Directeur: Hier sind schon ganz andere Dinge als ein Lederriemen reingeschmuggelt worden.«

»Aber nicht mit derart fatalen Konsequenzen, hab ich recht?«, gab ich zurück, irritiert durch die Unverblümtheit, mit der Vannod den Finger in die Wunde legte. Und angeekelt durch die feuchte Aussprache, mit der er sie garnierte. »Sind Sie so gut und tun mir einen Gefallen, Vannod?«

»Selbstverständlich, Monsieur le Directeur.«

»Behalten Sie Ihre Weisheiten für sich, auf die Tour macht man sich keine Freunde.«

Der Fettwanst antwortete mit einem devoten Nicken.

»So, und jetzt trommeln Sie Ihre Kollegen zusammen, damit sie Ihnen zur Hand gehen können«, fügte ich im

Kommisston hinzu, wodurch ich meinem Ruf als Napo-
leon-Verschnitt einmal mehr alle Ehre machte. »Allez vite,
sonst mache ich Ihnen Beine!«

Allein mit dem Leichnam des Mannes, der wie kein
anderer für Schlagzeilen gesorgt hatte, wurde ich von
schleichendem Unbehagen gepackt. Die Petroleumlampe
in meiner Hand begann zu zittern, und je länger ich über
die Konsequenzen der Geschehnisse nachgrübelte, desto
unwohler wurde mir in meiner Haut. Die Fragen, um die
meine Gedanken kreisten, waren stets die gleichen: Aus
welchem Grund schmetterte jemand lauthals Arien, wenn
er sich kurz darauf mit einem Lederriemen erhängte? Und
wie in aller Welt hatte Lucheni es geschafft, die Gitterstäbe
des Oberlichtes zu erreichen, um sein Vorhaben in die Tat
umzusetzen? Etwa mit Hilfe eines Komplizen, der in seine
Pläne eingeweiht gewesen war?

Beim Gedanken an eine weitere Variante, die mir im
Angesicht des Leichnams in den Sinn kam, lief es mir eis-
kalt über den Rücken.

Gedanken, die ich jetzt, da ich dies niederschreibe, lieber nicht zu Papier bringen möchte.

Schweizer, Ihr Gebirg ist herrlich / Ihre Uhren gehen gut; /
Doch für uns ist höchst gefährlich / Ihre Königsmörderbrut.

(Gedicht der Kaiserin Elisabeth, zit. bei Brigitte Hamann,
Elisabeth. Kaiserin wider Willen, Wien – München 1982,
S. 598)

GENF, 9. SEPTEMBER 1898

EINS

2

NACHRUF (I)

Irma Gräfin Sztáray, 34, Hofdame und Vertraute der Kaiserin Elisabeth, an ihre Mutter

»Eins weiß ich gewiss, Gräfin: Die Stunde, in der meine Seele gen Himmel fährt, ist nicht mehr fern.« Auch wenn es mir das Herz zerriss, die Kaiserin sollte recht behalten. Schon am darauffolgenden Tag, auf die Minute genau 24 Stunden später, traf die unheilvolle Prophezeiung ein. Und was das Schlimmste war, meine Herrin starb eines gewaltsamen Todes, von der Hand eines Meuchelmörders, der nicht zögerte, sein Vorhaben in die Tat umzusetzen.

Gewaltsam zwar, doch ohne erkennbare Qual.

Ein schwacher Trost, werden Sie vermutlich sagen. Und das, wie ich meine, mit Fug und Recht. War ich selbst doch im entscheidenden Moment wie gelähmt, außerstande, das Unheil in letzter Sekunde abzuwenden.

Zufall oder nicht, die Prophezeiung hat mich nicht mehr losgelassen. 15 Monate ist es jetzt her, dass meine Herrin Opfer einer Bluttat wurde, die in den Annalen des Hauses Habsburg ohne Beispiel war. Und doch vergeht kein Tag, an dem ich die Szene am Quai du Mont-Blanc nicht vor Augen habe, so sehr die Erinnerung auch schmerzen mag. Auch frage ich mich, ob alles genauso kommen musste, wie es kam, ob es sich um eine Laune des Schicksals oder um das Werk einer höheren Macht handelte, der es gefiel, den Stab über meine Herrin zu brechen.

Schicksalhafte Fügung oder nicht, ich selbst bin gewiss nicht frei von Schuld. Habe ich doch tatenlos zugesehen, wie das Kaninchen auf die todbringende Schlange.

Die Stunde, in der meine Seele gen Himmel fährt, ist nicht mehr fern. Bisweilen kommt es mir so vor, als seien die Worte gerade erst verklungen. Und doch sind genau ein Jahr, drei Monate und 20 Tage ins Land gegangen. An der Tatsache, dass sie mir nicht mehr aus dem Sinn gehen, wird dies jedoch nichts ändern.

Auch an den Ort, an dem die Kaiserin ihr Innerstes preisgab, erinnere ich mich noch genau. Man schrieb den 9. September 1898, und die Baronin Rothschild war so freundlich gewesen, die Kaiserin und mich auf ihr Schloss einzuladen. Dort wurden wir auf das Herzlichste begrüßt, unter falschem Namen, um Unannehmlichkeiten zu vermeiden. Was folgte, war ein Déjeuner á trois, bei dem selbst Könige vor Neid erblasst wären. Julie Rothschild, Gastgeberin mit ausgeprägtem Hang zur Extravaganz, hatte es an nichts fehlen lassen, um die Gunst der Kaiserin zu gewinnen. Und so saßen wir drei im Speisesaal, umsorgt von livrierten Lakaien, die uns jeden Wunsch von den Augen ablasen. Anders als sonst, wo ihr jedes Gramm zu viel die Laune verdarb, verschwendete die Kaiserin keinen Gedanken an ihre schlanke Linie und aß mit ungewohntem Appetit.

Unter uns gesagt, alles andere wäre einem Affront gleichgekommen. Auch ich konnte den Köstlichkeiten nicht widerstehen, angefangen mit Becherpasteten, über Forellen aus dem Bourget-See, Rindsfilet mit Gemüse, Geflügelmousse, Rebhuhn in Gelee, Biskuit in Zitronensaft und Schokoladensandkuchen, bis hin zu Eiscreme in den Farben Grün-Weiß-Rot, eine Hommage an Ungarn, die meine Herrin beinahe zu Tränen rührte. Nahm doch das Land der Magyaren einen besonderen Platz in ihrem Herzen ein, trotz der Kritik, die sie allenthalben erntete.

Kurz und gut, die Baronin hatte an alles gedacht, sogar an ein Orchester im Nebenraum, das wehmütige italienische Volksweisen intonierte. Auch die prachtvoll gedeckte Tafel sowie das Silberbesteck, die Gläser aus Bergkristall und das Geschirr aus Altwiener Porzellan ließen keine Wünsche offen. Besonders erfreut zeigte sich die Kaiserin über die weißen Orchideen, mit denen der Platz des hohen Gastes drapiert worden war. Aufmerksamkeiten wie diese verfehlten ihre Wirkung nicht, zumal es sich um ihre erklärten Lieblingsblumen handelte.

Am Ende des opulenten Mahls tat dann die Kaiserin etwas, das sie, wenn überhaupt, nur höchst selten zu tun pflegte. Sie griff nach dem Champagnerglas, ließ sich einschenken und brachte einen Toast auf das Wohl unserer Gastgeberin aus. Vor aller Augen, so frohgemut wie schon lange nicht mehr.

Das Beste, so man das Wort überhaupt in den Mund nehmen konnte, stand uns jedoch noch bevor. War das Déjeuner einer Kaiserin von Österreich wahrhaft würdig gewesen, so übertraf der Schlosspark sämtliche Erwartungen. Gewächshaus reihte sich an Gewächshaus, Rosenbeet an Rosenbeet, Zierteich an Zierteich. An den Volieren und ihren buntgefiederten Bewohnern konnte sich die Kaiserin ebenso wenig sattsehen wie an den Aquarien, bewohnt von Lebewesen, wie zumindest ich sie noch nie zu Gesicht bekommen hatte. Apropos Lebewesen. Stachelschweine, wenngleich zahm, sind bestimmt nicht jedermanns Sache.

Doch auch hier zeigte sich die Kaiserin von ihrer jovialen Seite, wie so oft, wenn wir in trauter Runde beieinandersaßen.

Und dann erst das Orchideenhaus, vor Entzücken verschlug es uns die Sprache. So viele Blüten auf engstem Raum, so viele Farnkräuter, exotische Pflanzen und Orchideenarten habe selbst ich, die ich an der Seite meiner Herrin die halbe Welt bereiste, nirgendwo zu Gesicht bekommen. An keinem Ort war ich auf eine derart überbordende Farbenpracht gestoßen, von der subtropischen Vegetation ganz zu schweigen. Die Gewächshäuser, der weitläufige Park, der sorgsam gepflegte Rasen, so weich wie grasfarbene Seide, die hoch aufragenden Zedern, die Schatten spendenden Grotten, die Skulpturen antiker Heroen – alles Dinge, von denen die Kaiserin nicht genug bekommen konnte. Mir war, als wandelten wir durch den Garten Eden, und ich hoffte, der Tag der Wunder würde niemals enden.

Dass der Tag des Grauens seine Schatten bereits vorauswarf, konnte ich nicht ahnen. Dementsprechend groß war mein Schrecken, als die Kaiserin auf ihren Tod zu sprechen kam. Die gute Stimmung, in der wir uns befanden, war natürlich dahin. Die Baronin und ich taten zwar, als sei nichts gewesen, waren jedoch zutiefst bestürzt.

Um es vorwegzunehmen: Ich kann mir den Stimmungsumschwung nicht erklären. Der Ehrlichkeit halber sei betont, die Kaiserin litt unter Depressionen. Gründe dafür gab es genug, zu viele, als dass ich ins Detail gehen könnte. Im Endeffekt war es jedoch ihre Schwiegermutter, die den Stein ins Rollen brachte. Wobei die Tatsache, dass Erzherzogin Sophie zugleich ihre Tante war, die Situation noch verschärfte. Einzig der Kaiser, der auf den Rat seiner Mutter großen Wert legte, hätte sie bereinigen können. Zum

Leidwesen der Kaiserin hielt er sich jedoch aus allem heraus, mit fatalen Folgen, wie allenthalben gemunkelt wurde.

Ich spreche zwar ungern darüber, bin aber der Meinung, dass die Ehe zwischen Cousin und Cousine von Anbeginn zum Scheitern verurteilt war. Um es mit den Worten meiner Herrin auszudrücken: »Die Ehe ist eine widersinnige Einrichtung. Als fünfzehnjähriges Kind wird man verkauft und tut einen Schwur, den man nicht versteht und dann 30 Jahre oder länger bereut und nicht mehr lösen kann.« Was meine Eindrücke betrifft, kann ich dem nur beipflichten. Am Tag ihrer Verlobung, als der Kaiser den 23. Geburtstag feierte, war die Kaiserin 15, bei der Hochzeit 16 und bei der Geburt ihrer ältesten Tochter gerade einmal 17 Jahre alt. Und mit 20 bereits dreifache Mutter, das sei der Vollständigkeit halber hinzugefügt. Ich finde, das muss man erst einmal verkraften. Vorausgesetzt, die Betreffende ist dazu imstande. Und wenn wir gerade von Durchhaltevermögen sprechen: Wer behauptet, am Wiener Hof ginge es gesittet zu, der weiß nicht, wovon er redet. Nirgendwo auf der Welt gab und gibt es so viele Ränkespiele, Eifersüchteleien und ans Lächerliche grenzende Standesdünkel. Und nirgends ein derart widersinniges Protokoll, über dessen Sinn man nicht allzu lange nachgrübeln sollte.

Im Grunde gab es für die Kaiserin zwei Möglichkeiten. Entweder sie tat, was von ihr erwartet wurde, oder sie ging auf Distanz und kapselte sich vom Geschehen in der Hofburg ab. Wie allgemein bekannt, traf sie eine Entscheidung, die ihrem freiheitsliebenden Naturell entsprach, ohne Rücksicht auf überkommene Konventionen. Mit anderen Worten, die Kaiserin entledigte sich ihrer Fesseln. Ich finde, das verdient Respekt. Außer ihr hätte es wohl kaum jemand gewagt, das Dahinvegetieren im goldenen Käfig mit einem selbstbestimmten Leben zu vertauschen. *Sie* tat es. Und sie tat noch mehr. Dass Monarchinnen fernab des Hofes ihr eigenes Leben lebten und ein schmuckes Quartier zur Residenz auserkoren, um ihren individuellen Neigungen zu frönen, das war weiß Gott nichts Neues. Aber dass sich eine amtierende Kaiserin und mehrfache Mutter die Freiheit nahm, dem Hofleben Adieu zu sagen und aus Spaß an der Freude die Welt zu bereisen, so etwas war noch nicht dagewesen, weder in Österreich noch anderswo.

Nun gut, ich will nicht übertreiben. Auch bei Odysseus, einem ihrer Idole, verlief das Leben zumeist nicht in geraden Bahnen. Sprechen wir es ruhig aus, die Kaiserin war schwer krank, wie krank, sollte sich alsbald zeigen. Grund genug, um zwecks Bekämpfung der kräftezehrenden Hustenanfälle nach Madeira zu reisen und die Zwänge des Alltagslebens über Bord zu werfen.

Doch wer geglaubt hatte, mit einer fünfmonatigen Erholungspause auf der Blumeninsel sei es getan, der irrte. Die Quinta Vigia auf Madeira war erst der Anfang, der nächste Fluchtversuch eine Frage der Zeit. Die Reise nach Korfu war zwar nur einer davon – aber der mit Abstand kostspieligste. Es ziemt sich zwar nicht, über Geld zu sprechen, doch weiß ich aus sicherer Quelle, dass die Baukosten für das Achilleion in die Millionen gingen. Dort, in ihrer Prunkvilla hoch über dem Ionischen Meer, konnte sie ungestört ihren Träumereien nachhängen. Und brauchte auf nichts zu verzichten, dank der luxuriösen Ausstattung, die von Elektrolampen ins rechte Licht gerückt wurde. Von Dauer, das muss ich der Wahrheit halber eingestehen, war ihre Begeisterung für das auf steilem Fels aufragende Traumschloss jedoch nicht gewesen. Kaum hatte sie es bezogen, wandte sich meine Herrin neuen Ufern zu.

Von Korfu ging es nach Sizilien und von dort aus nach Malta und Tunis, nicht etwa als Passagier eines Linienschiffes, sondern an Bord der kaiserlichen Jacht Miramar. Weitere Reiseziele fern der Heimat sollten folgen, als da wären: Dover, Lissabon, Gibraltar, Tanger, Algier, Marseille, Florenz, Pompeji, Capri und – wenngleich nur für kurze Zeit – die Insel Korfu. Eine Audienz beim Heiligen Vater, Besuche bei Queen Victoria und Reitausflüge auf Schloss Gödöllö oder auf Schloss Meath in Irland nicht zu vergessen. Ich will es mal so ausdrücken: Meine Herrin war einfach überall – und nirgendwo wirklich heimisch geworden.

Aber lassen wir das. Und sprechen wir über ihre Vorahnungen, die binnen Tagesfrist Realität werden sollten. Im Nachhinein habe ich mir natürlich die Frage gestellt, ob es Menschen gibt, die in die Zukunft blicken können. Bis zu jenem Tag, an dem wir im Garten der Baronin Rothschild lustwandelten, hätte ich die Frage mit einem klaren Nein beantwortet. Für Mystizismus im Allgemeinen oder Prophezeiungen respektive Séancen im Besonderen hatte ich im Gegensatz zur Kaiserin nicht viel übrig. Kurz und gut, ich nahm all jene, die an übersinnliche Fähigkeiten glaubten, nicht für voll. Im Licht der Ereignisse, die auf die Minute genau einen Tag später ihren Lauf nahmen, wurde ich jedoch eines Besseren belehrt. Lassen Sie es mich so formulieren, teure Mutter: Zwischen Himmel und Erde gibt es nun einmal Dinge, die selbst klügere Menschen, als ich es bin, nicht erklären können. Mit dieser Binsenweisheit, so banal sie auch klingt, muss ich mich wohl oder übel begnügen.

Fakt ist, die Kaiserin war des Lebens überdrüssig geworden. Angedeutet hatte sich das schon lange, selbst für Außenstehende, die das Leben am Hof aus der Ferne betrachteten. Es begann mit dem Tod ihrer Erstgeborenen, die einem Fieber erlag, als das Kaiserpaar im Land der Magyaren weilte. Die Kaiserin hatte darauf bestanden, die über alles geliebte Sophie mitzunehmen, aus purem Trotz, um ihrer Schwiegermutter zu demonstrieren, wer das Sagen hatte. Und so nahm das Unheil seinen Lauf. Es bricht mir das Herz, wenn ich an die Qualen denke, die meine Herrin am Sterbebett ihrer Tochter erdulden musste. Denn anders als behauptet traf sie am Tod der Zweijährigen, die in Budapest einem Fieber erlag, auch nicht ein Hauch von Schuld. Das kann ich mit reinem Gewissen versichern. Allein, wer die Kaiserin kennt, der weiß, dass sie meine Ansichten nicht teilte. Am Tod ihres Sonnenscheins, das ließ sie immer wieder durchblicken, trage allein sie die Schuld. Trotz guten Zuredens, auch und gerade vonseiten des Kaisers, konnte man sie keines Besseren belehren.

Doch damit waren die Prüfungen, die ihr von Gott dem Herrn auferlegt wurden, nicht beendet. Lange Rede, kurzer Sinn: Der 30. Jänner des Jahres 1889 sollte der bislang schwärzeste Tag im Leben meiner Herrin werden. Etwas Schlimmeres als den Freitod des eigenen Kindes kann es für eine Mutter nicht geben, ich denke, da sind wir uns einig. Über die genauen Umstände, unter denen der Kronprinz zu Tode kam, war und ist indessen nicht viel durchgesickert. Warum? Ganz einfach. Die Hofkamarilla setzte sämtliche Hebel in Bewegung, um die Hintergründe der Tat zu vertuschen. Einstweilen nur so viel, verbunden mit der Bitte um Diskretion: Als er sich entschloss, sein gerade mal 30 Jahre währendes Leben zu beenden, befand sich der Thronfolger in Begleitung einer Dame. Den Rest kann man sich denken, es sei denn, dem Betreffenden mangelt es an Fantasie. Tatsache ist, die Geliebte des Kronprinzen, eine 17-jährige und obendrein unebenbürtige Komtess, wurde zwei Tage vor der Tat als vermisst gemeldet. Mehr möchte ich aus Angst vor etwaigen Konsequenzen, sprich Repressalien seitens des Kaiserhauses, nicht sagen. Doch egal, wen wie viel Schuld an den Geschehnissen vom Jänner 1889 trifft, für Reue ist es bekanntlich nie zu spät. Um vor aller Welt zu dokumentieren, wie sehr sie unter dem Tod des Thronfolgers litt, trug die Kaiserin von nun an Schwarz, mehr als neun Jahre lang, bis das Herz der Mater dolorosa von einem Mordinstrument durchbohrt wurde.

Merkwürdig, oder nicht? Da wandeln wir durch den Garten Eden, erfreuen uns an den Wundern der Natur, scherzen, lachen und plaudern munter und ungezwungen drauflos. Und plötzlich bleibt die Kaiserin stehen, ein Schatten auf dem Gesicht, in dem ihr 60 Jahre währendes Leben tiefe Spuren hinterlassen hat. Um kurz darauf, wie von einer unsichtbaren Macht gelenkt, im Flüsterton zu sagen: »Ich wollte, meine Seele entschwebte zum Himmel – durch einen winzigen Spalt in meinem Herzen.«

Durch einen winzigen Spalt in meinem Herzen. Auch jetzt, 15 Monate nach dem schrecklichsten Tag meines Lebens, läuft mir beim Gedanken an die Szene immer noch ein Schauder über den Rücken. Mag sein, es klingt absurd, aber was ich auch tue, ich bekomme die Bilder partout nicht aus dem Kopf. Plötzlich und gänzlich unerwartet steht da dieser Mann vor uns, mit Hut und von mittelgroßer Gestalt. Und dann zückt er auch schon seine Waffe und stößt zu.

Mitten ins Herz.

Und hinterlässt eine winzige Stichwunde.

Bitte habt Verständnis, wenn ich mir den Kummer von der Seele rede. Aber ich kann den Verlust nicht verwinden. Und selbst wenn, ich käme mir wie eine Verräterin vor. Egal, was geschieht, ich werde das Andenken an die Kaiserin in Ehren halten. Auch wenn noch so viel über sie getuschelt wurde. Menschenscheu sei sie gewesen, wurde in gewissen Kreisen kolportiert. Ob zu Recht, bedarf keines Kommentars. Menschenscheu und exzentrisch, genau wie König Ludwig, ihr unglückseliger Vetter. Nichts davon ist wahr, so war ich Irma Sztáray heiße. Es war eine Seelenverwandtschaft, welche die beiden verband, nicht weniger, aber auch nicht mehr. Weder der König, über dessen Neigungen man den Mantel des Schweigens ausbreiten sollte, noch die Kaiserin, die seinen Tod nie verwinden konnte, waren verrückt. Derartiges zu behaupten grenzt an Infamie.

Zuerst die kleine Sophie, dann ihr Vetter, und danach, knapp drei Jahre nach dessen rätselhaftem Dahinscheiden, der Freitod des geliebten Sohnes. Wer behauptet, eine Kaiserin müsse imstande sein, diese Abfolge von Katastrophen zu verkraften, der verfolgt ein ganz bestimmtes Ziel. Er möchte ihr Andenken in den Schmutz ziehen. Aus purer Niedertracht, ohne Rücksicht auf ihre Reputation.

Aber bleiben wir beim Thema, sonst geht mein ungarisches Temperament mit mir durch. Oder ich verliere den roten Faden, was nicht minder echauffierend wäre.

Wie gesagt, so herzlich der Empfang in Pregny auch war, so bedrückend verlief der Abschied. Die Baronin traf keine Schuld, für sie tat es mir unendlich leid. Ich weiß, was Ihr jetzt sagen würdet, teure Mutter. Im Nachhinein erscheinen die Dinge oftmals in einem anderen Licht. Bei allem Respekt, für meinen Teil bin ich zu einem anderen Schluss gelangt. Seit dem Moment, als die Kaiserin über ihren nahen Tod sprach, lag ein Schatten über ihrem Gesicht, und der Charme früherer Tage, der wie ein Komet aufgeleuchtet war, schien wie weggeblasen.

So nimmt es nicht Wunder, dass sie es ablehnte, auf einem Erinnerungsfoto zu posieren. Meine Herrin tat dies mit dem gebotenen Takt, wie zumindest ich es von ihr gewohnt war. An ihrem Entschluss, Fotografen tunlichst zu meiden, änderte dies jedoch nichts.

Na und, werden ihre Widersacher jetzt sagen, was ist denn dabei, wenn man sich auf Bitten seiner Gastgeberin ablichten lässt. Ich finde, das soll jeder selbst entscheiden. Die Kaiserin hatte ihre eigene Meinung dazu, und diese galt es zu respektieren. Gestellte Aufnahmen waren ihr ein Gräuel, und das schon seit geraumer Zeit. Dabei gab sie nicht etwa einer Laune nach, so gut glaubte ich sie zu kennen. Auch wenn man noch so viel Energie auf die Suche verwendet, Ablichtungen der Kaiserin sind dünn gesät. Speziell solche, die aus der Zeit nach der Königskrönung in Budapest stammen. Ein gefundenes Fressen für die Kamarilla, die behauptete, Ihre Majestät habe einen Kult um die eigene Person betrieben und den Anschein immerwährender Jugend erwecken wollen. Im Lauf der Zeit sei dies zu einer fixen Idee und zu einer eminenten Belastung für die Privatschatulle geworden. Um ihren Teint zu pflegen, sei ihr nichts zu teuer gewesen, was, so die böswilligen Gerüchte, die Grenzen des Vertretbaren überschritten habe. Welch ein Unfug, kann ich da nur sagen. Makellos weiße Haut war und ist nun einmal en vogue, je gepflegter, desto besser. Meines Wissens gibt es auch kein Gesetz, welches das Tragen von Sonnenschirmen verbietet, folglich kann man es der Kaiserin nicht zum Vorwurf machen.

Und was ihre Gesichtspflege angeht, mir sind da ein paar Damen bekannt, die meiner Herrin in nichts nachstanden. Eine Mixtur aus Wachs, Walrat, Rosenwasser sowie diversen Ölen für den Sommer, sogenannte Crème Céleste aus Wachs, Walrat, süßem Mandelöl und Glycerin für kühlere Tage. Viel mehr kam nicht zur Verwendung, sieht man von den Gesichtsmasken ab, die sie vor dem Zubettgehen auftragen ließ. Zerdrückte Erdbeeren und rohes Kalbfleisch bewirken nun einmal Wunder, pflegte Ihre Majestät zu versichern, auch wenn es sich um eine ausgefallene Rezeptur handele. Was ich damit sagen will, ist: Auf dem Jahrmarkt der Eitelkeiten bildete die Kaiserin keine Ausnahme. Und selbst wenn, wen hätte das gekümmert? Außer den Lästerzungen, die ihr schaden wollten, doch wohl niemanden.

Und noch etwas. Ein Sprichwort sagt: »Wer schön sein will, muss leiden.« Dass die Kaiserin Wert auf ihre Figur legte, ist hinlänglich bekannt. Das Wort »Kult« oder andere Vokabeln sollte man sich jedoch verkneifen. Auch wenn sie es in puncto Wespentaille übertrieb und oft tagelang fastete, damit ihr Gewicht unter 50 Kilogramm blieb. Wisst Ihr, was ich denke? Viele waren ganz einfach neidisch, darunter etliche Hofdamen, die in ihrem Dunstkreis verkehrten. Neidisch vor allem auf ihr Haar, welches beinahe bis in die Waden reichte. Da nimmt es nicht Wunder, dass es bis zu drei Stunden am Tag frisiert werden musste. Doch damit war es natürlich nicht getan. Um der Pflege willen achtete die Kaiserin darauf, dass die Strähnen alle 14 Tage mit einer eigens zu dem Zweck hergestellten Mixtur aus Eigelb und Cognac gewaschen und bei Bedarf mit Indigo und Nussschalenextrakt getönt wurden. Dass dies keine Frage von Minuten, sondern von mehreren Stunden war, versteht sich quasi von selbst. Dennoch finde ich, man sollte ihr das nicht ankreiden. An den Höfen in Europa ist es gang und gäbe, dass die Damen in den allerhöchsten Zirkeln in puncto Schönheit miteinander wetteifern, warum also nicht auch in Wien.

Allein, die Zeit, in der meine Herrin als schönste Frau Europas galt, war bei unserer Visite in Pregny vorbei. Die Kaiserin war exakt 60 Jahre alt, litt an Gelenkrheumatismus und periodisch wiederkehrenden Depressionen und reagierte höchst ungnädig, als ihr Leibarzt ein ausgewachsenes Hungerödem diagnostizierte. Wohl auch deshalb hatte sie stets einen Schirm nebst schwarzem Spitzenfächer parat, damit Außenstehende nur ja keinen Blick auf sie erhaschten. Nicht immer mit Erfolg, wie ich im Rückblick auf die Geschehnisse jener Tage zu berichten weiß. Am 3. September und somit exakt eine Woche vor ihrem jähen Tod lauerte uns ein Reporter während eines Bummels durch Territet auf, schoss ein Foto und machte sich ohne ein Wort der Entschuldigung aus dem Staub. Das zum Thema Respekt vor der Privatsphäre, ein Begriff, der im Wortschatz der Sensationspresse nicht vorkommt. Dabei handelte es sich keineswegs um einen Einzelfall, wie ich der Akkuratesse wegen hinzufügen muss. Kurz davor, in Begleitung des Kaisers während eines Kuraufenthaltes in Kissingen, kam es beinahe zum Eklat. Kaum war das Foto geschossen, wurden bereits Dutzende von Postkarten in Umlauf gebracht. Allein, der erhoffte Gewinn blieb aus. Wie stets hatte die Kaiserin einen weißen Schirm in der rechten Hand – und war, wenn überhaupt, nur schemenhaft zu erkennen.

Ihr seht, liebe Mutter, Ihre Majestät hatte es nicht immer leicht. Kein Wunder also, dass sie unter der Bürde der Position zerbrach. Verfiel sie in Schwermut, dauerte es lange, bis sie einen Weg aus dem Tal der Tränen fand. Ob es ratsam war, Kokain zu spritzen, wage ich jedoch zu bezweifeln. Aber alles Zureden half nicht, die Kaiserin hielt unbeirrt daran fest. Wenn sie sich etwas in den Kopf gesetzt hatte, führte sie es auch durch, falls nötig, wider alle Vernunft.

Wie dem auch sei, das Abschiednehmen am Vorabend der Katastrophe lag sämtlichen Beteiligten auf der Seele. Und so kam es, dass wir uns auf dem Rückweg nach Genf zunächst ausschwiegen, umgeben von einem Panorama, das auf der Welt seinesgleichen sucht. Und dann, wie aus dem Nichts, die Worte: »Eins würde mich wirklich interessieren, Gräfin.«

»Und was wäre das, Majestät?«

»Wie Sie über den Tod denken – ob Sie Angst davor haben oder nicht.«

»›Angst‹ ist vielleicht das falsche Wort«, erwiderte ich mit Bedacht, während der Lac Léman im Glanz der Abenddämmerung erstrahlte.

Und wurde prompt am Weiterreden gehindert.

»*Ich* fürchte ihn«, sprach die Kaiserin wie in Trance, den Blick auf dem Mont-Blanc-Massiv, dessen schneebedeckte Spitze in Blut getaucht zu sein schien. »Obwohl ich es kaum erwarten kann, meine letzte Reise anzutreten. Jetzt schauen Sie nicht so, Gräfin – daran ist doch nichts Schlimmes. Wissen Sie, wenn man in ein Alter wie das meinige kommt, dann macht man sich so seine Gedanken.«

»Mit Verlaub, Majestät sind erst 60 – das ist doch kein Grund zu resignieren.«

Die Frau in Schwarz lachte bitter auf. »Machen wir uns nichts vor, wenn ich nicht Kaiserin wäre, würde kein Hahn nach mir krähen. Und kein Mensch würde sich die Mühe machen, ein Foto von mir zu schießen. Schauen Sie mich doch an, Gräfin. Finden Sie, ich sehe interessant aus?«

»Bitte um Vergebung, aber so dürfen Majestät nicht reden.«

»Und wieso nicht? Meines Wissens ist der Fiaker des Ungarischen nicht mächtig.«

»Wir alle, auch ich, werden bekanntlich alt. An dieser Tatsache ist kein Vorbeikommen. Schaut doch, Majestät, der Montblanc! Sieht er nicht wahrhaft Ehrfurcht gebietend aus?«

Die Kaiserin drohte tadelnd mit dem Zeigefinger. »Lenken Sie nicht ab, Gräfin – und beantworten Sie meine Frage.«

»Ich fürchte, das steht mir nicht zu, Majestät.«

»Na schön«, antwortete meine Herrin, die Augen starr nach vorn gerichtet, wo der Fiaker der Baronin an den Zügeln herumhantierte. »Dann beantworte ich sie eben selbst. Wissen Sie, was mir zu schaffen macht? Alle, die ein Stück Weges mit mir gegangen sind, alle miteinander sind sie tot. Mein kleiner Engel, mein Schwager Maximilian, der König von Bayern, mein geliebter Vetter, Graf Andrássy, Freund und Ratgeber aus besseren Tagen, und nicht zuletzt mein geliebter Sohn Ru...« Die Stimme der Kaiserin versagte ihren Dienst, und ich spürte, wie schwer es ihr fiel, Haltung zu bewahren.

So bedrückt sie mir auch erschien, die Reaktion kam nicht von ungefähr. Bei Hof durfte der Kronprinz mit keinem Wort erwähnt werden, weder privatim noch in Gegenwart der Majestäten. Seit Mayerling war das ein ungeschriebenes Gesetz. Geschah dies doch, musste der Betreffende mit Konsequenzen rechnen. »Ich weiß nicht, irgendwie werde ich den Gedanken nicht los, dass sich der Tod seit geraumer Zeit an meine Fersen geheftet hat.

Wann er mich einholt, vermag ich zwar nicht zu sagen, doch mir scheint, als seien meine Tage längst gezählt. Ich hoffe nur, er kommt rasch – und bereitet mir keine Schmerzen. Nichts schlimmer, als qualvoll dahinzusiechen – und nichts schöner, als mit einem einzigen Sensenhieb niedergemäht zu werden. Ohne Schmerz, ohne Gram zu empfinden, ohne Blutvergießen.«

Zutiefst beunruhigt, rang ich nach den passenden Worten. Und beging einen Fauxpas, der nicht hätte passieren dürfen. »Und der Kaiser?«, stieß ich mit Blick auf die wie eine Sitzstatue der Ker verharrende Gestalt hervor, deren Blick auf den wie im Feuerschein erglühenden Fluten ruhte. »Ohne Euch wäre er nur noch ein Schatten seiner selbst.«

Die Antwort ließ nicht lange auf sich warten. »Franz Joseph als trauernder Witwer, dass ich nicht lache!«, stieß die Kaiserin in ungewohnt sarkastischem Ton hervor und breitete ihren Fächer aus, um ihr Gesicht vor den Blicken der Passanten zu verbergen. Bis zum Grandhotel Beau Rivage, wo unser Kommen bereits gemeldet worden war, waren es nur noch wenige Schritte, und auf dem Uferkai wimmelte es nur so von Menschen. Fast schien es, als habe der Sommer gerade erst Einzug gehalten, so warm fühlte sich die laue Brise an. Dass es der Hauch des Todes war, den ich im Nacken spürte, würde binnen Tagesfrist zur Gewissheit werden. Doch noch war davon nichts zu spüren, noch leuchtete die Sonne vom glutrot schimmernden Firmament. »Glauben Sie mir, Gräfin, so schnell, wie mein Gatte eine Trostspenderin aufgabeln würde, könnten Sie nicht mal ihren Namen aussprechen. Sie wissen doch: Je älter, desto schneller sind die Männer mit so etwas bei der Hand. Und wenn sein Charme nicht verfängt, dann … Na, dann hat er ja noch die Schratt, nicht gerade eine Pompadour, aber besser, als den lieben langen Tag Trübsal zu blasen. Keine Sorge, Gräfin, die Soubrette wird ihn auf andere Gedanken bringen.« Die Kaiserin holte tief Luft, gab ein gekünsteltes Hüsteln von sich und meinte: »Seien wir ehrlich, Gräfin. Ich bin meinem Gatten doch nur im Weg. Niemand weiß das besser als ich. Soll der Kaiser sie doch vor den Traualtar schleifen, wenn ich nicht mehr bin, meinen Segen hat er. Harmoniert haben wir beide ja noch nie, grundverschieden wie wir nun mal sind. Ich weiß, es klingt herzlos, wenn ich das sage, aber es ist höchste Zeit, einen Schlussstrich zu ziehen.«

»Aber Majestät – das … das ist doch wohl nicht Euer Ernst!«

»Ich will Ihnen mal was sagen, Gräfin – aber bitte nehmen Sie es sich nicht so zu Herzen. Wäre ich alt genug gewesen, um mein Schicksal in die eigene Hand zu nehmen, die Liaison mit dem Kaiser wäre nie zustande gekommen. Schauen Sie mich nicht so an, Irma, dazu besteht kein Grund. Frauen wie ich sind für die Ehe nicht geschaffen, das ist nun mal leider so. Auch wenn die Männer noch so schöntun und uns Honig um den Mund schmieren, weil es sich so gehört: Erwartet wird von uns Frauen nur eins, nämlich dass wir Kinder gebären. Und das in möglichst großer Zahl. Ist dies der Fall, haben wir unseren Zweck erfüllt. Dann gehören wir zum alten Eisen. Glauben Sie mir, Gräfin, ich weiß, wovon ich rede. Wie Sie wissen, bin ich 44 Jahre verheiratet, so etwas hinterlässt seine Spuren, ob man es wahrhaben will oder nicht.«

»Majestät sehen die Dinge zu pessimistisch, wenn ich mir die Bemerkung erlauben darf.«

»Finden Sie?« Meine Begleiterin machte aus ihrer Skepsis keinen Hehl. »Nun ja, Sie werden Ihre Gründe dafür haben. Aber lassen wir das – sonst raube ich Ihnen die letzten Illusionen. Wer weiß, vielleicht finden Sie ja den Mann fürs Leben – und mein Gatte eine Frau, die ihn glücklich macht.«

»Majestät mögen mir die Impertinenz verzeihen, aber mein Eindruck ist ein gänzlich anderer.«

»So, ist er das?«

Anstatt zu antworten, nickte ich nur stumm mit dem Kopf. Gewiss, nach der Hochzeit hatte der Kaiser die eine oder andere Affäre gehabt. Und ja, die Gerüchte über eine Liaison mit Katharina Schratt wollten nicht verstummen. In Hofkreisen galt die Schauspielerin als Freundin des Kaiserpaares, zumindest nach offizieller Lesart. Hinter vorgehaltener Hand zerrissen sich die Klatschsüchtigen jedoch die Mäuler, was die Beziehung des Kaisers zu der vermeintlichen cœur dame betraf. An der Tatsache, dass die Kaiserin die Hände im Spiel gehabt hatte, änderte dies jedoch nichts. *Sie* war es gewesen, die dafür gesorgt hatte, dass ihr Gatte mit der 23 Jahre jüngeren Hofschauspielerin ins Gespräch gekommen war. Das weiß ich aus berufenem Munde, wenngleich es mir nicht zusteht, meine Meinung über die Ménage-à-trois zu äußern. Gewiss weiß ich allerdings, dass sich die Kaiserin darüber im Klaren war, was sie tat. Mit anderen Worten, um in puncto Privatleben freie Hand zu haben und um nach Herzenslust schalten und walten – sprich die Welt bereisen – zu können, traf sie Vorkehrungen, dass der Kaiser genau das bekam, was sie ihm nicht geben konnte – oder wollte.

Nämlich Zuneigung und das Gefühl von Geborgenheit.

Ich weiß, ich weiß. Mich über Dinge auszubreiten, die mich nicht betreffen, ist kein schöner Zug. Was das angeht, muss ich Euch recht geben. Darum möchte ich es bei Andeutungen bewenden lassen und mich nicht weiter über das jeux d'amour unseres Monarchen äußern. Nur noch eins, teure Mutter, und dann werde ich für immer schweigen. Egal, um welche Art von Beziehung es sich handelte – oder, korrekt ausgedrückt, immer noch handelt: Frau Schratt sollte es nicht bereuen. Zeigte sich der ansonsten eher knausrige Kaiser doch von seiner spendablen Seite. Ein Villengrundstück unweit von Schloss Schönbrunn war nämlich erst der Anfang, hinzu kamen die sogenannte ›Villa Felicitas‹ in Ischl, ein Stadtpalais, reichlich Schmuck, Kleider und Mobiliar vom Feinsten. Die Jahresapanage in Höhe von 30.000 Gulden fiel angesichts der zahlreichen Präsente fast nicht mehr ins Gewicht. Dazu sollte man wissen, dass ein Leutnant von 24 Gulden im Monat und ein Arbeiter von zwei Dritteln der genannten Summe leben müssen. Wie hoch allerdings die Kosten für die Bühnengarderobe von Madame Schratt waren, entzieht sich meiner Kenntnis. Unabhängig davon belief sich ihr Gehalt als Hofschauspielerin auf 14.300 Gulden jährlich. Hübsche Summe, findet Ihr nicht auch? Geradezu exorbitant mutet indes die Höhe des Schweigegeldes an, welches Gerüchten zufolge beim Ableben des Kaisers an die Freundin für gewisse Stunden überwiesen werden sollte, nämlich sage und schreibe 500.000 Gulden. Macht summa summarum … Nein, nun ist es wirklich genug. Es ziemt sich nicht, Interna an Dritte weiterzugeben, auch wenn es sich um die eigene Mutter handelt.

»Warum so nachdenklich, Gräfin – dazu besteht doch gar kein Anlass, oder?«

»Majestät haben recht, ich mache mir zu viele Gedanken«, beeilte ich mich zu versichern, als der Fiaker vor dem Hotel Beau Rivage vorfuhr. »In Zukunft passiert mir das nicht mehr, das versichere ich Euch.«

»Zukunft!«, murmelte die Kaiserin vor sich hin, entstieg dem Gefährt und hielt den Schirm so tief wie möglich vors Gesicht. »Welch hehres Wort!«

Dann rauschte das Abbild der Kassandra von dannen.

So geschwind, dass ich Mühe hatte, der Geistererscheinung zu folgen.

❦

In der Lobby angekommen, warf ich einen Blick auf die Louis-Quinze-Uhr, die sich auf einem Kaminsims in unmittelbarer Nähe der Rezeption befand.

18.40 Uhr, auf die Minute genau.

Exakt 20 Stunden, bevor Elisabeth, Kaiserin von Österreich und Königin von Ungarn, für immer die Augen schloss.

3

PETITION (I)

*Aus dem Gnadengesuch von Luigi Lucheni an den Genfer
Polizeipräsidenten Perrier vom 19. März 1910*

Tatsache ist, ich hatte kein Motiv. Es war Zufall, dass die
Kaiserin dran glauben musste. Reiner Zufall. Ich weiß
nicht, wie oft ich das noch sagen soll. Anfangs hatte ich
es auf den Prinzen von Orléans abgesehen, oder, um es
im Jargon aristokratischer Unterdrücker zu formulieren,
auf François Ferdinand Philippe Louis Marie d'Orléans,
Prince de Joinville. Sie merken schon, mit dem Adelspack
habe ich nicht viel am Hut. Und das ist noch höflich ausgedrückt. Man schaue sich nur mein Leben an. Dann erüb-
rigen sich sämtliche Fragen.

Ich hatte es nicht leicht, weder als Kind noch als junger
Mann. Um es vorwegzunehmen, über meine Eltern weiß
ich so gut wie nichts. Das Wenige, was ich weiß, habe ich
aus dem Mund des amtierenden Untersuchungsrichters
erfahren. Monsieur Léchet wollte es nämlich genau wissen
und hat so lange Akten gewälzt, bis er besser über mich
Bescheid wusste als ich selbst. Kompliment, Herr Richter,
eine reife Leistung. Aber Spaß beiseite: Wie die meisten,
mit denen ich mich nach meiner Verhaftung herumschla-
gen musste, hat auch er nur seine Pflicht erfüllt. Scusate,
Monsieur Léchet. Aber ich muss Sie enttäuschen. Weder
bin ich Teil eines organisierten Komplotts gewesen, noch

49

hegte – oder hege – ich eine Antipathie gegenüber der Kaiserin. Ich hatte nichts gegen die Frau, weder persönlich noch anderweitig. Ganz ehrlich. Auch das, so scheint mir, kann man nicht oft genug betonen. Lieber einmal zu viel als zu wenig, auch wenn ich es nicht mehr hören kann.

Doch nun zum Mysterium meiner Herkunft, mit Betonung auf Mysterium. An meine Mutter, die ledige Tagelöhnerin Luigia Lucheni, kann ich mich nämlich nicht erinnern. Sie verschwand unmittelbar nach meiner Geburt, wohin, das wissen die Götter. Apropos Geburt. Nach Auskunft der zuständigen Behörden kam ich am 23. April 1873 in Paris zur Welt, wo meine Mutter auf der Suche nach Arbeit hängengeblieben war. Schauplatz des Geschehens war das Armenhospiz St. Antoine, gefolgt vom örtlichen Findelhaus. Dort verbrachte ich die ersten eineinhalb Jahre meines Lebens. Auch an diesen Ort, wo die Ärmsten der Armen hausten, besitze ich keinerlei Erinnerungen. Wurde ich doch wie ein Gegenstand ohne Wert weitergereicht und ohne viel Federlesens nach Italien abgeschoben. Bevor ich es vergesse: Meine leibliche Mutter war die Tochter von Giovanni und Maria Lucheni aus Albareto in der Provinz Parma. Mit anderen Worten, die Franzosen wollten mich möglichst schnell loswerden. Wie meine Mutter, die vom einen auf den anderen Tag verschwand. Kein Wunder, denn welche Frau gibt schon gerne zu, dass sie einen Mörder geboren hat.

Antwort: keine einzige.

Eine Mutter bekam ich trotzdem, und das sozusagen frei Haus. Sie hieß Monici, war die Frau eines Schusters und verdiente sich ihr Geld als Wäscherin. Die Monicis waren schon alt, von daher hätten sie meine Großeltern sein können. Aus ihrer Ehe waren drei Kinder hervorgegangen, zwei Söhne und eine Tochter, allesamt längst erwachsen. Selbst wenn ich wollte, etwas Schlechtes kann ich über die beiden nicht sagen.

Der Zufall will es, dass ich ihre Adresse noch im Kopf habe. Von Dauer sollte mein Aufenthalt bei den Eheleuten Monici im Borgo del Naviglio 20 in Parma jedoch nicht sein. Wäre ja auch zu schön gewesen. Mit acht, mehr als sechs Jahre nach meiner Ankunft, übergaben mich meine Pflegeeltern den Behörden. Bitte fragen Sie mich nicht, wieso. So sehr es mich interessiert, ich kann darüber nur mutmaßen. Wahrscheinlich ging es ums liebe Geld, wieder mal. Anscheinend reichte der Zuschuss für meine Unterbringung nicht aus, anders kann ich es mir nicht erklären. Und so kam ich ins Ospizio delli Arti, eine Bleibe für elternlose Kinder.

Dort schliefen wir in unbeheizten Schlafsälen, wie Soldaten in der Kaserne, die Betten fein säuberlich durchnummeriert. Manchmal war es so kalt, dass wir Frostbeulen an den Fingern bekamen und zum Arzt mussten, um sie behandeln oder im ungünstigsten Fall entfernen zu lassen. An meinem Körper sind die Spuren der Behandlung bis heute zu erkennen, und es kommt mir vor, als sei ich wie ein Stück Vieh gebrandmarkt worden.

An das Essen, das wir im Findelhaus bekamen, erinnere ich mich noch genau. Beinahe jeden Morgen gab es Brötchen, oft angebrannt und leider auch nicht sehr dick. Mittags sah es zumeist besser aus, es sei denn, wir hatten etwas ausgefressen.

Wie dem auch sei, im Speisesaal gab es zwei Arten von Tischen, die einen mit Blechnäpfen, die andern mit kreisförmigen Vertiefungen. Wie sich leicht denken lässt, waren Letztere für das Geschirr bestimmt, aus Angst, die Kleinkinder könnten sich bekleckern. Das Hauptgericht, so die Bezeichnung zulässig ist, bestand – wie konnte es anders sein! – aus Makkaroni, nicht etwa mit Soße, sondern je mit Bohnen oder Gemüse, je nach Jahreszeit. Darüber hinaus gab es an fünf Tagen in der Woche Fleisch, außer freitags, wo wir Käse vorgesetzt bekamen.

Das zum Thema Ernährung, die, wie ich der Klarheit halber hinzufügen muss, für alle Altersgruppen gleich war. Wahrscheinlich können Sie sich denken, was jetzt kommt. Um einigermaßen satt zu werden, liefen die Älteren herum und boten jedem, der etwas abzweigte, je nach Menge ein oder zwei Lire an. An Kunden, um die eigene Barschaft aufzubessern, mangelte es folglich nicht. Mit dem Geld habe ich mir dann Karten für das Marionettentheater gekauft. Vier Lire, und man war dabei.

Am 23. März 1882, einen Monat vor meinem neunten Geburtstag, hatte das Hin und Her dann ein – vorläufiges – Ende. Das bedeutet, ich kam in die Obhut der Eheleute Nicasi aus Varano, knapp 30 Kilometer von der Provinzhauptstadt entfernt. Dort blieb ich während der nächsten sechs Jahre, ging meinen Pflegeeltern und dem Pfarrer der Nachbargemeinde zur Hand, für den ich, so gut es ging, den Haushalt führte. Über mein Zuhause, falls man es so nennen kann, gibt es leider nicht viel Gutes zu berichten. An Kargheit war ich ja gewöhnt, aber was die Behausung der Nicasis betraf, wurden meine Befürchtungen übertroffen. Denn im Grunde handelte es sich nicht um ein Haus, sondern um eine heruntergekommene Hütte. Das Leben spielte sich in einem einzigen Raum ab, der als Küche, Esszimmer, Schlafraum, Vorratslager und Hühnerstall diente. Die Wände verrußt, weder Kamin noch Ofen, sondern eine Feuerstelle in der Raummitte, keine Glasscheiben, sondern Papier, das vor die winzige Fensteröffnung gespannt wurde. Und Esskastanien als Willkommensmahlzeit, um meinen knurrenden Magen zu besänftigen. Wahrhaftig, mein Zuhause hatte ich mir anders vorgestellt. Aber was heißt hier überhaupt ›Zuhause‹. Sechs Jahre sollten vergehen, bis ich wieder in einem Bett schlafen würde. Sechs lange und entbehrungsreiche Jahre. Aber so ist das nun mal im Leben. Wenn du denkst, das Schlimmste ist überstanden, dann kommt es knüppeldick. Zwei Säcke mit Lumpen, um darauf zu schlafen, für einen wie mich musste das ausreichen. Frische Kleidung, zumindest einmal pro Woche? Fehlanzeige. Eine Waschgelegenheit? Ebenfalls nicht vorhanden. So sehr ich auch litt, ein Trost war mir geblieben. Nicasi und seiner Frau ging es nicht viel besser. Wie die meisten der Dorfbewohner lebte der 61-jährige Tagelöhner von der Hand in den Mund und brauchte vor allem eins: Geld. Deshalb hatte er mich auch aus dem Findelhaus geholt, und nicht etwa aus Nächstenliebe. Dementsprechend karg fielen die täglichen Mahlzeiten aus, die aus Brotsuppe und aus Polenta á la Nicasi bestanden. Auch wenn es lange her ist, an den faden Geschmack kann ich mich noch gut erinnern. So wahr mein Name Lucheni ist, während meines Aufenthalts in Varano habe ich auch nicht einen Laib Brot zu Gesicht bekommen. Ob Sie es glauben oder nicht, es ist die Wahrheit. An der Tatsache, dass Nicasi insgesamt 285 Franc für meinen Unterhalt ausgezahlt bekam, ändert das jedoch nichts. Kurzum: ich wurde ausgenutzt, nach Strich und Faden. Und das von den eigenen Eltern.

Sie haben richtig gelesen, selbst heute noch betrachte ich die Nicasis als meine Eltern. Und ich werde es auch weiterhin tun. Warum das so ist, weiß ich selbst nicht so genau.

Auch wenn es mir dreckig ging, in einem Punkt konnte ich mich nicht beschweren. Zum ersten Mal in meinem Leben hatte ich die Möglichkeit, mit Spielkameraden aus dem Ort in die Schule zu gehen. Und zum ersten Mal seit meiner Geburt war ich kein Gegenstand mehr, der nach Belieben hin und her geschoben wurde. Die Wenigsten wissen das zu schätzen, allen voran die Tagediebe, die mit einem goldenen Löffel im Mund geboren werden und vor Langeweile nicht wissen, was sie mit ihrer Zeit anfangen sollen.

Was das betraf, konnte ich nicht mitreden. Arbeit gab es für mich nämlich immer, entweder als Hausbursche oder als Gärtner oder bei meinen Eltern auf dem Hof. Wenn Sie mir nicht glauben, fragen Sie doch den Lehrer Leonardi, wie ich mich in der Elementarschule aufgeführt habe. Ich garantiere Ihnen, er würde nur Gutes über mich berichten.

Sehen Sie, Herr Polizeipräsident, genau das ist der Punkt. In Italien oder anderswo bringt man Unsereinem nur das Nötigste bei, gerade mal so viel, dass wir lesen, unseren Namen schreiben und eins und eins zusammenzählen können. Mehr wäre auch von Übel, oder? Wo kämen wir da hin, wenn Hungerleider wie ich auf ein Liceo oder am Ende gar noch auf die Universität gingen. Oder wenn jeder, der von eigener Hände Arbeit lebt, einen anständigen Lohn dafür bekäme. Nein, nein und abermals nein. In den Augen der Herrschenden würde das die Welt auf den Kopf stellen. Wir da oben und die da unten – so ist es seit Menschengedenken gewesen. Und so muss es nach Meinung der Ausbeuterklasse auch bleiben. Je unwissender das Volk, desto leichter für die Herrschenden, ihm ein X für ein U vorzumachen.

Schlau eingefädelt, was? Doch da haben sie die Rechnung ohne den Wirt gemacht. Egal wo, auf Dauer kann man die Proletarier nicht für dumm verkaufen. Das funktioniert nicht, weder in der Schweiz und schon gar nicht in Italien.

Italien. Hätte ich dort Arbeit gefunden, ich wäre wohl kaum zum Mörder geworden. Das ist meine und bleibt meine volle Überzeugung. Anfangs, also Ende der Achtziger, sah es gar nicht mal schlecht für mich aus. Es war mir egal, womit ich meine Brötchen verdiente. Hauptsache, ich kam über die Runden. Ansprüche hatte ich so gut wie keine, im Grunde wusste ich nicht mal, was das Wort bedeutet. Schuften wie ein Kuli, und das von morgens bis abends, im Sommer bis spät in die Nacht hinein. Wollte ich überleben, blieb mir keine Wahl. Friss, Vogel, oder stirb, beuge dich unter die Knute, Luigi – oder verrecke. In etwa so hat sich das damals angehört.

Mal ehrlich, Herr Präsident. Halten Sie es für richtig, wenn ein 16-Jähriger Schienen schleppt, nur damit ein paar Geldsäcke per Bahn von Parma nach La Spezia gondeln können? Schon gut, Sie brauchen die Frage nicht zu beantworten. Das wäre auch ein bisschen viel verlangt.

So sehr ich mir einen abschleppte, ein paar Wochen später wurde ich gefeuert. Selbst schuld, werden Sie jetzt sagen. Nicht genug Mumm in den Knochen, aber große Töne spucken. Irrtum. Mumm hatte ich nämlich zur Genüge. Das Problem war, es gab zu viele von uns. Die Kapitalisten saßen am längeren Hebel, konnten den Herrn von Welt raushängen und Leute wie mich nach Belieben vor die Tür setzen. Was blieb mir übrig, ich musste das Spiel mitspielen. Wider besseres Wissen und die geballte Faust in der Tasche. Das bedeutete, ich musste dorthin, wo es Arbeit gab, mich wie ein Kuli rumschikanieren lassen und bis zum Umfallen schuften.

Ein Gutes hatte die Plackerei. Ich bin weit herumgekommen, weiter, als ich es mir je erträumt hatte. In den Mittelmeerhäfen gab es immer was zu tun, zu meinem Leidwesen jedoch nur tageweise. Und das meiste fast ausschließlich im Sommer. Im Winter hieß es dann Däumchen drehen – und frieren wie ein Schneider. Damals, im Winter 1889/90, ist es mir ziemlich dreckig gegangen, so dreckig wie schon lange nicht mehr. Im Frühjahr hatte ich die Nase voll, und so kam es, dass ich Italien Lebewohl sagte. Mein Weg führte mich in die Schweiz, auf Schusters Rappen, versteht sich, denn ich war völlig abgebrannt. Von Genua ins Tessin, von dort aus nach Chiasso und danach, mangels Arbeit, zum Straßenbau nach Airolo. Eins darf man dabei nicht vergessen: Ich war 17 damals, beinahe noch ein Kind. Aber ich will nicht meckern, die Arbeitsbedingungen waren besser als daheim. Wesentlich besser sogar. Ich nehme an, Sie werden mir das nicht abkaufen. Aber in der Schweiz hat es mir von Anfang an gefallen.

Heimisch geworden bin ich dennoch nicht. Wohin ich auch kam, da war immer dieser feine Unterschied, diese unsichtbare Linie, die mich von den Alteingesessenen trennte. Auch wenn ich mich auf den Kopf gestellt hätte, in ihren Augen wäre ich stets ein Fremder geblieben. Das ist nicht böse gemeint, sondern eine Tatsache.

Doch zurück zu meinem Wanderleben. Oder, wenn man so will, zu meinem Landstreicherdasein. Damit wir uns richtig verstehen, ich sage das ohne Bitterkeit. So wie mir erging es vielen, die es in die Schweiz verschlug. Die einen duldeten uns, weil sie uns brauchten, die andern hassten uns, weil wir ihnen die Arbeit wegnahmen. Es war stets das gleiche Lied, egal, wo ich mein Brot verdiente. Wenn man so will, hatte ich zwei Möglichkeiten: Entweder ich nahm jede sich bietende Arbeit an, oder ich sah zu, dass ich mich aus dem Staub machte.

Friss oder stirb, Luigi. Du kannst es dir aussuchen.

Klingt nicht nur deprimierend, sondern ist es auch.

»Sie behaupten also, kein Motiv gehabt zu haben. Sie glauben doch nicht, ich kaufe Ihnen das ab?«

Welch ein Hohn, kann ich da nur sagen.

Und wie naiv, Monsieur le Juge.

Aber was soll's, geschehen ist nun mal geschehen. Selbst wenn ich es wollte, ich könnte meine Tat nicht ungeschehen machen. Das Dumme ist nur: *Ich will sie auch nicht ungeschehen machen*. Und ich stehe zu dem, was ich getan habe.

Basta.

Die Anarchie lebe hoch!

Libertà o morte!

Aber bleiben wir bei meiner Vita, Schluss mit der Politik. Im Frühjahr 1892, sechs Jahre vor Genf, hieß es wieder einmal Abschied nehmen. Im Grunde war es immer das Gleiche: Irgendein Landsmann setzte das Gerücht in die Welt, an diesem oder jenem Ort jenseits der Alpen gäbe es genug Arbeit, um Legionen von hungrigen Mäulern zu stopfen. Was also tun? Sie sagen es. Ich machte mich auf den Weg über den St. Gotthard, zuerst hinunter nach Andermatt, und dann, weil es dort so schön war, in den Kanton Wallis, von wo aus ich über Lausanne und Nyon nach Versoix gelangte. Die Füße in Lumpen, weil meine Schuhe aus dem Leim gegangen waren. Aber lassen wir das. Ende April, Anfang Mai wurde es ein wenig besser, wie so oft, wenn ich ein paar Centimes verdiente.

Bevor ich es vergesse: Damals, während meiner 10 Monate in Versoix, kam ich zum ersten Mal nach

Genf. Danach ging es erneut auf Wanderschaft, fünf endlos erscheinende Jahre lang, in denen ich als Maurer, Hilfsarbeiter und was weiß ich nicht alles geschuftet habe. Im Sommer 1894, soweit ich weiß Anfang Juli, kam ich schließlich nach Triest. Pech, Luigi, kann ich da nur sagen. Und wissen Sie auch, warum? Die Österreicher hatten nichts Besseres zu tun, als mich nach Italien abzuschieben.

Wegen Landstreicherei, hört, hört.

Ich nehme an, Sie wissen, was jetzt kommt. Vater Staat bestand darauf, dass ich meinen Militärdienst ableistete, dreieinhalb Jahre lang, wie zu jener Zeit üblich. Mitte Dezember 1897 war der stumpfsinnige Drill vorbei, wobei ich sagen muss, dass ich in meinem Leben schon Schlimmeres als Exerzieren und Wacheschieben erlebt habe.

Der Rest ist schnell erzählt. Anfang April 1898 kam ich nach Genua – zu Fuß, wie sich unschwer denken lässt. Und danach via Monte Carlo nach Turin. Arbeit? Fehlanzeige. Blieb also nur die Schweiz, wieder mal. Der Fußmarsch über den Großen St. Bernhard, fünf Wochen Schinderei als Maurer in Salvan, die Weiterreise nach Lausanne am Genfer See. Mit einem Wort, mein Leben drehte sich im Kreis.

Anschauliche Metapher, nicht wahr? Aber lassen wir das, weiter im Text. Laut Monsieur Léchet, der nichts unversucht ließ, um meine Vita möglichst lückenlos zu dokumentieren, bezog ich am 20. Mai 1898, also knapp vier Monate vor dem Attentat, in der Pension des Wirtes Pozzo in der Rue de la Mercerie Nr. 17 in Lausanne am Genfer See mein Quartier. Von wegen Quartier, schön wär's. Ein Tisch mit einer Waschschüssel nebst Steinkrug, ein Hocker, ein zerbrochener Spiegel, ein Fenster zum Hof sowie zwei Bettgestelle aus Eisen, das eine für mich, das andere für Sartori, einen Landsmann aus Italien. Nicht gerade einladend, aber was will man machen. Im Grunde war ich nichts Besseres gewohnt, wozu also mit dem Schicksal hadern. Und ab auf die nächste Baustelle, damit es mir nicht zu wohl wurde.

In Lausanne habe ich mir dann die Feile gekauft. Einfach so, auf dem Markt bei der Place de la Riponne. Und warum ausgerechnet eine Feile? Das kann ich Ihnen sagen. Für einen Dolch oder ein Messer hätte ich zwischen sieben und zehn Franc hinblättern müssen. Für Unsereinen ein Ding der Unmöglichkeit. Guter Rat war somit teuer. So kam ich auf die Idee mit der Feile. Im Unterschied zu einem Messer ging die nämlich für einen Franc über die Theke.

Der Rest war beinahe ein Kinderspiel. Ich besorgte mir ein Stück Holz, verkünstelte mich daran, bis es gut in der Hand lag, bohrte ein Loch für die Feile, stülpte den Griff darüber – und fertig war das handliche Konstrukt. Not macht erfinderisch, so heißt es doch, oder?

Jetzt denken Sie vielleicht, ich bin ein Zyniker. Scusate, auch da muss ich Sie enttäuschen. Darüber hinaus möchte ich eins klarstellen. Dass die Kaiserin nach Genf kommen würde, war mir zum damaligen Zeitpunkt nicht bekannt. So wahr ich Luigi heiße, ich habe es erst aus der Zeitung erfahren – und mich gewundert, wie leicht es war, an die Dame ranzukommen. Ich meine, schließlich war sie nicht irgendwer, sondern die Frau eines der mächtigsten Monarchen in Europa. Und spazierte durch die Gegend, als sei es die normalste Sache der Welt, ohne Leibwächter, ohne Polizeieskorte, ohne was weiß ich wen, der mir die Tour hätte vermasseln können. Moment, stimmt nicht ganz. Ihre Anstandsdame war dabei, ohne die ging es anscheinend nicht. In Schwierigkeiten bin ich deswegen aber nicht geraten. Im Gegenteil. Alles, aber auch rein alles lief wie geschmiert.

Problemlos – und ohne die Hilfe von Komplizen.

Doch eins nach dem andern, sonst komme ich aus dem Konzept. Auch wenn mir keiner glaubt, ich bin erst zwei Tage vor dem Attentat nach Genf gekommen. Wirklich. Zwei Tage, capisce? Auch wenn es nicht hilft, das möchte ich in aller Deutlichkeit betonen.

Ganz nebenbei, ich war so gut wie pleite. Ich weiß, Sie kaufen mir das nicht ab, aber es war tatsächlich so. Monsieur Léchet zufolge, auf den auch hier Verlass war, trug ich gerade mal einen Franc bei mir, darüber hinaus 35 französische Centimes und ganze fünf belgische Franc. Zu wenig zum Leben, aber zu viel, um vor die Hunde zu gehen. Und zu allem Überfluss kein Dach über dem Kopf. So könnte man den Stand der Dinge umschreiben.

Doch ich hatte Glück, zumindest was die dringend benötigte Schlafgelegenheit betraf. Mit einem möblierten Zimmer hatte die Bruchbude in der Rue d'Enfer Nr. 8 jedoch nichts zu tun. Aber wenigstens war sie billig, und das war ja wohl die Hauptsache. Die 40 Centimes pro Bett und Nacht konnte ich mir gerade noch leisten, vorausgesetzt, ich fand Arbeit. Die Frage war nur, wann. Und vor allem, bei wem. Zudem knurrte mir der Magen, also verlor ich keine Zeit und machte mich auf die Socken. Eins kann ich Ihnen versichern: Länger als eine Woche hätte ich es in der Rue Rue d'Enfer nicht ausgehalten. Aber wem sage ich das, als Polizeipräsident wissen Sie ja Bescheid. Die Häuser kurz vor dem Zusammenstürzen, verkommene Hinterhöfe, kaum Sonne, Ratten und Ungeziefer en masse, die Rinnsteine voll mit Pferdepisse, dazu Dreck, Schimmel und Abfälle, wo man hin- und rausschaute. Kurzum:

ein einziger Schandfleck, einer Metropole wie Genf absolut unwürdig.

Ist ja gut, ich weiß schon, was jetzt kommt. Einer wie ich, den man nach Belieben rumschikanieren kann, muss eben kleinere Brötchen backen. Muss er nicht, kann ich da nur sagen. Nirgendwo steht geschrieben, dass die Reichen nach Möglichkeit immer reicher und Hungerleider wie ich bettelarm bleiben sollen. 25 Jahre alt, keine Familie, keinen festen Wohnsitz, keine Arbeit, kein Garnichts. Ein Spielball der Mächtigen, wie so viele, welche die Elendsquartiere in Europa bevölkerten. Eine Marionette, die man nach Gebrauch auf den Kehrichthaufen werfen konnte.

Nein, nein und abermals nein.

So konnte es einfach nicht weitergehen.

Sie merken schon, ich war in eine Sackgasse geraten, hatte die Nase bis obenhin voll. Irgendetwas musste geschehen, und zwar bald.

Falls möglich, innerhalb der nächsten beiden Tage.

Länger würde mein Geld nicht reichen, wenn überhaupt. Falls nicht, es gab ja noch die Genfer Volksküche, dort konnte man sich für ein paar Centimes Essensmarken kaufen. Auf Dauer nicht gerade das Gelbe vom Ei, aber genug, um einigermaßen satt zu werden.

Tja, so ist das nun mal im Leben. Anstatt Kartoffelsuppe zu essen, konnten die Reichen aus dem Vollen schöpfen. Und was war mit mir, dem unehelichen Bastard, der sich mehr schlecht als recht über die Runden quälte? Ich konnte zusehen, wo ich bleibe, nach mir würde kein Hahn krähen, wenn ich auf der Strecke bliebe.

Wie gesagt, demnächst musste irgendetwas geschehen.

Und ich wusste auch schon, was.

Der Gedanke, auf den ich kam, war denkbar einfach. Wenn ich schon zu den Verlierern zählte, dann würde ich dafür sorgen, dass mein Name in aller Munde war. Ein Lebtag schuften, um mit 40 auf dem Armenfriedhof zu enden, für mich kam das nicht infrage.

Nie und nimmer.

Ich musste etwas unternehmen, die Leute wachrütteln, die Welt auf mich und meinesgleichen aufmerksam machen. Mit einem Wort, ich musste eine Tat vollbringen, von der man noch lange sprechen würde.

Das sagt sich so leicht, ich weiß. Aufmerksamkeit zu erregen war nur eine Seite der Medaille. Die andere bestand darin, einen Prominenten ausfindig zu machen.

Oder eine Prominente, je nachdem.

Auf dass die Tat, die zu begehen ich im Begriff stand, dereinst in den Geschichtsbüchern stehen würde. Nicht etwa als Randnotiz, sondern in fetten dunklen Lettern.

In Lettern aus Blut.

Aristokratenblut.

Insofern hatte ich ein Motiv, das stimmt. Mein Unmut, der sich am 10. September 1898 entlud, war auf eine ganz bestimmte Sorte Mensch gerichtet. Auf all jene, die auf Kosten anderer lebten. Die aus dem Vollen schöpften, ohne einen Finger krumm zu machen.

Und kommen Sie mir nicht mit dem fünften Gebot, darauf haben die gekrönten Häupter noch nie Rücksicht genommen. Das beste Beispiel dafür sind die Mailänder Brotunruhen, aufgeflammt vier Monate vor meiner Tat, und das auf den Tag genau. Wie der Ausdruck andeutet, ging es dabei weniger um Politik, sondern schlicht und ergreifend ums Überleben. Will heißen, meinen Lands-leuten fehlte es am Nötigsten – und ganz besonders an

Brot. Und was tat der König? Er erteilte den Befehl, auf die wehrlosen Demonstranten zu schießen. Resultat: mehr als 200 Tote, darunter Greise, Frauen und unmündige Kinder. So viel Tapferkeit verlangt nach einer Belohnung, hab ich recht? Man ahnt es bereits, in dem Punkt war auf unseren König Verlass, auch wenn noch so viel Blut an seinen Klauen klebte. General Fiorenzo Bava-Beccaris, vom Volk als »Schlächter von Mailand« tituliert, bekam den ersehnten Orden – und wurde in den italienischen Senat berufen.

Welch ein Hohn, welch menschenverachtende Infamie.

Mehr als 200 Tote, abgeknallt wie Schlachtvieh. Auf Befehl Seiner Majestät des Königs.

Wenn das kein Motiv war, verstehe ich die Welt nicht mehr.

Doch zurück zum September 1898, als ein unbedeutender Habenichts Geschichte schrieb. Wo genau ich das Gerücht über den hohen Besuch aufgeschnappt hatte, kann ich beim besten Willen nicht sagen. Sicher ist, es breitete sich bereits am Vorabend wie ein Lauffeuer aus. Ich selbst befand mich gerade en route, nicht etwa freiwillig, sondern weil Madame Seydoux, meine Pensionswirtin, auf strikter Einhaltung der Hausordnung bestand. Regel Nummer eins: kein Damenbesuch. Regel Nummer zwei: Alkoholkonsum strikt verboten. Drittens und letztens: Betreten der Unterkunft zwischen sechs und achtzehn Uhr ebenfalls verboten, Zuwiderhandlungen haben den sofortigen Rausschmiss zur Folge.

Alle Achtung, das nenne ich Gastfreundschaft.

Am nächsten Morgen bekam ich es dann Schwarz auf Weiß. Die Kaiserin von Österreich, so die ›Tribune de Genève‹, halte sich inkognito in Genf auf. Im ersten Haus am Platze, wie sollte es anders sein. Auf Diskretion werde vonseiten des Hotels Beau Rivage großer Wert gelegt, um Ihrer Majestät den Aufenthalt so angenehm wie möglich zu machen.

Die Gazette in der Hand, hielt ich mit klopfendem Herzen inne, beäugt von den Passanten, welche die Rue du Rhône wie an jedem Morgen bevölkerten. Für mich, das stand von nun an fest, würde es kein Tag wie jeder andere werden. Heute, am 10. September anno 1898, würde meine große Stunde schlagen. Die Stunde, in der ein Soldat aus dem Heer der Namenlosen Geschichte schreiben würde.

Wie berauscht von der Euphorie, die mich in jenem Moment durchströmte, warf ich einen Blick auf die Uhr am Tour de Molard, wohin ich meine weit ausgreifenden Schritte gelenkt hatte.

Acht Uhr und vierzig Minuten.

Nur noch fünf Stunden, und mein Name würde in aller Munde sein.

Ich fliehe vor der Welt samt ihren Freuden,
und ihre Menschen stehen mir heut fern;
es sind ihr Glück mir fremd und ihre Leiden;
Ich stehe einsam, wie auf and'rem Stern.

(Gedicht der Kaiserin Elisabeth, zit. bei Katrin Unterreiner, *Sisi. Mythos und Wahrheit*, Wien 2015, S. 114)

ZWEI

4

TESTAMENT (I)

Aus der eidesstattlichen Erklärung von Auguste Beaulieu,
27 Jahre, ledig und Konzertpianist von Beruf, wohnhaft
in der Rue des Alpes 10 in Genf (Anlage: handschriftliches
Testament des Unterzeichneten, hinterlegt bei der Anwalts-
kanzlei Biasini & Söhne)

Junger Mann aus gutem Haus, gebildet, schlank, dunkel-
haarig, sportlich, nicht unattraktiv und bei bester Gesund-
heit, sucht dringend Unterschlupf bei vertrauenswürdiger
Person. Gern weiblich, falls es sich einrichten lässt.

Interessiert?

Nein, nicht, was Sie jetzt denken. Ich bin zwar kein
Kostverächter, aber ein Tête-á-Tête wäre das Letzte, was
ich derzeit brauchen könnte. Warum nicht? Ganz einfach:
Weil jeder verfügbare Polizist Jagd auf mich macht. Und
weil ich damit rechnen muss, mundtot gemacht zu werden.

Wie das gemeint ist?

Wörtlich, mit deutlicher Betonung auf ›tot‹.

Keine Angst, ich scherze nicht. Und außerdem: Darüber macht man keine Witze. Die Sache ist nämlich ernst,
bitterernst sogar. An sich bin ich um ein Bonmot nie ver-
legen, nicht immer zur Freude meiner Mitbürger, denen
der Ruf anhaftet, dass sie sich zum Lachen in einem Tresor
einschließen. Im Zuge der Ereignisse, die zu schildern ich
im Begriff stehe, ist jedoch selbst mir Witzereißen vergan-

gen. Und zwar gründlich, wie ich zu meinem Leidwesen zugeben muss. Dass es dazu kam, liegt nicht an mir, neige ich doch dazu, das Leben von der heiteren Seite zu betrachten. Zugegeben, diese Spezies ist in Genf nicht übermäßig stark vertreten. Doch bin ich nicht der Typ, der Wert darauf legt, um jeden Preis mit dem Strom zu schwimmen. Um Leute dieses Schlages mache ich einen Bogen – und diese wiederum um mich. An meinem Naturell, das wohlmeinende Beobachter als unbeschwert bezeichnen würden, ändert dies jedoch nichts.

Falsches Tempus, soll nicht wieder vorkommen. Die Zeiten, in denen die Widrigkeiten des Lebens an mir abprallten, sind unwiderruflich vorbei. Es grenzt fast schon an ein Wunder, dass ich noch am Leben bin, so übertrieben das auch klingen mag. Wer es schafft, binnen Tagesfrist zur meistgesuchten Person in Genf zu werden, der sollte Vorkehrungen für den Fall seines Ablebens treffen.

Und sein Testament aufsetzen, solange es noch geht.

Mit meinen Habseligkeiten ist es freilich so eine Sache. Von Besitz im Wortsinn kann bei mir keine Rede sein, sieht man vom Konzertflügel ab, den ich mir unlängst zugelegt habe. Auf Pump, versteht sich, aber das tat der Freude keinen Abbruch. Madame Filigran, bei der ich in Untermiete wohne, teilte meinen Enthusiasmus nicht, fand sich jedoch schneller als erwartet damit ab. Ein Flügel aus dem Hause Bechstein, schwarz lackiert, von Hand gefertigt und für normal Sterbliche kaum erschwinglich. Schon als Kind hatte ich mir so ein Wunderwerk gewünscht. Ein Traum, für den ich mich bis über beide Ohren verschuldete.

Abgesehen davon hält sich mein Besitz in Grenzen, das muss ich der Ehrlichkeit halber einräumen. Als Konzertpianist ist man hierzulande nicht auf Rosen gebettet, weshalb ich gezwungen war, mein Budget schnellstmöglich aufzubessern. Kost und Logis in der Rue des Alpes waren schließlich nicht frei, und da ich auf eine gepflegte Garderobe Wert legte, wuchsen mir die Lebenshaltungskosten über den Kopf. Folglich blieb mir keine andere Wahl, als mich mit minderbegabten Schülern aus gutem Hause herumzuquälen, wobei ich es so meine, wie ich es zu Papier bringe. Kurzum, begabt waren nur die wenigsten, aber da ich notorisch klamm war, blieb mir keine Wahl.

So enervierend die Tätigkeit auch war, am Ende hatte sie wider Erwarten etwas Gutes. Damit meine ich die Perspektiven, die sich dadurch ergaben. Es begann vor circa fünf Jahren und somit lange vor dem Malheur, in das ich durch eigenes Zutun hineinschlitterte. Am Ende einer besonders nervenaufreibenden Klavierstunde kam ich mit der Mutter einer meiner Schüler ins Gespräch, das einen anderen als den von mir intendierten Verlauf nehmen sollte. Ursprünglich hegte ich die Absicht, besagte Dame über die Talentlosigkeit ihres tumben Sprösslings in Kenntnis zu setzen, sah jedoch aus Rücksicht auf ihren Gemütszustand davon ab. Nach Konversation mit privatem Inhalt stand mir zwar nicht der Sinn, doch hielt ich es für ein Gebot der Höflichkeit, der in Tränen aufgelösten Fabrikantengattin zuzuhören. Der Inhalt des Gesprächs ist schnell erzählt: Madame hegte den nicht unbegründeten Verdacht, der Herr Gatte wandele auf Freiersfüßen – mit Betonung auf Freier, um es unverblümt zu formulieren. Peinlich berührt, drückte ich mein Bedauern aus, aber so einfach, wie ich gehofft hatte, kam ich nicht davon. Was folgte, war ein Rundumschlag, der weiß Gott nicht von schlechten Eltern war. Mit anderen Worten, meine Gesprächspartnerin wetterte wie eine Furie. Dass der nach Abwechslung lechzende Gemahl die Schurkenrolle bekam, lag in der Natur der Sache. Mir persönlich war der Wutausbruch peinlich, und ich malte mir aus, was geschähe, wenn die Walküre ihren Gatten zur Rede stellen würde.

Und genau da lag der Hund begraben, um es prosaisch zu formulieren. Anders ausgedrückt: Verdachtsmomente sind eine Sache, Beweise etwas gänzlich anderes. Vor Gericht zählen bekanntlich nur Tatsachen – namentlich die nackten.

Ich weiß, ich weiß. Es gehört sich nicht, wenn man frivole Witze reißt. Wie konnte ich das vergessen. Schon gar nicht, wenn es sich um Klienten handelt.

So, jetzt ist es heraus. Ich fürchte, ich bin dem Leser dieser Zeilen eine Erklärung schuldig. Um mein bescheidenes Budget aufzubessern, bin ich nämlich nicht nur als Konzertpianist oder nolens volens als Klavierlehrer tätig gewesen. Das natürlich auch, aber eben nicht nur. Wie heißt es doch so schön: »L'argent gouverne le monde.« Wie wahr. Was ich damit sagen will, ist: Es wäre töricht gewesen, die Offerte der betuchten Erinnye abzulehnen. 500 Franc, um den umtriebigen Gatten – man verzeihe das erneute Wortspiel – rund um die Uhr zu beschatten und den unumstößlichen Beweis für dessen Untreue zu liefern.

500 Franc, bar auf die Hand. Leicht verdientes Geld, wenn man berücksichtigte, dass mein Honorar dem Jahresverdienst eines Arbeiters entsprach.

Und der Stoff, aus dem meine Träume von einem sorgenfreien Leben gemacht waren.

Pardonnez-moi, messieurs dames – wie ungehobelt von mir. Gestatten Sie, dass ich mich vorstelle. Auguste Beaulieu, Konzertpianist und Privatermittler. Ersteres aus Neigung und Letzteres aus … Nun ja, sprechen wir es lieber

nicht aus. Was tut man nicht alles, um das nötige Kleingeld zusammenzukratzen.

Ziemlich viel, wie mir scheint.

Bevor ich es vergesse: Meine Bemühungen im Fall L.
haben sich gelohnt. Zugegeben, der außer Rand und Band
geratene Don Juan hatte großen Anteil daran. Schlug er
doch in einer Weise über die Stränge, dass es ein Kinderspiel war, das Objekt meiner Recherchen in die Venusfalle
zu locken. Mehr möchte ich dazu nicht sagen, Diskretion geht mir über alles. Kurzum, die Angelegenheit war
schneller erledigt als gedacht – und ich um 500 Franc reicher. Anfangs konnte ich mein Glück kaum fassen, gönnte
mir ein Champagnerfrühstück nach dem andern, schlürfte
Austern im Hotel des Bergues, frequentierte die Konditorei Désarnod, um mich an Mousse au Chocolat mit Cognac zu laben, fuhr ins Casino nach Montreux, um mein
Glück mit Roulette und Backgammon zu versuchen – und
stand alsbald mit leeren Händen da.

Das Glück blieb mir dennoch treu – nur leider nicht
immer, wie mein jüngstes Missgeschick beweist. *Aber*
Schwamm drüber, Lamentieren hilft nicht. Was man sich
eingebrockt hat, muss man wieder auslöffeln, auch wenn
man daran zu kauen hat. So wie Du, Auguste. Aber mach
dir nichts draus, wird schon nicht so schlimm werden. Kopf
hoch, alter Junge, du packst das schon. Wenn nicht, hättest
du allerdings ein Problem – und was für eins.

Aber egal – reden wir über etwas anderes. Wie gesagt,
ich war notorisch knapp bei Kasse. Honorare in Höhe von
500 Franc blieben nämlich die Ausnahme, wenngleich sich
herumsprach, was ich im Fall L. zuwege gebracht hatte.
Apropos: Die Scheidung kam den liebestollen Faun teuer
zu stehen, zumal der Idiot von Ehemann – man verzeihe

die rüde Wortwahl – über keinerlei Barvermögen verfügte. Tja, tant pis pour vous, Monsieur – rien ne vas plus. Und ein Ratschlag meinerseits: So man in eine begüterte Familie einheiratet und das sechste Gebot missachtet, sollte man so schlau sein, das elfte nicht zu vergessen. Sonst darf der Betreffende sich nicht wundern, wenn er mit Schimpf und Schande vom Hof gejagt wird.

Mit Schimpf und Schande verjagt, das erinnert mich an zu Hause. Ich spreche zwar nicht gern darüber, aber wenn wir schon beim Thema Familie sind, ein paar Worte über mich selbst. Ich muss zugeben, auch ich stamme aus – sogenanntem – gutem Haus. Das heißt, was man im Allgemeinen darunter versteht. Ich will es mal so formulieren: Der Volksmund sagt, es gäbe vier Möglichkeiten, die einem das Leben vermiesen können, und zwar Frauengeschichten, Alkohol, Spielsucht oder Bankgeschäfte. Mein Vater entschied sich für die bei Weitem langweiligste Variante, nämlich für die vierte. En d'autres termes, da er Direktor eines angesehenen Genfer Geldinstituts war, wurde ich mit dem sprichwörtlichen goldenen Löffel im Mund geboren. In jungen Jahren fehlte es mir somit an nichts, wenn ich es mal so formulieren darf. Auf Betreiben meiner Mutter bekam ich Klavierunterricht, lernte Klettern, Segeln und das Kunststück, einen Filzball möglichst treffsicher über ein exakt 1,07 Meter hohes Netz zu befördern, Letzteres indes mit wenig Fortune. Sie merken schon, mein Vater wollte partout eine Sportskanone aus mir machen. Die Mühe hätte er sich weiß Gott sparen können. Meine große Passion war und blieb nun mal die Musik, daran konnte selbst mein alter Herr nichts ändern.

Bei meinen Altersgenossen stieß meine Passion für Bach, Mozart und Wagner auf Ablehnung. Das Gleiche galt für meinen Vater, wenngleich aus anderen Gründen. Und so steckte er mich ins Internat. In Davos, weit weg vom Rockzipfel meiner Mutter, würde man mir die Wahnidee von einer Karriere als Konzertpianist schon austreiben – so hoffte er. Aber Jean-Luc de Beaulieu hoffte vergebens. Die Metamorphose des missratenen Sohnes fand zwar statt, jedoch nicht so, wie Vater es sich erhofft hatte. Im Klartext heißt das, ich ließ die Puppen tanzen, bis die Wände bebten. Keine Woche verging, in der ich nicht einen oder mehrere Verweise sowie Arrest oder Küchendienst aufgebrummt bekam. Innerhalb kürzester Zeit war mein Name in aller Munde, und ich musste beim Direktor vorreiten und eine Wutpredigt der Extraklasse über mich ergehen lassen. Ich bekomme Ohrenschmerzen, wenn ich nur dran denke, auch heute noch, zehn Jahre nachdem ich zum Schreckgespenst meiner Lehrer wurde. Verständlich, dass die Eskapaden meinen alten Herrn zur Weißglut trieben, und wer ihn kennt, weiß, dass er sich das nicht bieten lassen würde. Mit anderen Worten, der eifrige Kirchgänger versuchte es zunächst mit Predigten, dann mit düsteren Prophezeiungen und am Ende sogar mit der Androhung von Schlägen. Doch dann, nachdem die Drohgebärden nicht gefruchtet hatten, lenkte er in letzter Minute ein. Ich dachte schon, das Schlimmste sei überstanden, wurde jedoch eines Besseren belehrt.

Das Schlimmste sollte nämlich noch kommen.

Es geschah nach meinem Hinauswurf aus dem Internat, als ich an einem stürmischen Herbstabend am Klavier saß und den Trauermarsch aus Wagners »Götterdämmerung« intonierte. Passender hätte die Begleitmusik für Vaters Auftritt nicht ausfallen können, das muss ihm der Neid lassen. Was er vorhatte, war nämlich nichts anderes, als all meine Hoffnungen zu Grabe zu tragen, und zwar ein für alle Mal. »Ich habe mit dir zu reden, Auguste«, sprach mein Erzeuger, dem die Rolle des Hagen auf den Leib geschneidert zu sein schien. »Und zwar sofort.«

»Hat das nicht bis später Zeit?«, fragte ich, nicht in der Stimmung für eine Standpauke nach Art des Hauses, die unweigerlich in einen Eklat münden würde. »Du siehst doch, ich spiele gerade Klavier.«

Die Antwort ließ nicht lange auf sich warten. »Das spielst du doch den ganzen Tag, oder?«, knurrte mein Vater, von Natur aus jähzornig, wie ich aus leidvoller Erfahrung wusste. Die Temperamentsausbrüche á la Beaulieu waren allgemein gefürchtet, nicht zuletzt beim Personal, aber auch beim Rest der fünfköpfigen Familie. Meine Mutter, die vor drei Jahren starb, bildete die große Ausnahme, an seine Frau traute sich der Herr Bankdirektor nicht heran. Pech für mich, dass ausgerechnet sie am Vortag zur Kur nach Caux gefahren war, wodurch meine Aktien auf den Tiefpunkt gesunken waren. »Hast du eigentlich noch etwas anderes im Kopf, als auf dem sündhaft teuren Kasten rumzuklimpern?«

Man beachte das Wort »sündhaft«, dessen Gebrauch in Genf auf eine lange Tradition zurückblicken kann. Aber was konnte man von einem Mitglied der Reformierten Kirche auch anderes erwarten. Was das betraf, überraschte mich überhaupt nichts mehr. Nebenbei bemerkt: Der »Kasten«, von dem mein Vater sprach, war ein Flügel aus dem Hause Gaveau, den Mutter mit in die Ehe gebracht hatte. Das war denn auch mein Glück, oder, wenn man so will, mein Pech gewesen: »Du erwartetest doch nicht allen Ernstes, dass ich dir eine Antwort darauf gebe?«, antwortete ich und setzte in Erwartung des bevorstehenden Vulkanausbruchs sogar noch einen drauf. »Der eine zählt Geldscheine, der andere spielt Klavier. Ich frage mich, was daran so schlimm sein soll.«

»Da fragst du noch?«, schäumte Hagen alias Jean-Luc de Beaulieu, den imaginären Speer in der Hand, um ihn mir bei passender Gelegenheit in den Leib zu rammen. »Weil man keinen lumpigen Sou damit verdienen kann, darum! Alles, was recht ist, aber von einem 17-Jährigen hätte ich mir eine intelligentere Antwort gewünscht.«

»Macht nichts, damit muss ich leben.«

»Werd jetzt bloß nicht frech, du … du …!«, stieß mein Erzeuger hervor, riss die Notenblätter an sich und pfefferte sie wutschnaubend in die Ecke.

»Du Versager, sprich es ruhig aus«, vollendete ich mit gleichgültiger Miene, wiewohl innerlich bis ins Mark getroffen, stand auf und sammelte die Notenblätter wieder ein, um sie auf der Kommode neben dem Panoramafenster zu deponieren. Von dort genoss man einen ungestörten Blick auf den Genfer See, über dem sich pechschwarze Wolkengebirge zusammengeballt hatten. Man sieht, die Inszenierung ließ keine Wünsche offen, außer bei mir, der ich mit dem Schlimmsten rechnen musste. »Weißt du, mit der Zeit gewöhnt man sich an alles.«

Der Wutausbruch seitens des Hausherrn ließ jedoch auf sich warten. An sich hätte mich das stutzig machen sollen, doch war ich zu naiv, um das Finale furioso vorauszuahnen. »Freut mich zu hören«, versetzte mein Vater, ein Lächeln im blutunterlaufenen und von Äderchen durchzogenen Gesicht. »Wenn das so ist, wären wir uns ja einig.«

»Und worüber, wenn man fragen darf?«

Das Lächeln verschwand so schnell, wie es aufgeblitzt war. Was blieb, war demonstrative Häme, gepaart mit Hass, wie selbst ich ihn noch nie zu spüren bekommen hatte.

»Bezüglich deiner beruflichen Zukunft, was hast du denn gedacht.«

Eins musste man dem Alten lassen, die Überraschung war perfekt. Gänzlich unerwartet hatte Hagen den Speer gepackt und mit diabolischer Präzision auf meinen schwachen Punkt gezielt. Dafür gebührte ihm ein Kompliment, wenngleich sein Triumph nicht von Dauer sein würde. In dem Punkt kannte er mich schlecht, falls er sich denn je bemüht hatte, die Dinge aus meiner Sicht zu betrachten.

»Ich frage mich, weshalb du dir so viele Gedanken machst. Du weißt doch, ich will Konzertpianist werden.«

»Jetzt hör mir mal gut zu, du impertinenter Lümmel. Wenn hier jemand sagt, wo es langgeht, dann bin ich es – und nicht du. Ergo: Was aus dir wird, entscheide immer noch ich, ist das klar? Also nimm endlich Vernunft an und schlag dir die Flausen aus dem Kopf. Und trau dich ja nicht, mir noch einziges Mal zu widersprechen, sonst lernst du deinen Vater kennen. Damit du Bescheid weißt, ab Montag arbeitest du bei mir in der Bank. Es wird Zeit, dass du einen ordentlichen Beruf erlernst und aufhörst, den lieben langen Tag auf dem Klavier rumzuklimpern. Bildest du dir etwa ein, du könntest davon leben? Wenn ja, bist du naiver, als ich dachte. Wach endlich auf, Auguste, es ist fünf vor zwölf. Und nimm dir ein Beispiel an deinen Altersgenossen, die sind dir um Längen voraus, mon cher!« Einmal in Fahrt, geriet Hagen in wilde Raserei: »Eins gleich vorweg: Deine Mutter lässt du gefälligst aus dem Spiel. Ich weiß genau, dass ihr zwei euch ergänzt, wenn es gegen mich geht. Aber damit ist jetzt Schluss – und zwar endgültig. Ich will nicht, dass mein Sohn zum Weichling verkommt, geht das in deinen Musikantenschädel rein? Wenn nicht, ich sage es gern noch mal: Am Montag fängst du in der Bank an – und keine Widerrede! Wag es nicht, dich bei deiner Mutter auszuheulen, sonst ist der Teufel los!«

Letzter Akt, wenige Sekunden vor dem Schlussakkord. Mein alter Herr zieht sämtliche Register, schreit, tobt, droht, brüllt und fuchtelt wie ein Tobsüchtiger mit den Armen. Aber das ist längst noch nicht alles. Um den Renegaten das Fürchten zu lehren, wird mit dem Erscheinen des Leibhaftigen gedroht. Ich muss schon sagen, Calvin hätte es nicht besser machen können.

Aber Spaß – respektive Galgenhumor – beiseite: Ich entschloss mich, gute Miene zu bitterbösem Spiel zu machen.

Und sann insgeheim auf Rache.

Um es kurz zu machen, meine Tätigkeit bei der Credit de Genève übertraf meine schlimmsten Befürchtungen. Ich betone, das lag bestimmt nicht an meinen Kollegen, die den Fils du Dieu wie einen der Ihren behandelten. Inwieweit dies mit der Position meines alten Herrn zu tun hatte, sei dahingestellt, ich für meinen Teil kann diesbezüglich nicht klagen. Kein Zweifel, die Hauptschuld an dem sich anbahnenden Desaster trifft mich – und nur mich – ganz allein. Eine Banklehre zu machen war das Schlimmste, was mein Vater mir antun konnte, und ich meine es so, wie ich es sage. Fazit: Die Tragödie trieb unweigerlich auf ihren Höhepunkt zu. Dass es zum Duell kommen würde, war klar, wann und wo, nur eine Frage der Zeit.

Man erspare es mir, darüber zu sprechen – das gehört nicht hierher. Einstweilen nur so viel: Nach drei Jahren, sechs Monaten und vier Tagen Tätigkeit bei der Crédit Genève hielt ich es nicht mehr aus.

Und kündigte fristlos.

Den Rest kann man sich denken. Sprich, mein Vater setzte mich vor die Tür.

Doch damit nicht genug. In seinem Zorn über den schmählichen Verrat verbot er mir, die Villa im Nobelvorort Cologny je wieder zu betreten. Das habe ich auch nicht getan, bis vor kurzem, als mein Leben aus den Fugen geriet.

Wie ich es geschafft habe, mich über Wasser zu halten? Zugegeben, ich hatte es mir leichter vorgestellt. Von meinem Vorhaben ließ ich mich dennoch nicht abbringen und bemühte mich um einen Platz am Conservatoire de Musique de Genève, einem der renommiertesten Institute weit und breit. Und siehe da – ich hatte Glück. Glück und das nötige Können, um vor den Augen der Juroren zu bestehen. Ich weiß, ich weiß. Eigenlob stinkt, Geld dagegen nicht.

Sagt man zumindest.

Genug der Witzeleien, bleiben wir lieber sachlich. Ohne die Hilfe meiner Mutter, die mich ohne Wissen von Beaulieu senior unterstützte, hätte ich mein Examen abschreiben können. So aber gelang es mir, sämtliche Schwierigkeiten zu meistern, trotz Geldnot, die mich auf Schritt und Tritt begleitete. Diese zwang mich dazu, alle erdenklichen Tätigkeiten auszuüben, auch solche, die ich rundweg abgelehnt hätte. Weil mir in jenen Tagen, als ich von der Hand in den Mund lebte, aber so gut wie nichts normal erschien, war ich überall dort anzutreffen, wo Musik gemacht wurde. Sie merken schon, es ging mir ziemlich dreckig. Sonst wäre ich nicht auf die Idee gekommen, in Hotels, beim Galadiner im Kurhaus oder in halbseidenen Salons zum Tanz aufzuspielen. Egal, was man davon hält, die Erfahrung sollte sich auszahlen. Und das in des Wortes ureigener Bedeutung. Ohne meine Kontakte zum Milieu, das gebe ich unumwunden zu, wäre meine Tätigkeit als Privatermittler zum Scheitern verurteilt gewesen. Die Gesetzeshüter, allen voran Inspektor Lupin, mit dem mich eine innige Intimfeindschaft verband, wären darüber erfreut gewesen. Und ich um etliche Tausend Franc ärmer.

Da ich aber jeden Sous zusammenkratzen musste, um meine Miete bei Mademoiselle Filigran abzustottern, durfte ich nicht wählerisch sein. Wie das gemeint ist, möchten Sie wissen? Nun ja, bekanntlich gibt es solche und solche. Klienten wie Madame L., die zu den alteingesessenen Familien von Genf gehören, und Kundinnen wie Madame Passepartout, die ein florierendes Etablissement für Amüsierwillige mit prall gefülltem Portemonnaie betreibt. Ungewöhnlicher Name, nicht wahr? Aber klar doch, es handelt sich um ein Pseudonym. Der wahre Name der geschäftstüchtigen Dame ist mir zwar bekannt, doch werde ich mich hüten, eine meiner Kundinnen zu kompromittieren. Auch hier ist Diskretion für mich Ehrensache, ob es den Moralaposteln dieser Welt in den Kram passt oder nicht. Und noch etwas, um etwaige Unklarheiten zu beseitigen. Ich weiß, die meisten meiner Mitbürger wären heiß entsetzt, wenn ich behaupte, dass es in ganz Genf keine Frau gibt, die Madame P. in puncto Herzensbildung das Wasser reichen kann. Aus dem Mund eines Mannes, der den sogenannten besseren Kreisen entstammt, mag sich das ein wenig merkwürdig, wenn nicht gar frivol anhören. Eins kann ich im Lichte der Erfahrungen im Umgang mit Unpersonen meiner Heimatstadt jedoch sagen: nämlich dass gute Menschen meist dort anzutreffen sind, wo man sie am wenigsten vermutet.

Ich hoffe, das war deutlich genug.

So, jetzt ist es aber Schluss. Kommen wir zum Grund, warum man mir nach dem Leben trachtet – und zu den Erlebnissen, die mich bewogen, meinen letzten Willen zu formulieren.

Letzter Wille, wie sich das anhört. Viel zu vererben habe ich ja wohl nicht. Mein Flügel, dessen Raten längst noch nicht abgestottert sind, mit inbegriffen. Bedeutet: In Bezug auf mein Testament kann ich es kurz machen. Nun ja, vielleicht nicht ganz so kurz. Mein wertvollster Schatz, wenn ich das so sagen darf, ist ein unscheinbar wirkendes Programmheft, datiert auf den 26. Juli 1882. Ein Tag, wie es ihn so schnell nicht mehr geben wird. Eingeweihte wissen längst Bescheid: Es handelt sich um das Datum der Uraufführung des »Parsifal« in Bayreuth. Ich war elf damals – und zusammen mit Mutter unter den Premierengästen. Und jetzt kommt's. Um mir eine Freude zu machen, nahm sie ihren ganzen Mut zusammen, passte den umschwärmten Komponisten ab und bat ihn, mir ein Autogramm zu geben. Wie man an Wagners eigenhändiger Unterschrift erkennen kann, wurde die Bitte gewährt – und ich, Auguste Beaulieu, von Stund an zu einem seiner Anhänger.

Doch nun zu einem Datum, mit dem meine Vita aufs Engste verknüpft war – und es zu meinem Leidwesen immer noch ist. Ich rede vom Tod meiner Mutter, der sich am Zehnten des Monats zum dritten Mal jährte. Dass ich zutiefst erschüttert war, bedarf keiner Erwähnung. Und das in mehrfacher Hinsicht. Man stelle sich vor: Da spaziere ich nichtsahnend durch den Jardin Anglais und genieße das herrliche Herbstwetter, als ein Zeitungsjunge die neueste Ausgabe der Tribune feilbietet. Darin findet sich, umgeben von Blütenranken, gedruckt in fetten schwarzen Lettern, veröffentlicht im Namen meines alten Herrn samt meiner jüngeren Geschwister und einer stattlichen Zahl von Verwandten … Erraten!

Dort fand sich die Todesanzeige meiner Mutter.

So unausstehlich mein Vater auch gewesen war, gehasst hatte ich ihn nie. Doch damit war es jetzt vorbei. Was auch geschieht, jener Tag im September wird mir zeitlebens im Gedächtnis bleiben.

Dessen bin ich mir sicher.

Zu 100 Prozent.

Es überrascht sicher nicht, dass mein Erzeuger für mich gestorben war. Deshalb tat ich etwas, das mir wie ein Schlussstrich unter die Vergangenheit vorkam. Ein Schritt, wie ihn nur die wenigsten unternommen hätten. Ich will damit sagen, ich strich das ›de‹ aus meinem Namen. Mit Wissen und Billigung der Behörden, damit auch alles seine Richtigkeit hatte. Und ich ging sogar noch einen Schritt weiter, indem ich eine zweite Todesanzeige aufgab, in eigenem Namen – und ohne das ›von‹. Wie sich leicht denken lässt, sorgte ich damit für einen Skandal, der in den Annalen des Geldadels ohne Beispiel ist. Das wiederum war mir von Herzen gleichgültig, auch wenn dadurch sämtliche Brücken hinter mir einstürzten.

Fast auf den Tag genau drei Jahre später, also am 9. September, glaubte ich zunächst, ich sei nicht ganz richtig im Kopf. Es geschah im Anschluss an eine Konzertprobe, bei der ich für den etatmäßigen Pianisten einspringen musste. Eine russische Sopranistin, deren Name mir partout nicht über die Lippen will, hatte in Genf Station gemacht – und suchte händeringend nach Ersatz, da sie mit ihrer Flügelbegleitung über Kreuz geraten war. So etwas kommt bekanntlich in den besten Kreisen vor, doch als ich auf die Dame traf, wusste ich, warum der Mann am Klavier das Weite gesucht hatte. Lange Rede, kurzer Sinn: Mit dem, was zumindest ich unter Gesang verstehe, hatte das Wehgeschrei der sibirischen Dampfwalze so viel zu tun wie

Queen Victoria mit einer Varieté-Tänzerin. Pardonnez-moi, wenn ich mich so derb ausdrücke, aber es ist nun mal die Wahrheit. Der arme Brahms, kann ich da nur sagen. Viel hätte nicht gefehlt, und er wäre von den Toten auferstanden, um die Dame mit dem unüberhörbaren Akzent zum Duell zu fordern.

Doch das Schlimmste stand mir noch bevor, so überheblich es auch klingen mag. Ich will es einmal so formulieren: Wenn es hoch kommt, gibt es ein gutes Dutzend Interpreten, denen man zutrauen kann, die Lieder aus der Feder von Richard Wagner im Sinne des Meisters vorzutragen. Die Dame mit dem unaussprechlichen Familiennamen gehörte nicht dazu.

Kein Wunder also, dass ich nach der Probe im Grand Théâtre fix und fertig war. »Nichts wie raus hier!«, murmelte ich, stahl mich wie ein Dieb durch den Bühnenausgang ins Freie und ignorierte die Droschkenkutscher auf der Place Neuve, welche die Passanten zum Einsteigen animierten. In meiner Not hatte ich nur noch ein Ziel vor Augen, nämlich die Konditorei Désarnod, wo ich meinen Unmut mit Remi Martin hinunterspülen wollte. Bei der Patisserie am Boulevard de Théâtre handelte es sich um mein erklärtes Stammlokal, berühmt für seine Eisbecher, wie man sie in Genf sonst vergeblich sucht. Allein, mir stand nicht der Sinn nach Tiramisu, Crema al Mascarpone oder anderen lukullischen Genüssen. Ich wollte mich mit Fünf-Sterne-Cognac betäuben – und sonst gar nichts.

Man ahnt es bereits, dazu sollte es nicht kommen. Schuld daran war nicht etwa mein Unvermögen, die Möchtegern-Diva aus meiner Erinnerung zu tilgen. Auch das Wetter, für die Jahreszeit entschieden zu warm, wenn nicht gar sommerlich, konnte sich durchaus sehen lassen. Entscheidend dafür, dass ich mich nicht wie erhofft entspannen konnte, war etwas anderes.

In Gedanken bei dem bevorstehenden Liederabend, hatte ich die beiden Frauen, die am Nebentisch Platz nahmen, anfänglich nicht bemerkt. Doch dann, überrascht durch ein ungewohntes Idiom, stellte ich mein Cognacglas auf den Tisch und riskierte einen Blick nach links. Wer aus Genf kommt, für den sind Menschen aus aller Herren Länder nichts Neues, soweit ich weiß, liegt ihr Anteil bei ansehnlichen 20 Prozent. Nichtsdestotrotz wurde ich stutzig, als sich die beiden Damen am Nachbartisch auf Ungarisch unterhielten. Zur Klarstellung sei erwähnt, dass einer meiner Klassenkameraden im Internat aus Ungarn stammte, daher war ich relativ schnell im Bilde. Ganz und gar nicht im Bilde war ich über die Unbekannte zu meiner Linken, einen Fächer in der rechten und den Schirm griffbereit neben ihrem Stuhl. »Merkwürdig!«, dachte ich bei mir. Aller Wahrscheinlichkeit nach würde es an einem derart schönen Abend nicht mehr regnen, es sei denn, man war es gewohnt, die Welt aus dem Blickwinkel des Skeptikers zu sehen.

Ganz in Schwarz, steifer Kragen, die Stimme gedämpft und das Gesicht hinter einem großflächigen Fächer verborgen. Das Erscheinungsbild der Frau, deren Alter man nur schwer schätzen konnte, hatte etwas Rätselhaftes, wenn nicht gar Mystisches an sich. Ihre Begleiterin hingegen fiel unter den Gästen, die auf der vom Abendrot beschienenen Terrasse miteinander parlierten, nicht übermäßig auf. Wie eingangs erwähnt, sprach auch sie Ungarisch, trug ebenfalls Schwarz und nahm wie ihre deutlich ältere Begleiterin eine Art Abwehrhaltung ein. Anders ausgedrückt, ich konnte mich des Eindrucks nicht erwehren, dass die

Damen am Nebentisch unter sich sein und zumindest mit mir keine Konversation führen wollten. Deshalb unterließ ich es auch, ein Gespräch zu beginnen oder die in solchen Fällen üblichen Belanglosigkeiten anzubringen. Besser, ich hielt mich an meinen Cognac, der mir so vorzüglich mundete, dass ich mehr davon trank, als ich vertrug. Zugegeben, ein Mann von Welt tut so etwas nicht. Schon gar nicht in der Öffentlichkeit – oder in Gegenwart von Damen. Insofern geschah es mir recht, dass ich während der Probe tags darauf mit einem Kater zu kämpfen hatte.

Und mit einer Sopranistin, die mein Unwohlsein in schwindelerregende Höhen trieb.

Mit Betonung auf Schwindel, falls Sie verstehen, was ich meine.

Um wen es sich bei der Dame in Schwarz handelte, wurde mir am darauffolgenden Morgen klar. Wie an anderen Tagen auch holte ich die Zeitung aus dem Briefkasten, ließ mich schlaftrunken im Frühstückszimmer nieder und widmete mich dem Moniteur de Genève, um über alles, was meine Profession betraf, auf dem neuesten Stand zu sein.

Auf Seite drei angelangt, stockte mir der Atem. Die Frau, deren großformatiges Konterfei dort abgebildet war, hatte ich schon einmal gesehen. Das Foto von ihr war zwar älteren Datums, doch bestand kein Zweifel, mit wem ich es am Vorabend zu tun gehabt hatte.

Und mit wem sich meine Pfade am Nachmittag des 10. September um 13.40 Uhr erneut kreuzen würden.

An einem Tag, der mir noch lange im Gedächtnis bleiben wird.

Neugierig geworden?

Kann ich verstehen.

Nicht soll Titania unter Menschen gehen
In diese Welt, wo niemand sie versteht,
Wo hunderttausend Gaffer sie umstehen,
Neugierig flüsternd: »Seht, die Närrin, seht!«
Wo Missgunst neidisch pflegt ihr nachzuspähen,
Die jede ihrer Handlungen verdreht,
Sie kehre heim in jene Regionen,
Wo ihr verwandte schön're Seelen wohnen.

(Gedicht der Kaiserin Elisabeth, zit. bei Brigitte Hamann, *Elisabeth. Kaiserin wider Willen*, Wien – München 1982, S. 603)

GENF, 10. SEPTEMBER 1898

DREI

5

TAGEBUCH (I)

*Aus den Tagebuchaufzeichnungen von Cesare Monteverdi,
28, Redakteur bei der ›Tribune de Genève‹*

»Entweder Sie tun, was ich Ihnen sage«, drohte mein
Chefredakteur, ein verkappter Diktator, der bei jeder
Gelegenheit aus der Haut fuhr, »oder Sie fliegen raus,
Montebello!«

»Monteverdi, Signore.«

»Was nuscheln Sie da in Ihren Bart?«

»Ich heiße Monteverdi, Herr Chefredakteur – wie der
Komponist«, gab ich seelenruhig zurück, das einzig Richtige, für Lienhard jedoch die schiere Provokation. »Aber
macht nichts, ich arbeite ja erst zwei Jahre hier.«

Auch wenn es sich so anhört, die Ironie war nicht beab-
sichtigt. Und selbst wenn, die Reaktion stand in keinem
Verhältnis dazu: »Jetzt hören Sie mir mal gut zu, Sie Klugscheißer«, knurrte Lienhard, kleingeistig, kleinkariert und
überdies auch klein von Wuchs, kurz vor einem Wutanfall,
wie das krebsrote Gesicht vermuten ließ. »Wenn Sie mich
auf den Arm nehmen wollen, haben Sie sich den Falschen
ausgesucht. Ich glaube, Sie wissen nicht, wen Sie vor sich
haben. Zügeln Sie Ihr Mundwerk oder lernen Sie mich
kennen, Montebello.«

»Monteverdi.«

»Scheiß drauf. Wie immer Sie auch heißen mögen, ich

hoffe, das war deutlich genug. So, und jetzt sehen Sie gefälligst zu, dass Sie die alte Schachtel vor die Linse kriegen, sonst können Sie sehen, wo Sie bleiben. Aber wozu rege ich mich auf, bei Ihnen kommt ja eh nichts an. Am besten, Sie gehen stempeln, dann richten Sie wenigstens keinen Schaden an. Na, was ist? Avanti Italia, die Konkurrenz schläft nicht!«

»Va bene, Signore!«, erwiderte ich mit treuherziger Miene, daran gewöhnt, durch den Kakao gezogen zu werden. Anders als der Name vermuten lässt wurde ich nämlich in Genf geboren, ob Lienhard das registriert hatte oder nicht. Meine Mutter stammt dagegen aus Italien, und da sie zeitlebens eine glühende Patriotin war, wurde ich auf den Namen Cesare Vittorio Emanuele Monteverdi getauft. »Gestatten Sie mir trotzdem eine Frage?«

»Wissen Sie, was Sie mich gleich können, Sie elender Dummschwätzer?«

»Nehmen Sie es mir bitte nicht übel, Monsieur Lienhard, aber halten Sie es für richtig, das Inkognito der Kaiserin zu lüften? Finden Sie nicht, ihre Privatsphäre sollte gewahrt bleiben? Ich meine, man weiß ja nie, was so alles passieren kann, Verrückte gibt es schließlich genug. Der König von Italien kann ein Lied davon singen, das wissen Sie so gut wie ich.«

»Falls es Ihnen entgangen sein sollte, Sie …«, setzte die Reinkarnation von Rumpelstilzchen zu einer neuerlichen Attacke an, sah jedoch wider sonstige Gewohnheiten davon ab und machte seinem Ärger mit einer wegwerfenden Gebärde Luft. »Egal, was rege ich mich überhaupt auf! Fakt ist, die Öffentlichkeit hat ein Recht auf Information, ob es Signore Monteverdi in den Kram passt oder nicht. Von daher auch der Artikel in unserer Morgenausgabe. Sagen Sie mal, Monteverdi: Sind Sie eigentlich so naiv oder tun Sie nur so? Wenn wir die Meldung nicht bringen, dann tut es jemand anderes. Die Schwachköpfe vom Journal oder vom Genevois warten doch nur darauf, dass sie uns ein Bein stellen können, und das lieber heute als morgen. Egal, ob Sie das gut finden oder nicht, junger Mann, so ist nun mal die Realität.« Lienhard atmete kurz und heftig aus, hatte sein Pulver aber immer noch nicht verschossen: »Und noch was. Soweit ich weiß, liegt das Attentat auf den König mehr als 20 Jahre zurück. Schnee von gestern, wenn Sie mich fragen.«

»Und wie sieht es mit dem Attentat auf Zar Alexander II. von Russland aus?«

»Was soll das werden, Monteverdi: ein Repetitorium in europäischer Geschichte?«

Ich gebe es zu, dieses Mal *war* meine Antwort ironisch gemeint. »Nichts läge mir ferner, als Sie zu belehren, Monsieur«, heuchelte ich und legte nach, bevor Lienhard schweres Geschütz auffahren konnte. »Ich weiß, dass Sie diesbezüglich über profunde Kenntnisse verfügen – und ich weiß auch, dass es bereits 17 Jahre her ist, dass der Großvater des Zaren von der Bombe einer Untergrundorganisation in Stücke gerissen wurde.«

»Wenn dem so wäre, bestünde ja noch Hoffnung für Sie, junger Mann.«

»Nun ja, so jung nun auch wieder nicht, Monsieur. Was ich damit sagen will, ist: Wer garantiert uns, dass so etwas nicht auch bei uns passiert?«

Die Antwort ließ nicht lange auf sich warten. Und zeugte von einer Naivität, wie ich sie selbst bei Lienhard nicht erwartet hätte: »*Ich*. Glotzen Sie nicht so dämlich, Monteverdi – ich meine es ernst!«

»Wirklich?« Keine Ironie, mein Ehrenwort. Sondern Ausdruck tiefer Betroffenheit. »Bei allem Respekt, Rédacteur en chef, aber meinen Sie nicht, das Gleiche wie in St. Petersburg könnte auch in Genf pas…«

»Haben Sie den Verstand verloren, oder was? Oder glauben Sie allen Ernstes, man könne die Situation in der Schweiz mit derjenigen in Russland vergleichen? Falls Sie es noch nicht wissen, die ticken dort völlig anders als wir.« Das Kinn auf die Fläche der rechten Hand gestützt, gab Lienhard einen theatralischen Seufzer von sich, steckte sich eine Havanna an und sagte: »Also wirklich, Monteverdi, ich hätte Sie für klüger gehalten. Sie müssen noch viel lernen, junger Mann, lassen Sie sich das gesagt sein.«

»Ich weiß, Monsieur«, antwortete ich – und dachte mir meinen Teil. »Ich werde versuchen, mich Ihres Vertrauens würdig zu erweisen.«

»Werden Sie nicht frech, Monteverdi – sonst sind Sie die längste Zeit bei der Tribune gewesen.«

»Glauben Sie mir, Monsieur: Niemand würde das mehr bedauern als ich.«

»Und noch etwas. Wenn ich Sie wäre, würde ich mir genau überlegen, was ich sage.«

»Wie darf ich das verstehen, Monsieur?«

»Tun Sie nicht so, als ob Sie nicht bis drei zählen könnten, Monteverdi. Sie wissen genau, was ich damit meine.« Bevor er weitersprach, ließ Lienhard den Daumen über die fleischige Oberlippe gleiten, bleckte die schief gewachsenen Zähne und raunzte: »Sagen wir mal so, ein wenig mehr Vertrauen in die Effektivität unseres Polizeiapparates stünde Ihnen gut zu Gesicht. Und merken Sie sich eins: Wenn Sie es zu etwas bringen wollen, sollten Sie nicht über Dinge reden, von denen Sie nichts verstehen.

Anders ausgedrückt, überlassen Sie das Denken den Pfer-
den, die haben größere Köpfe als Sie. Ein Lokalredakteur
ist und bleibt nun mal ein Lokalredakteur, falls Sie verstehen, was ich meine. Und noch etwas: Ich erwarte Subor-
dination. Wenn Sie einen auf oberschlau machen wollen,
dann bitte nicht in diesem Haus. Haben wir uns verstanden, Monteverdi? So, und jetzt machen Sie, dass Sie hier
rauskommen – die Arbeit ruft!«

Es begann mit einer Standpauke meines Chefredakteurs –
und es endete mit einem Verbrechen, das weltweit für
Schlagzeilen sorgte. Gerade einmal drei Stunden waren
seit meinem Duell mit Lienhard vergangen, als die Kaiserin auf offener Straße niedergestochen wurde.

Von einem Italiener, auch das noch.

Eins kann ich mit Bestimmtheit sagen: Hätte ich gewusst,
was auf mich zukommt, das Gespräch mit Lienhard wäre
anders verlaufen.

Und mein weiteres Leben auch.

So aber blieb mir nichts anderes übrig, als mit den Wölfen
zu heulen. Auch wenn Lienhard seinen Posten der Tatsache verdankte, dass er die Tochter des Verlagseigners geehe-
licht hatte, ich musste nach seiner Pfeife tanzen. Ich sage das
äußerst ungern, aber in einem Punkt hatte Lienhard recht.
Die Zeitungen vor Ort bekriegten sich, wo sie nur konnten.
Da erscheint es einem fast wie Hohn, dass der Wahlspruch
unseres Blattes »Un pour tous, tous pour un« lautete. Einer
für alle, alle für einen. Dass ich nicht lache. Auf die Rivalitä-
ten zwischen den diversen Blättern bezogen hätte die Devise
eher »Einer gegen alle, alle gegen einen« heißen sollen.

Doch genug davon. Interna gehören nicht hierher. Mir geht es darum, die Ereignisse des 10. Septembers 1898 zu schildern, und um nichts anderes.

Und darum: weiter im Text.

»Sie Ärmster!«, munterte mich die Vorzimmerdame beim Verlassen von Lienhards Büro auf, unterbrach ihre Schreibarbeiten und warf mir einen Blick zu, der dazu angetan war, meinen Beruf in einem positiveren Licht zu sehen. »Das hat sich aber gar nicht gut angehört.«

»Absolut nicht«, pflichtete ich Mademoiselle Papillon bei, nicht frei von Verlegenheit, wie ich im Nachhinein bekennen muss. Bei Frauen, attraktiven allzumal, hatten sich meine Erfolgserlebnisse bislang in Grenzen gehalten, und das beileibe nicht ohne Grund. Zuvorderst wäre da meine Schüchternheit im Umgang mit dem schönen Geschlecht zu nennen, und wenn ich das sage, meine ich es auch so. Einfach so mir nichts, dir nichts eine Frau anzusprechen und den Charmeur mit mediterranem Einschlag zu geben, das käme mir keinesfalls in den Sinn. Dabei muss ich den Vergleich mit meinen Geschlechtsgenossen nicht scheuen, so überheblich sich das auch anhören mag. Gerade einmal 28 Jahre alt und somit in den besten Jahren, profunde Schulbildung, geregeltes Einkommen, kräftige Statur, südländischer Teint, vielseitige Interessen, als da wären: Studium antiker Schriftsteller, Konzertbesuche und Segelpartien auf dem Lac Léman – ist das etwa nichts? »Doch!«, würde Auguste Beaulieu, Leidensgenosse aus Internatstagen, auf die Frage antworten – und mich ermuntern, mein Heil in der Offensive zu suchen. »Und darum: Wer nicht wagt, der nicht gewinnt, mon cher ami. Trau dich was, man lebt schließlich nur einmal.«

»Darf man fragen, worum es ging, Monsieur Monteverdi?«

»Sagen Sie doch einfach … äh … Sind Sie mir böse, wenn ich Sie um einen Gefallen bitte?«

»Kommt drauf an, um was für einen«, gab Mademoiselle Papillon, deren Figur ihrem Namen alle Ehre machte, mit spitzbübischem Lächeln zurück und warf mir einen jener Blicke zu, die meinen Sprechmuskel wie auf Knopfdruck außer Kraft setzten. »Dann sehen wir weiter.«

»Sagen Sie doch einfach Cesare zu mir, Mademoiselle.« So, jetzt war es heraus. Jetzt würde sich zeigen, ob mein Wagemut die erhofften Früchte tragen würde. »Und vergessen Sie den Monsieur. Förmlichkeiten sind mir ein Gräuel, müssen Sie wissen.«

»So, sind sie das«, gab die mit einer cremefarbenen Rüschenbluse bekleidete Naturschönheit zurück, die wie Seide glänzenden Strähnen zu einem kunstvollen Zopf geflochten. »Na, dann will ich mal nicht so sein. Weil Sie es sind, *Cesare*.«

»Ich fühle mich geehrt, Mademoiselle.«

»Jetzt übertreiben Sie mal nicht so, Herr Kollege«, erwiderte meine Gesprächspartnerin, gerade einmal drei Jahre jünger als ich, wie aus zuverlässiger Quelle verlautete. Wie es kam, dass eine Frau wie sie noch zu haben war, das war mir wirklich ein Rätsel. In der Redaktion kursierten zwar allerhand Gerüchte, aber das wollte in unserem Metier nichts heißen. Tratsch und Klatsch gehörten schließlich zum Geschäft, und wie so häufig, wenn Menschen miteinander kommunizieren, konnte man Wahrheit und Fiktion schwer auseinanderhalten. »Raus mit der Sprache: Wo drückt der Schuh?«

»Überall, um ehrlich zu sein«, gab ich zur Antwort und behielt die Tür zum Chefzimmer im Auge, während ich das Gespräch mit Lienhard in groben Zügen schilderte. »Und – was sagen Sie dazu?«

»Das Gleiche wie Sie, Cesare«, ließ Mademoiselle Papillon nach kurzem Nachdenken verlauten, die Stimme gedämpft und die Hand zum Greifen nah, was mir eine Gefühlswallung nie dagewesenen Ausmaßes bescherte. Mehr möchte ich zu diesem Thema nicht sagen, für einen Mann mit Manieren ziemt sich so etwas nicht. »Ich finde, man sollte die Kaiserin in Ruhe lassen. Schließlich ist sie als Privatperson hier – und nicht in offizieller Funktion.«

»Wenn wir gerade dabei sind, was wissen Sie über sie?«

»Über Kaiserin Sisi, meinen Sie?«, antwortete Mademoiselle Papillon, rückte ihre mit Schnörkeln versehene Lesebrille zurecht und tat so, als wende sie sich wieder ihrer Arbeit zu. »Nicht viel mehr als Sie, fürchte ich.«

»Und das wäre?«

»Dass sie oft auf Reisen ist. Am liebsten inkognito.«

»Ihr gutes Recht.«

»Auf jeden Fall, da stimme ich Ihnen zu.« Das Objekt meiner Bewunderung senkte den Blick, die Fingerspitzen in Reichweite ihrer Schreibmaschine, während die Linke über das Flechtwerk ihres Zopfes fuhr. »Fragt sich, warum.«

»Warum sie unentwegt auf Achse ist, meinen Sie?«

Das Abbild weiblicher Anmut nickte.

»Nun ja, nach allem, was man so hört beziehungsweise in einschlägigen Gazetten liest …«

»Scheint es sich um eine überaus unglückliche, wenn nicht gar verzweifelte Frau zu handeln«, vollendete die Bürokraft mit einer Bestimmtheit, die mich unwillkürlich aufhorchen ließ. »Um eine Frau, die mit sich und der Welt zu hadern scheint.«

»Finden Sie nicht, Ihr Porträt ist ein wenig düster geraten?«

»Kann sein, wer weiß das schon«, gab die mit Abstand

adretteste Vorzimmerdame von ganz Genf leise aufseufzend zurück, strich die Falten ihres azurblauen Satinrocks glatt und ließ es sich nicht nehmen, mir einen prüfenden Blick zuzuwerfen. »Wie dem auch sei, ich wollte nicht in ihrer Haut stecken. Anscheinend ist die Kaiserin nicht die Gesündeste, das kommt erschwerend hinzu.«

»Zu was denn?«

»Da fragen Sie noch, Cesare? Zu Lebzeiten zwei Kinder zu verlieren ist ja wohl das Schlimmste, was einer Mutter widerfahren kann, oder?«

»Sagen wir mal so: Ich persönlich kann mir nichts Schlimmeres vorstellen.«

»Na, dann wären wir uns ja einig«, erwiderte Mademoiselle Papillon, richtete sich auf und überflog das Schreiben, mit dem sie bei meinem Eintreten beschäftigt gewesen war. »Und was ihre permanenten Reisen angeht: Manchmal denke ich, sie ist ständig auf der Flucht.«

»Vor realen Personen oder vor sich selbst?«

»Eher Letzteres, so wie ich die Sache sehe.« Die feingliedrige Hand auf den Tasten, runzelte Mademoiselle Papillon die Stirn. Dann bekannte sie: »Wie gesagt, meiner Ansicht nach ist die Frau zu bedauern. Braut mit 16, mit 20 dreifache Mutter, so etwas geht nicht spurlos an einer Frau vorüber, oder was meinen Sie?«

»Das Gleiche.« Ich nickte artig – und dachte mir meinen Teil. Familientragödien hin oder her, für gekrönte Häupter hatte ich nun mal nicht viel übrig. Andererseits wollte ich es mir bei la belle Demoiselle nicht verscherzen, und so tat ich etwas, das ich sonst nicht über mich gebracht hätte: Ich setzte mein Sonntagslächeln auf – und heuchelte Zustimmung. »Die … ähm … die die Kaiserin kann einem leidtun, wollte ich sagen.«

»Na, dann will ich Ihnen mal glauben, Cesare«, erwiderte das grazile Geschöpf, ein Lächeln im wohlproportionierten Gesicht. Und was tat ich? Ich stand täppisch grinsend in der Weltgeschichte herum, wie ein Erstklässler, der von seiner Lehrerin beim Schwindeln ertappt wurde.

»Und nicht vergessen: Lügen haben kurze Beine.«

»Ich werd's mir merken, Mademoiselle«, erwiderte ich, krampfhaft bemüht, einen Ausweg aus der selbst verschuldeten Zwickmühle zu finden. »Scherz beiseite: Mir scheint, ich habe es mit einer veritablen Expertin zu tun. Wie kommt es, dass Sie so gut Bescheid wissen?«

»Ich lese Zeitung, stellen Sie sich vor!« Mademoiselle Papillon lächelte mich spitzbübisch an. »Und habe so meine Quellen, die ich bei Bedarf anzapfen kann. Inoffizielle, wohlgemerkt.«

»Darf man fragen, welche?«

»Nebst anderen meine Mutter.«

»Ihre … wie bitte?«, echote ich, nur um postwendend zurechtgewiesen zu werden.

»Neugierig sind Sie ja gar nicht, oder?«, spottete meine Gesprächspartnerin, wedelte tadelnd mit dem Zeigefinger und sagte in begütigendem Ton: »Kein Grund zur Skepsis, Cesare, ich nehme Sie nicht auf die Schippe. Meine Mutter stammt aus Wien, im Gegensatz zu den Verwandten väterlicherseits. Und ist in zweiter Ehe mit einem k. und k. Hoflieferanten liiert. So weit alles klar?«

»Ich denke schon.«

»Sie wissen ja: Wien ohne Tratsch ist wie Genf ohne Banken. Im Ernst, dank ihrer Vernunftehe sitzt Mutter an der Quelle. Sieht und hört so manches, was normal Sterbliche nicht zu Ohren bekommen.«

»Sie machen mich neugierig, ma chère.«

»Wie eingangs erwähnt: Allem Anschein nach ist die Kaiserin nicht die Gesündeste. Und leidet unter schweren Depressionen.«

»Von denen sie sich zu befreien versucht, indem sie auf Reisen geht?«

»So könnte man es ausdrücken, Cesare.« Mademoiselle Papillon hielt mit gerunzelter Stirn inne, fuhr dann aber doch nach anfänglichem Zögern fort: »Wie dem auch sei, die Popularität der Kaiserin lässt zu wünschen übrig, in Wien und auch anderswo. Ungarn natürlich ausgenommen. Dort wird sie wie eine Nationalheilige verehrt.«

»Tja, so ist nun mal der Lauf der Welt, Mademoiselle. Die Zeiten ändern sich.«

»Was wollen Sie damit sagen?«

»Dass die Monarchen sich etwas einfallen lassen müssen, um nicht auf dem Kehrichthaufen der Geschichte zu landen«, platzte ich heraus, im Begriff, mich um Kopf und Kragen zu reden. »In Wien und auch anderswo.«

Mademoiselle Papillon verzog keine Miene. »Was das betrifft, haben Sie vermutlich recht«, entgegnete sie in nachdenklichem Ton, nicht im Entferntesten echauffiert. »Wie dem auch sei, die Leute erwarten einfach, dass die Kaiserin ihre Pflichten als Monarchin erfüllt. Dass sie sich hin und wieder unters Volk mischt. Sie wissen, wie die Wiener sie getauft haben?«

»Bedaure, hier muss ich passen.«

»Macht nichts, Cesare, noch ist kein Meister vom Himmel gefallen«, neckte mich das zierliche Persönchen, in einem Tonfall, der wie Musik in meinen Ohren klang. »Nun ja, die Wiener sind nun mal so, wie sie sind. Immer eine launige Bemerkung auf den Lippen. Sieht so aus, als hätte es auf mich abgefärbt.« Madame Papillon seufzte bekümmert auf. »Oh mon Dieu, jetzt habe ich den roten Faden verloren. Wo waren wir gerade stehen … Genau, bei der Reputation der Kaiserin. Comme déjà dit, in Wien blüht bekanntlich der Klatsch – fast so sehr wie der berühmt-berüchtigte Schmäh. Von daher auch der Spitzname ›die Gestaltlose‹. Was meines Erachtens nicht völlig aus der Luft gegriffen ist.« Meine Gesprächspartnerin atmete bekümmert aus. »Fakt ist, die Kaiserin ist schnell dabei, wenn es darum geht, sich aus dem Staub zu machen. Damit macht man sich nicht beliebt, keine Frage. Man kann es drehen und wenden, wie man will: Unsereins kann über die Reisetätigkeit der Kaiserin nur staunen. Kein Wunder, dass sie von den Wienern auf die Schippe genommen wird.«

»So gern ich es täte, ich kann Ihnen da nicht widersprechen.«

»Wie schade.« Mademoiselle Papillon lächelte verschmitzt. »Vorausgesetzt, es stimmt, was in den Zeitungen steht, war die Kaiserin heuer nur knapp vier Wochen in Wien. Ein bisschen wenig, finden Sie nicht auch?«

»Sondern wo?«

»Winterquartier in San Remo, Bergpartien in Territet, Bäderkur in Bad Kissingen, Nachkur in Bad Brückenau, Sommerfrische in Bad Ischl, kleiner Abstecher nach München, danach wieder zur Kur, dieses Mal in Bad Nauheim, anschließend Stippvisite bei der Mutter von Kaiser Wilhelm – und danach via Frankfurt in die Schweiz, nach 1893 und 1897 zum mittlerweile dritten Mal. Um sich in Caux und Territet von ihren Strapazen zu erholen.«

»Zusammen mit dem Kaiser – wie vor fünf Jahren?«

»Alle Achtung, Cesare – für einen Gegner der Monarchie gar nicht mal so schlecht.« Das Objekt meiner Bewunderung spendete augenzwinkernd Beifall. »Wissen Sie auch,

in welchem Hotel der Graf und die Gräfin von Hohenembs logierten?«

»Nein, Fräulein Lehrerin – was das betrifft, bin ich über-
fragt.«

»Wieder mal die Hausaufgaben nicht gemacht, was,
Cesare? Und das von einem gestandenen Journalisten –
ich bin entsetzt. Ein Glück, dass Lienhard das nicht mit-
bekommen hat.«

»Sonst würde ich hochkant rausfliegen, ich weiß«, retournierte ich und stimmte in das Lachen meiner Gesprächspartnerin ein. Fünf Minuten hatten genügt, um den Disput mit Lienhard vergessen zu machen, wäre es nach mir
gegangen, es hätte noch ein paar Stunden so weitergehen
können. Doch Berufsethos war nun einmal Berufsethos,
weshalb ich erneut auf den hohen Besuch zu sprechen
kam: »Darf ich Sie etwas fragen, Mademoiselle Papillon?«

»Sie doch immer, Cesare.«

Noch so eine Bemerkung, und ich würde mit Herz-
flattern ins Universitätsspital eingeliefert werden. »Wissen Sie eigentlich, wie bezaubernd Sie ... äh ... Wissen Sie,
wie Lienhard an seine Informationen kommt? Ich meine,
irgendjemand muss ihm doch gesteckt haben, dass die Kaiserin im Beau Rivage übernachten würde.«

»Certainement.«

»Und wer genau?«

Fräulein Papillon schürzte die kirschfarbenen Lippen.
»Dreimal dürfen Sie raten. Aber nur dreimal, sonst bekommen Sie Arrest!«

»Wäre mir ein Vergnügen, Frau Lehrerin.« Der plötzli-
che Herzstillstand rückte immer näher, nichts schöner, als
das Leben in den Armen dieser Frau auszuhauchen. »Der
Portier vielleicht?«

»Falsch.«

»Jemand vom Hotelpersonal?«

»Auch falsch.«

»Doch nicht etwa … ?«

»Na also, wurde aber auch Zeit.«

Vor Überraschung fehlten mir die Worte. »Monsieur Mayer, der Besitzer höchstpersönlich?«, stieß ich entgeistert hervor, weniger eine Frage, sondern ein Ausdruck der Verblüffung meinerseits. »Auf die Idee muss man erst mal kommen. Steht das Hotel vor der Pleite, oder warum lässt er sich vor Lienhards Karren spannen?«

»Auch wenn Sie mir nicht glauben, es ist kein Geld geflossen. Auch nicht ein lumpiger Centimes.«

»Alles, was recht ist – aber das geht über meinen Horizont.«

»Die beiden sind zusammen im Yachtklub, alle Unklarheiten beseitigt?«

»Sagen wir mal so: fast alle.«

Mademoiselle Papillon blinzelte mich fragend an.

»Da sage mal einer, wir Frauen seien neugierig. Aber egal, was möchten Sie wissen, Cesare?«

»Ich will ja nicht unverschämt sein«, erwiderte ich mit gedämpfter Stimme, die Tür zum Allerheiligsten im Blick, um gegen unliebsame Überraschungen gefeit zu sein. »Aber es gibt da etwas, das mich brennend interessieren würde.«

»Nämlich?«

»Wie kommt es, dass ein Mann wie Lienhard zum Chefredakteur ernannt wird? In unseren Reihen gibt es ja wohl genug Leute, die weitaus besser geeignet wären als dieser aufgeblasene kleine Gerne…«

Der Blick, mit dem mich Mademoiselle Papillon mitten im Satz zum Schweigen brachte, bedurfte keiner Erklärung.

Dementsprechend abrupt fiel mein Themenwechsel aus, und ich musste mich nicht umdrehen, um den Urheber ihres Stimmungsumschwungs zu identifizieren. »Na, dann will ich mich mal auf den Weg machen«, rief ich so gelassen wie nur irgend möglich aus, nickte meiner Herzdame im Vorbeigehen zu und verließ den Raum, bevor Lienhard seine Jauchekübel leeren konnte. »Adieu allerseits, und viel Spaß noch!«

Von wegen Spaß. Hätte ich gewusst, was auf mich zukam, mir wäre das Sprücheklopfen vergangen. Stattdessen packte ich meinen Kram, klemmte das Stativ unter den Arm und machte mich auf den Weg. Gottlob schien draußen die Sonne, sodass ich mir wie bei einem Spaziergang vorkam. Deshalb fuhr ich auch nicht mit der Trambahn, sondern überquerte die Rue Montblanc und schlenderte Richtung See, vorbei am Hôtel des Postes, wo die Droschkenkutscher auf Kundschaft warteten. Unterwegs bekam ich sogar eines dieser neumodischen Gefährte zu sehen, en vogue unter den Betuchten, für einen wie mich unerschwinglich. Um mir ein Automobil leisten zu können, reichte mein bescheidenes Salär nicht aus, es sei denn, ich würde mich krumm und bucklig arbeiten – und meine Zelte im Jardin Anglais aufschlagen. Begreiflicherweise war es mir das nicht wert, und so nahm ich mit dem vorlieb, was ich hatte.

Und ging zu Fuß.

Am Quai du Mont-Blanc überfiel mich der Heißhunger, was immer dann eintritt, wenn ich mit etwas hadere. Da half kein Zögern, und so bog ich nach links und steuerte die nächstbeste Trattoria an. Eine Portion Parmaschinken mit Melonenscheiben sowie eine Auswahl diverser Käsesorten, allen voran Gorgonzola, für den ich eine spezielle Vorliebe besaß. Schon beim Gedanken daran lief mir das Wasser im Mund zusammen. Ein Valpolicella durfte im

Reigen der Köstlichkeiten nicht fehlen, das verstand sich quasi von selbst. Ohne Rücksicht auf meine Geldbörse, in der einmal mehr Ebbe herrschte.

Fünf vor zwölf, wenn das kein Wink des Schicksals war. Die Uhr im Blick, die sich über dem Tresen der als Geheimtipp geltenden Trattoria befand, ließ ich mich an einem Tisch in Fensternähe nieder, genoss den Blick auf den Lac Léman und nahm mir vor, die Dinge einstweilen von der positiven Seite zu sehen. Für den Rest des Tages war Dolce Vita angesagt, denn was Lienhard nicht wusste, das würde ihn auch nicht heiß machen.

Allein, daraus wurde nichts.

Der Mann auf der gegenüberliegenden Seite, dem Aussehen nach Italiener, wenngleich ausgesprochen schlicht gekleidet, fiel mir sofort ins Auge. Auf die Balustrade in unmittelbarer Nähe der Anlegestelle gestützt, hatte er keinen Blick für das Panorama, das sich von dort aus bot, sondern spähte bald hierhin, bald dorthin, lief ein paar Schritte in die eine, kurz darauf in die andere Richtung, nur um Sekunden später wieder von vorn zu beginnen, wie ein Raubtier auf Beutezug. Ich bin weiß Gott nicht zimperlich, noch neige ich zu Tagträumereien, die sich im Nachhinein als Trugbilder erweisen. Aber da war etwas an diesem Mann, was ich als alarmierend empfand. Was es war, das mich mit Schaudern erfüllte, wusste ich allerdings nicht – noch nicht.

Von mittlerer Größe, kräftiger, wenn auch leicht gedrungener Körperbau, unrasiert, dunkles, in die Stirn gekämmtes Haar, zerzauster Schnurrbart – und Augen wie ein Luchs, der sich auf die Lauer gelegt hat. Augen, die jeder, auf den ihr Blick fällt, so schnell nicht vergessen wird.

Die Augen eines Meuchelmörders, wie mir eineinhalb Stunden später klar wurde.

6

PETITION (II)

Aus dem Gnadengesuch von Lucheni an den Genfer Poli-
zeipräsidenten Perrier vom 19. März 1910

»Was glotzt du so dämlich aus der Wäsche, Lackaffe?«,
fluchte ich vor mich hin, kurz davor, dem Gaffer am Fenster der Trattoria einen Denkzettel zu erteilen. Genau das
wäre jedoch grundverkehrt und mein Plan endgültig zum
Scheitern verurteilt gewesen. Ich hatte sämtliche Vorberei-
tungen getroffen, die nötig waren, um ihn in die Tat umzusetzen. Hatte die Umgebung des Hotels ausgekundschaftet,
mich schlaugemacht, wann die Abreise der Kaiserin über die
Bühne gehen würde. Und mich genau dort, wo der Damp-
fer abfuhr, auf die Lauer gelegt. Alles, was es brauchte, war
nur ein kleines bisschen Geduld – und der Wille, mein aufbrausendes Temperament zu zügeln.

Ehrlich gesagt, ich hatte mir das Ganze schwieriger vorgestellt. Es kommt ja nicht alle Tage vor, dass sich die Kaiserin von Österreich unters Volk mischt, und wenn, dann mit
einer Horde von Leibwächtern, die mit Argusaugen über
sie wachen. Zu meinem Glück, das ich zunächst nicht fassen konnte, war dies jedoch nicht der Fall. Ich meine, selbst
wenn sie einen auf bescheiden machte und inkognito nach
Genf kam, eine Lebensversicherung war das noch lange nicht.

Angst vor Attentätern? Nicht die Spur. Ich finde, das sagt
einiges über die Dame aus. Wie gesagt, die da oben leben

in ihrer eigenen Welt. Bilden sich ein, kein Mensch könne ihnen etwas anhaben. Doch damit war ein für alle Mal Feierabend, den Zahn würde ich der alten Schachtel ziehen. Einer wie ich lässt sich nämlich nicht einlullen, einer wie ich spuckt keine großen Töne.

Sondern handelt, bevor es zu spät ist.

Heißes Herz, kühler Kopf, ruhige Hand. Mehr braucht es nicht, um die oberen Zehntausend das Fürchten zu lehren.

Die Ruhe bewahren, darauf kam es an. Deshalb überlegte ich mir genau, wie ich vorgehen würde. Beim Militär hatte ich gelernt, wie wichtig es war, das Terrain zu erkunden, auf dem man sich bewegt. Das habe ich beherzigt, und zwar gründlich. Der Zufall wollte es, dass mir dabei ein Landsmann über den Weg lief, den ich bei einer Zechtour in Lausanne kennengelernt hatte. Im Gegensatz zu mir hatte das Kraftpaket aus dem Veneto echten Dusel, um nicht zu sagen mehr Glück als Verstand gehabt und eine Stelle als Gepäckträger im Beau Rivage ergattert. Wie er das fertiggebracht hatte, weiß ich nicht, und wenn ich ehrlich bin, es kümmerte mich einen Dreck. Die Hauptsache war, Giulio steckte mir, was ich wissen wollte. Und tat so, als wisse er von nichts.

Tja, Majestät, so kann es gehen. Auch wenn man nichts unversucht lässt, anonym zu bleiben: In einem Hotel wie dem Beau Rivage bleibt nichts geheim. Kaum bist du da, wissen alle über dich Bescheid.

Sogar ein gewisser Lucheni.

Nun ja, was soll ich dazu sagen. Irgendwie wurde ich das Gefühl nicht los, als ob da jemand war, der meine Schritte lenkte. Der mich anspornte und mir zeigte, wo es langging.

Der mir die Kaiserin ans Messer lieferte, um es drastisch auszudrücken.

Ans Messer liefern – gutes Stichwort. Auch wenn die hiesigen Schreiberlinge die Schuld an ihrem Tod von sich weisen, *sie* waren es, die den Stein ins Rollen brachten. Ohne die Meldung in der Morgenausgabe hätte ich kein Wort über die Anwesenheit der Kaiserin erfahren, an der Tatsache führt kein Weg vorbei. Wie es mit mir weitergegangen wäre, wenn ich die Chance meines Lebens verpasst hätte, ist mir die Mühe des Nachdenkens nicht wert. Auch wenn mir niemand glaubt, ich bin froh, dass es so gekommen ist. Nur zu gern wäre ich als Märtyrer für eine gerechte Sache gestorben, aber den Gefallen hat mir die Obrigkeit nicht getan. Lieber am Galgen oder Auge in Auge mit einem Erschießungskommando enden, als jahrein, jahraus in einer Zelle hocken und die Zeit totschlagen, während man Stück für Stück in Vergessenheit gerät. Ein Schicksal, das ich nicht mal meinem schlimmsten Feind wünschen würde.

Wenn wir gerade von Feinden reden: Auf dem Quai de Montblanc gab es sie zur Genüge. Manchmal denke ich, der erstbeste Geldscheffler, Ausbeuter oder Modegeck, der mir am Seeufer in die Quere kam, hätte es vielleicht auch getan. *Sieh sie dir an, Luigi, einer hochnäsiger als der andere, eine eitler als die nächste. Sieh sie dir an, die hochgezwirbelten Schnurrbärte, die eleganten Zweireiher, die ausladenden Hüte, die gestärkten Krägen, die original Schweizer Taschenuhren, Perlenketten, Vatermörder, mit Goldfäden bestickten Westen und sündhaft teuren Latschen. Wäre es nicht an der Zeit, dass du etwas unternimmst? Wäre es nicht einfacher, du knöpfst dir einen von diesen feinen Pinkeln vor, anstatt nach der Stecknadel im Heuhaufen zu suchen? Nur um zu riskieren, dass dir die Kaiserin entwischt? Leute wie sie gibt es ja wohl genug,*

*du brauchst dich nur umzuschauen, und schon läuft dir
ein Ausbeuter über den Weg. Also was ist? Willst du in die
Geschichte eingehen oder gibst du dich damit zufrieden,
binnen Tagen in Vergessenheit zu geraten?*

*Entscheide dich, Luigi, wichtig ist allein die Tat, wen es
trifft, spielt keine große Rolle.*

Ich muss zugeben, da war was dran. Um ein Zeichen zu
setzen, hätte ich mir nicht die Beine in den Bauch stehen
und auf das Auftauchen einer gelangweilten Aristokratin
warten müssen. Egal, geschehen ist geschehen. Hinterher ist man bekanntlich schlauer, aber eben nur hinterher.

Doch zurück zum eigentlich Geschehen. Niemand
würdigte mich eines Blickes, bis auf den jungen Schnö-
sel, der in der Trattoria auf der gegenüberliegenden Stra-
ßenseite saß. Zuerst tat ich so, als bemerke ich ihn nicht,
wandte mich brüsk ab und starrte auf den See hinaus. Ein
Blick über die Schulter verriet mir jedoch, dass der Lackaffe immer noch Blickkontakt zu mir hielt, aus welchem
Grund, wussten die Götter.

Und siehe da, plötzlich war sie wieder da, die Angst,
alles zu vermasseln. Wer weiß, fuhr es mir durch den Sinn,
von Sekunde zu Sekunde nervöser, vielleicht ist das Aris-
tokratenpack schlauer, als du denkst. Wäre ja auch ein
Wunder, wenn sich keine Aufpasser unter die Passanten
gemischt hätten, die warten doch nur darauf, dass sie dich
einbuchten können. Oder keine Gendarmen in Zivil, falls
jemand wie ich auf dumme Gedanken käme.

Jemand wie ich, der es kaum abwarten kann, bis es los-
geht.

Ein Uhr. Na endlich. Der Glockenschlag der Kathedrale Saint-Pierre, der die entscheidende Stunde meines
Lebens einläutete, rüttelte mich wach. Gesetzt den Fall,

mein Informant hatte nicht gelogen, dann würde die Kaiserin demnächst auftauchen. Ohne Leibwächter, so hoffte ich wenigstens. Und ohne ihre Hofdame, was denkbar unwahrscheinlich war. Doch egal wie, sie würde ihrem Schicksal nicht entkommen. Dafür würde Luigi Lucheni sorgen.

Zehn nach eins. Noch 30 Minuten, und die Nachricht von meiner Tat würde um die Welt gehen.

Allein das war mir das Risiko wert.

7

NACHRUF (II)

Irma Gräfin Sztáray, 34, Hofdame und Vertraute der Kaiserin Elisabeth, an ihre Mutter

Schon viertel nach eins, und von der Kaiserin keine Spur. Allmählich wurde ich nervös.

Ich hatte eine unruhige Nacht gehabt, und was für eine. Da sage mal einer, der Mensch könne nicht in die Zukunft blicken. Und ob er das kann, vielleicht ohne sich dessen bewusst zu sein. Er muss auf seine innere Stimme hören, mehr nicht. Das allerdings ist leichter gesagt als getan.

Die Kaiserin als Zielscheibe eines Mordanschlags, nicht einmal im Traum wäre ich auf so eine Idee gekommen. Und so wie mir ging es auch vielen anderen. Egal, mit wem ich seitdem sprach, niemand rechnete damit, dass so etwas geschehen könne. Nicht einmal der größte Pessimist. Wohl auch deshalb hatte die Kaiserin das Personal angewiesen, mit dem 12-Uhr-Zug vorauszufahren und die nötigen Vorkehrungen für ihre Ankunft in Territet zu treffen. Sie selbst zog es vor, die Strecke mit dem Dampfschiff zurückzulegen, der Landschaft wegen, wie sie zu betonen nicht müde wurde. Schiffsreisen gingen ihr über alles, ob komfortabel oder nicht, spielte keine Rolle.

Am Tag X haderte die Kaiserin mit der Welt, wie so oft, wenn sie eine unruhige Nacht hinter sich hatte: »Müde bin ich nicht«, ließ sie mich während der morgendlichen

Frisierprozedur wissen, das Haar immer noch lang, doch längst nicht mehr so dicht wie in früheren Jahren. Auch wenn sie es nicht wahrhaben wollte, die grauen Strähnen waren nicht zu übersehen, allen Bemühungen zum Trotz, die Vorboten des Alterns zu kaschieren. »Oder jedenfalls nicht sehr. Solange ich wach war, hörte ich den Musikanten zu, die drunten vor dem Eingang ein Ständchen gaben. Schön anzuhören, diese italienischen Volksweisen. Es gab Zeiten, da konnte ich nicht genug davon bekommen. Gestern Abend wurde ich ihrer jedoch bald überdrüssig, weiß Gott, aus welch unerfindlichem Grund.«

»Majestät hätten nur zu klingeln brauchen, und schon wäre der Spuk beendet gewesen.«

Das Gesicht der Kaiserin wurde aschfahl. »Spuk«, murmelte sie und ließ die Bedienstete, die ihr Haar zurechtmachte, nicht aus den Augen. Wenn es um ihr Ein und Alles ging, verstand die Kaiserin keinen Spaß, wehe dem, der ihren Unmut auf sich zog. »Spuk – so könnte man es nennen.«

»Genug, Marie-Louise, das müsste reichen.« Auf Diskretion bedacht, wies meine Herrin die Coiffeuse an, das Toilettenzimmer zu verlassen, wandte sich mir ruckartig zu und sagte: »Sie halten mich für spinnert, Gräfin – geben Sie es zu.«

»Wenn ich so denken würde, Majestät, dann stünde ich nicht hier.«

»Und wer weiß, vielleicht ist ja auch was dran«, antwortete meine Herrin, der Blick so starr, als sehe sie durch mich hindurch. In Gedanken war sie offenbar weit weg, nicht das erste Mal während der Reise, wie ich bekümmert registrierte. »Vielleicht bin ich ja wirklich nicht ganz richtig im Kopf. Und sehe demnächst weiße Mäuse.«

»Bei allem gebotenen Respekt: So dürfen Majestät nicht reden.«

»Anzeichen gäbe es zur Genüge.« Da saß sie nun, die Haltung kerzengerade, ganz in Schwarz und den Fächer wie gewohnt in Reichweite. »Sie werden sehen, Gräfin – bald ist es so weit.«

»Das wird nicht geschehen, Majestät. Dafür lege ich die Hand ins Feuer.«

»Dann sehen Sie mal zu, dass Sie sich nicht verbrennen, Gräfin«, erwiderte die Kaiserin, halb spöttisch, halb ernst, wie es ihre Angewohnheit war. »Wissen Sie, von wem ich heute Nacht geträumt habe?«

Ich konnte es mir denken, darum schwieg ich.

»Von Rudolf und Sophie.«

Und wusste nicht wohin mit meinen Blicken.

»Verstehen Sie, was ich damit sagen will? Was ich auch tue, wohin ich auch reise, egal, welche Mittel ich anwende, um aus dem Schatten der Vergangenheit zu treten, ich stehe auf verlorenem Posten. Ich kann tun, was ich will – sie holt mich immer wieder ein. Die Leute haben keine Ahnung, was es heißt, ein Kind zu verlieren. Und wenn es dann noch zwei sind, wie bei mir … Wie dem auch sei: Den möchte ich sehen, der so etwas verwinden kann. Ich fürchte nur, es gibt ihn nicht. Machen wir uns nichts vor, Gräfin. Wer mit ansehen muss, wie sein Kind zu Grabe getragen wird, für den wird das Leben zur immerwähren-den Qual.« Die Kaiserin legte eine kurze Pause ein. Dann flüsterte sie: »Auch wenn Sie es nicht wahrhaben wollen, Gräfin: Meine Tage sind gezählt. Je früher es vorbei ist, desto besser. Schauen Sie mich nicht so an, Gräfin, das ist mein Ernst. Wozu jahrelang Schmerzen leiden, wenn es Mittel und Wege gibt, sie loszuwerden?«

»Majestät spielen doch nicht etwa mit dem Gedanken, freiwillig …«

»Aus dem Leben zu scheiden?« Die Ellbogen auf der Kante der Frisierkommode, ließ die Kaiserin den Blick auf ihrem Spiegelbild ruhen. »Sagen wir mal so: Ich wäre froh, wenn mir jemand zuvorkäme. Vorausgesetzt, der Tod käme schnell – und mir bliebe keine Zeit zum Nachdenken.«

»Bitte untertänigst bemerken zu dürfen: Majestät versündigen sich.«

»Und wenn schon, wen kümmert's? Sie glauben gar nicht, wie mir das Gefasel vom Reich Gottes und der ewigen Seligkeit auf die Nerven geht! Alles, wonach ich strebe, ist, dass meine Irrfahrten ein baldiges Ende finden, je rascher, desto lieber wäre es mir. Und was den Kaiser und meine beiden Töchter angeht, die werden sich schneller damit abfinden, als man denkt. Franz wird sich in die Arme der Schratt flüchten, und was die Kinder betrifft, nun ja, die werden sich schon zu helfen wissen. Und wenn nicht, gibt es ja noch meine Schwiegersöhne. Wie ich sie kenne, werden sie alles Menschenmögliche tun.«

»Majestät erlauben, wenn ich eine Frage stelle?«

»Selbstverständlich, Gräfin – ich bitte darum.«

»Was macht Euch so sicher, dass …«

»Nur Mut, Gräfin. Sprechen Sie sich aus.« Die Kaiserin lächelte mich hintergründig an. »Sie haben nichts zu befürchten, wir sind unter uns.«

»Der Mensch lebt von der Hoffnung, ist es nicht so?«

»Ach ja, tut er das? Ihr Optimismus in Ehren, aber was mich betrifft, muss ich Ihnen widersprechen.«

Nicht in der Stimmung für Tändeleien, tat ich so, als hätte ich die Bemerkung der Kaiserin nicht registriert, nahm meinen ganzen Mut zusammen und sagte: »Und wer garantiert Euch, dass die Welt, nach der Ihr Euch sehnt, eine bessere sein wird?«

Die Kaiserin lachte bitter auf. »Niemand, da habt Ihr recht. Wie pflegte Hamlet doch zu sagen: ›Nur dass die Furcht vor etwas nach dem Tod den Willen irrt …‹«

»Dass wir die Übel, die wir haben, lieber ertragen, als zu unbekannten fliehn«, vollendete ich, anderweitig ein Affront, unter vier Augen jedoch ohne Folgen. »Seht Ihr, genau das habe ich gemeint. Majestät sehnen den Tod herbei, in der Hoffnung, danach würde alles besser. Fragt sich, ob Ihr es nicht bedauert, wenn es so weit ist.«

»Wissen Sie, was ich denke, Gräfin?«, erwiderte meine Herrin, die Stimme harsch und fast nicht wiederzuerkennen. »Viel schlimmer als jetzt kann es nicht mehr werden. Bitte verstehen Sie mich nicht falsch, das ist keineswegs persönlich gemeint. Ihre Gesellschaft war mir eine große Stütze, was auch geschieht, ich möchte sie nicht missen. Aber es ist nun einmal so, dass ich eine Bedrücktheit verspüre, die mir das Leben zur Hölle auf Erden macht.«

»An manchen Tagen, aber doch nicht immer!«

»Drücken wir es mal so aus: Ich bin nicht neugierig darauf, was das Leben an Überraschungen bereithält. Ich will damit sagen, die Vorstellung, ich könne 70 oder noch älter werden, macht mir Angst. Dann lieber gleich sterben, wenn es sein muss, auch von fremder Hand. Hauptsache, die Qual, unter der ich leide, hat ein Ende.«

Zutiefst irritiert, suchte ich nach Worten.

Und fand sie nicht, so sehr ich mich darum bemühte.

»Doch genug damit, ich möchte Ihnen mit meinem Lamento nicht die Laune verderben.« Die Kaiserin zupfte ihren Kragen zurecht, erhob sich und trat auf den Balkon hinaus, von wo aus sich eine der schönsten Aussichten von Genf eröffnete. »So dicht vor mir habe ich den Mont Blanc noch nie gesehen«, sinnierte sie mit Blick auf die schneebedeckten Gipfel, zum Greifen nah, in Wahrheit jedoch Dutzende Meilen entfernt. »Doch es hilft nichts, wir müssen Adieu sagen. Ich nehme an, die nötigen Vorkehrungen wurden getroffen?«

»Gewiss, Majestät«, versicherte ich mit neu erwachter Energie, froh über den Themenwechsel, der mir wie gerufen kam. »Ich darf vermelden, alles bereit zum Aufbruch.«

»Und meine Einkäufe?«

»Verpackt, bezahlt und wie befohlen an ihren Bestimmungsort versandt.« Bereits am Vorabend, nachdem wir Eis essen gewesen waren, hatten wir auf dem Rückweg ins Hotel einen Abstecher zu Dimier gemacht. Dort hatten wir ein Mitbringsel für Erzherzogin Valerie gekauft, den erklärten Liebling der Kaiserin, der nichts zu teuer war, wenn es ihr Nesthäkchen betraf. Der Tisch war zwar nicht ganz billig gewesen, aber das schien meine Herrin nicht zu interessieren. Doch wer geglaubt hatte, die Kaiserin ließe es dabei bewenden, wurde eines Besseren belehrt. Auf der Suche nach einem Präsent für ihre Enkelin hatte die mehrfache Großmutter während des vormittäglichen Stadtbummels ein Musikaliengeschäft aufgesucht, zur Freude des Inhabers, wie sich unschwer denken lässt. Auch dort hatte sie weder Kosten noch Mühen gescheut, um den Lieben daheim eine Freude zu bereiten. Das Orchestrion, von dessen Funktionstüchtigkeit sich die Kaiserin persönlich überzeugt hatte, stellte denn auch alles mir Bekannte in den Schatten. Zuerst kamen Melodien aus Aida an die Reihe, danach Carmen und Rigoletto und zum Schluss Tannhäuser, ihre Lieblingsoper. »Majestät können unbesorgt sein, die Präsente werden ihre Adressaten erreichen.«

»Na, dann bin ich ja erleichtert«, meinte die Kaiserin und ließ es sich nicht nehmen, eine Stärkung in Form von einem Glas Milch zu sich zu nehmen. »Auch einen Schluck, Gräfin?«

Ich verneinte, und das nicht nur, weil ich die Vorliebe der Kaiserin nicht teilte. »Majestät«, trieb ich die 60-Jährige zur Eile an, im Gegensatz zu mir mit einem Übermaß an Gelassenheit gesegnet. »Es ist schon halb zwei, wir müssen gehen, sonst verspäten wir uns!«

Die Antwort machte mich frösteln: »Fragt sich nur, wohin, Gräfin«, flüsterte die Kaiserin, eine Zweideutigkeit, aus der in Kürze bitterer Ernst wurde. »Gehen müssen wir bekanntlich alle. Der eine früher, der andere später.«

Dann ließ sie sich Fächer und Schirm reichen und verließ die Suite.

8

TESTAMENT (II)

*Aus der eidesstattlichen Erklärung von Auguste Beaulieu,
27 Jahre alt, ledig und von Beruf Konzertpianist, wohnhaft in der Rue des Alpes 10 in Genf (Anlage: handschriftliches Testament des Unterzeichneten, hinterlegt bei der
Anwaltskanzlei Biasini & Söhne)*

Eins vorweg, Dilettantismus ist mir ein Gräuel. Wenn es
etwas gibt, was ich nicht ertrage, dann Kollegen, die sich
für das Nonplusultra halten. Das gilt für meine Arbeit
als Privatermittler wie für die des Konzertpianisten, mein
Traumberuf schlechthin. Schade nur, dass er nicht ausreicht,
um meinen Lebensunterhalt zu finanzieren. Andernfalls
wäre mir viel erspart geblieben.

Und überhaupt – die Finanzen. Ein leidiges Thema, ich
weiß. Meine Vermieterin Madame Filigran kann ganze
Arien davon singen. Der Inhalt ist stets der Gleiche, wobei
die Molltöne überwiegen. Wie oft ich mit der Miete im
Rückstand war, wer weiß das schon, und selbst wenn,
würde das nichts ändern. Mir bleibt nichts anderes übrig,
alle möglichen Quellen anzuzapfen. Auch wenn ich Gefahr
laufe, meinen Prinzipien untreu zu werden.

Ob Privatdetektiv oder Musikus, es gibt Tage, an denen
ich keinen Fuß auf den Boden bekomme. Genau das, um
beim Thema zu bleiben, war am Vormittag des 10. September der Fall. Ich hatte die Nase voll, und das wollte

bei mir etwas heißen. Die Proben für den Liederabend mit dem sibirischen Mammut-Weibchen hatten sich über Gebühr in die Länge gezogen, nicht etwa, weil es sich um eine Perfektionistin, sondern um das exakte Gegenteil handelte. Mit anderen Worten, die Dame bildete sich ein, sie sei über jeden Zweifel erhaben. Dabei legte sie eine Ignoranz an den Tag, wie ich es noch nie erlebt hatte. Ich weiß, es gehört sich nicht, wenn man über Kollegen herzieht. Aber in dem Fall kann ich nun mal nicht anders, so schwer ich mich auch tue, dies zuzugeben. Nie zuvor hatte ich eine Sängerin begleitet, deren Qualitäten in einem derart eklatanten Missverhältnis zu ihren Allüren standen, weder am Konservatorium noch am Théâtre de Genève, wo es um ein Haar zum Eklat gekommen wäre.

Wie froh ich war, dass wir eine Pause einlegten, muss nicht eigens betont werden. Schließlich war es bereits ein Uhr, was bedeutete, dass ich viereinhalb Stunden unter der Folter geächzt hatte. Am Stück, das kam strafverschärfend hinzu. Ich dachte, ein Spaziergang würde mir guttun, und so ließ ich die russische Diva Diva sein, warf mich in Schale und machte mich auf den Weg zur Seepromenade, um mein angegriffenes Nervenkostüm ins Lot zu bringen. Nichts ist bekanntlich besser dazu geeignet als der Besuch des Café de la Paix, von wo aus man der Damenwelt beim Flanieren zuschauen kann.

Und überhaupt, das schöne Geschlecht. Über einen Mangel an Zuspruch konnte ich mich bislang nicht beklagen, und es gab Tage, an denen ich mich vor Avancen kaum retten konnte. Was das betrifft, sind wir Musiker im Vorteil, vorausgesetzt, man verfügt über einen gewissen Charme. Ist dies der Fall, steht einem Tête-á-Tête nichts im Wege, selbst dann, wenn es mit dem Aussehen nicht zum Besten steht.

Ich gebe es zu, Bescheidenheit zählt nicht zu meinen Stärken. Doch so leid es mir tut, Besserung ist nicht in Sicht. Die Menschen sind nun einmal so, wie sie sind, die einen fleißig und strebsam, andere wiederum – wie zum Beispiel ich – Vergnügungen durchaus nicht abgeneigt. Apropos Amüsement. Das Gerücht, im Café de la Paix seien die adrettesten Damen von Genf versammelt, besteht meiner Ansicht nach zu Recht. Dass ihr Leumund nicht der allerbeste ist, stört mich nicht im Geringsten. Und was die Damen aus den sogenannten besseren Kreisen betrifft, mit denen kann ich nicht viel anfangen. Ein Blick hinter die Kulissen der Hautevolee, und man ist im Bilde. Ich weiß, wovon ich spreche, denn ich spreche aus Erfahrung. Im Zuge meiner Tätigkeit als Detektiv habe ich Einblicke gewonnen, die dazu angetan sind, einem auch noch die letzten Illusionen zu rauben. Steht doch eins unverrückbar fest: Je größer der Reichtum, den die Betreffenden angehäuft haben, desto größer die Abgründe, die sich bei näherer Betrachtung auftun. Ergo: Wichtig, um nicht zu sagen überlebenswichtig, ist allein die Fassade, alles andere spielt keine Rolle.

Moment mal, damit wir uns richtig verstehen. Der dies niederschreibt, ist weder ein Freigeist noch ein Jünger von Karl Marx und schon gar kein Anarchist, auch wenn es in Mode kommt, die Prominenz ins Jenseits zu befördern. Mir persönlich ist es schleierhaft, wie ein Mensch so etwas tun kann, auch wenn es einer vermeintlich guten Sache dient. Mord ist und bleibt nun einmal Mord, ob es die Menschheitsbeglücker einsehen oder nicht.

Wo waren wir gerade stehen geblieben? Exactement, bei leichtlebigen Frauenzimmern. Der eine oder andere wird jetzt zwar die Nase rümpfen oder mich als notorischen homme á femmes bezeichnen. Von meiner Meinung wird mich das jedoch nicht abbringen. Mir persönlich ist es nämlich lieber, ein paar schöne Stunden im Kreis von amüsierwilligen Damen zu verbringen, als zarte Bande zu knüpfen, die in eine Mesalliance münden. Dazu bin ich mir zu schade, zumal es Mittel und Wege gibt, das Leben ohne Trauschein zu genießen. Und ohne kirchlichen Segen, mithin das Beste an der Sache. Ich weiß, es hört sich geschmacklos an, wenn ich so daherrede, aber man macht eben so seine Erfahrungen. Von daher auch mein Credo, den Stand der Ehe unter allen Umständen zu meiden. Seien wir ehrlich: Es gibt Männer, die sind dafür nicht geschaffen. Und was spricht denn dagegen, alle fünfe gerade sein und die Moralapostel sich die Mäuler zerreißen zu lassen? Nichts, aber auch rein gar nichts. Liebe, wenn ich das Wort schon höre! Das ist etwas für Leute, die es fertigbringen, die Realität des Ehedaseins zu ignorieren. Ich persönlich halte es da eher mit den alten Römern, egal, was die Leute davon halten. Und orientiere mich an Damen, die keine Ansprüche stellen, außer solche an mein Portemonnaie.

Meine Erfahrungen mit sogenannten guten Partien waren weiß Gott nicht dazu angetan, die Illusion einer Liebesheirat aufrechtzuerhalten, auch das sei in aller Deutlichkeit gesagt. Wie pflegte George Bernard Shaw doch zu sagen: »Im ersten Ehejahr strebt ein Mann die Vorherrschaft an. Im zweiten kämpft er um die Gleichberechtigung. Ab dem dritten ringt er um die nackte Existenz.« Ich finde, dem ist nichts hinzuzufügen.

Oder etwa doch? Nun ja, wie man's nimmt. Für beinahe alles gibt es bekanntlich einen Grund, so auch für meine Antipathie gegenüber sogenannten guten Partien.

Anfangs im siebten Himmel, nur um anschließend wie ein abgetragenes Accessoire aussortiert zu werden: Genau so ist es mir vor zweieinhalb Jahren ergangen. So etwas hinterlässt Spuren, und das nicht zu knapp. Ein Grund mehr, die Gesellschaft von Damen mit Vergangenheit zu suchen – und das Leben in vollen Zügen zu genießen. Das Café de la Paix schien dafür wie geschaffen, wozu also in die Ferne schweifen, wenn das Gute vor der Haustür lag.

Dachte ich wenigstens.

Der Leser ahnt es bereits, meine Vorfreude war verfrüht. Will heißen, mein Amüsierwille wurde im Keim erstickt. Der Grund: Etwas Unvorhergesehenes war geschehen. Etwas, womit ich nicht im Traum gerechnet hatte. Pech für mich, kann ich da nur sagen – und Glück für meinen Freund Vittorio, dem ich aus der Patsche geholfen habe. Fazit: Hätte ich getan, wonach mir der Sinn stand, dann wäre ich bestimmt nicht auf der Flucht. Dann wäre mir der Ärger, welcher mir durch meinen Freundschaftsdienst beschert wurde, erspart geblieben. Lieber ein Konzertpianist, der am Hungertuch nagt, als ein Privatermittler, auf den eine Belohnung von mehreren Tausend Franc ausgesetzt wurde. Und auf den vermutlich so lange Jagd gemacht werden wird, bis er sich auf Gnade oder Ungnade ergibt.

Doch was auch geschieht, aufgeben kommt für mich nicht infrage. Auch wenn sich meine Widersacher auf den Kopf stellen, ich lasse mich nicht unterkriegen. Lieber für den Rest des Lebens auf der Flucht, als mir nichts, dir nichts klein beizugeben. Das habe ich mir geschworen, und daran halte ich mich auch.

Doch zurück zum 10. September. Der Tag, von dem an nichts mehr so sein würde, wie es war. Man kennt das ja: Wenn das Unheil vor der Tür steht, zeigt sich die Welt von der schönsten Seite. So war es auch damals, und ich naiv genug, mich von den Trugbildern des Herbstnachmittags einlullen zu lassen. Ganz Genf, so schien es, war auf den Beinen, der Himmel klar wie ein blankpoliertes Glas. Auf einmal machte das Leben wieder richtig Spaß, deshalb verlor ich keine Zeit, ließ die Tür des Bühneneingangs ins Schloss fallen und wandte mich nach links, vorbei am Musée Rath, von wo aus ich mich in den Strom der Passanten einreihte und den Weg zum Ufer der Rhône einschlug. Selten zuvor war das Firmament so blau, das Gewirr auf der Rue de la Corraterie so emsig und der Blick zum Montblanc so ungetrübt gewesen wie an jenem Tag. Ich kann mich noch genau erinnern, wie alles Ungemach der Welt von mir abfiel, als habe der Unmut, der sich in mir aufgestaut hatte, nur in meiner Einbildung existiert. Aus den Augen, aus dem Sinn. Besser als mithilfe dieses Sprichworts kann man meine Befindlichkeit nicht in Worte kleiden.

Genf im Herbst, am frühen Nachmittag des 10. September. Die Luft so mild, als habe der Sommer gerade erst begonnen, die Uferpromenade übersät mit Kastanienblättern, die den Geruch des nahenden Herbstes verströmen. Passanten, so weit das Auge reicht, die Herren im feinen Zwirn oder im eleganten Zweireiher, die Damen im Stil der Pariser Haute Couture, eine eleganter als die andere, ausgefallene Hüte in allen Variationen auf dem Kopf. Die Cafés bis auf den letzten Platz besetzt, die Tram überfüllt, die Droschken beladen mit Besuchern aus aller Welt. Das Gedränge so dicht, als sei die gesamte Stadt auf den Beinen. Verkäufer in Hülle und Fülle, am auffälligsten davon die Zeitungsjungen, einer stimmgewaltiger als der andere.

»Die Kaiserin von Österreich inkognito in Genf – bitte schön der Herr, macht fünf Centimes.« Na da schau an, dachte ich bei mir, die Zeitung in der Hand, die mir ein Halbwüchsiger mit Bürstenschnitt offeriert hatte. Dann war an den Gerüchten, die hinter vorgehaltener Hand kursierten, tatsächlich etwas dran. Die Kaiserin in Genf, welche Ehre. Inkognito zwar, unter dem Pseudonym ›Gräfin von Hohenembs‹, doch in höchsteigener Person. Und das beileibe nicht zum ersten Mal, wie die Gazette zu wissen glaubte. Standesgemäß untergebracht, wo anders als im Beau Rivage.

Ich muss dazusagen, meine Sympathien für gekrönte Häupter halten sich in Grenzen. Und was für mich gilt, trifft auch für die Mehrzahl meiner Mitbürger zu, die Besuche dieser Art mit Gleichmut betrachten. Für uns Schweizer ist jeder Gast gleich, ob prominent oder unbedeutend, spielt keine allzu große Rolle.

9

TAGEBUCH (II)

*Aus den Tagebuchaufzeichnungen von Cesare Monteverdi,
28, Redakteur bei der ›Tribune de Genève‹*

»Adieu, Cesare – bis bald!«, verabschiedete sich der
Gefährte aus Internatstagen, auf dem Weg ins Café de la
Paix, um die Strapazen des Künstlerdaseins abzuschüt-
teln. Auguste wäre nicht Auguste, wenn er dabei keine
Hintergedanken gehabt hätte, weshalb ich die Hand hob
und ihm ein ironisch gemeintes »Bonnes chances« hinter-
herschickte. »Pass auf dich auf, alter Schwerenöter, sonst
landest du auf dem Standesamt.«
   Eine entschuldigende Geste, ein unbeschwertes Lachen,
eine elegante Körperdrehung, und schon war der beste
Freund, den ich jemals hatte, in der Drehtür des Cafés verschwunden. In letzter Zeit hatten wir uns zwar ein wenig
aus den Augen verloren, aber das hatte der Verbunden-
heit keinen Abbruch getan. Auguste als Exzentriker zu
bezeichnen war gewiss eine Verharmlosung, und was seinen Lebenswandel betraf, erübrigte sich jeglicher Kommentar. Das bedeutete jedoch nicht, dass auf ihn kein Verlass war, so merkwürdig das auch klingen mochte. Wenn
man Auguste brauchte, war er immer da, auch dann, wenn
er in der Bredouille steckte. Oder wenn es Wichtigeres
zu tun gab, als dem Zimmergenossen von einst Trost zu
spenden.

Will heißen, wenn er wieder mal auf Freiersfüßen wandelte.

Mit Betonung auf Freier, wenn die frivole Bemerkung gestattet ist.

Kurz nach halb – und von der Kaiserin keine Spur. Sage und schreibe 40 Minuten stand ich schon in der Gegend herum, untätig und in Erwartung eines Schnappschusses, um der Konkurrenz vom Journal eins auszuwischen. So die Chance, die legendäre Sisi vor die Linse zu bekommen, überhaupt kommen würde.

Doch was tun, wenn man wider Willen dazu gezwungen wird? Wenn man tun muss, was man vom Chefredakteur in den Block diktiert bekommt? Eingedenk meiner Erfahrungen vom Vormittag wollte ich darüber nicht nachdenken und stand mir am Kai die Beine in den Bauch. Um mir die Wartezeit zu verkürzen, hatte ich während der vergangenen halben Stunde mindestens 10 Fotos geschossen, darunter Sehenswürdigkeiten wie den Jet d'eau, der bis zu 500 Liter Seewasser pro Sekunde in die Höhe katapultiert, wie auch die Silhouette der Altstadt, die meiner Heimat ihr unverwechselbares Gepräge verleiht. Dabei handelte es sich zwar nur um Konserven, wie wir Journalisten sagen, doch gesetzt den Fall, die Kaiserin würde nicht auftauchen, wäre die Warterei wenigstens nicht für die Katz gewesen.

Kurz und gut, ich konnte mir etwas Schöneres vorstellen, als der Lokalprominenz beim Flanieren zuzuschauen. Hin und wieder rauschte zwar eine aparte Schönheit an mir vorbei, aber das war es dann auch gewesen. Moment, stimmt nicht ganz. Der merkwürdige Patron, den ich von der Trattoria aus beobachtet hatte, tauchte noch ein, zwei Mal in unmittelbarer Nähe auf. Die Passanten behielt er dabei stets im Auge. Und was für Augen das waren, beinahe zum Fürchten. In welcher Absicht er das tat, darüber konnte ich nur mutmaßen. Wer weiß, vielleicht handelte es sich ja um einen Taschendieb, nicht gänzlich auszuschließen, wenn man an die gut gekleideten Flaneure dachte.

Nicht gänzlich auszuschließen, aber voll daneben.

Doch zurück zum Tathergang, dazu kommen wir noch. Quai du Mont-Blanc, kurz vor halb zwei. Mangels Beschäftigung gab ich mich damit zufrieden, meinen Tagträumen nachzuhängen. Welchen Inhalts, bedarf keiner Erwähnung. Einmal mehr spielte Mademoiselle Papillon darin die Hauptrolle, und mir wurde klar, dass ich im Begriff stand, mich zu verlieben. Anstatt meine Zeit totzuschlagen hätte ich sie lieber in Gesellschaft meiner Angebeteten zugebracht, und sei es nur, um über Gott und die Welt zu plaudern. Das Gespräch vom Vormittag spukte immer noch durch meinen Kopf, und ich malte mir aus, wie es wäre, wenn wir den Nachmittag gemeinsam verbracht und einen Ausflug an Bord des Dampfschiffes Genève unternommen hätten.

Sprich, ich war so sehr in Gedanken, dass ich den Moment, der mein Leben veränderte, um Haaresbreite verpasst hätte. Ob zum Guten oder Schlechten, vermag ich nicht zu sagen.

Das Schicksal nahm seinen Lauf, und ich, Cesare Monteverdi, war ihm hilflos ausgeliefert.

10

NACHRUF (III)

Irma Gräfin Sztáray, 34, Hofdame und Vertraute der Kaiserin Elisabeth, an ihre Mutter

Die Kaiserin hatte es nicht eilig, ich dagegen umso mehr. »Majestät, das Schiffssignal!«, mahnte ich, als meine Herrin dem Hotelier Adieu sagte, der seinen Gast unter Verbeugungen zum Ausgang eskortierte. »Wir müssen uns sputen, sonst kommen wir zu spät.«

»Na, wenn schon«, lautete die Replik, während ich ihr dabei half, ihren Schirm aufzuspannen. »Dann nehmen wir eben das nächste Schiff. Es gibt Schlimmeres, oder?«

Ja, das gab es. Aber davon ahnten wir in diesem Moment noch nichts.

Und so liefen wir in unser Unglück, überquerten die Straße und wandten uns nach rechts, um auf kürzestem Weg zur Anlegestelle zu gelangen. Wie zuvor schien es die Kaiserin nicht eilig zu haben und ließ den Blick über das einzigartige Panorama schweifen. In Höhe des Monument Brunswick blieb sie sogar stehen, deutete auf das Geäst zweier Kastanienbäume und meinte in sorglosem Ton: »Sehen Sie nur, Irma – die Kastanien blühen. Ist das nicht herrlich? Und das zum zweiten Mal, wie daheim in Schönbrunn. Der Kaiser schreibt mir, dass auch sie in voller Blüte stehen – im Gegensatz zu mir, der mir vor der Zukunft graut.«

Im Gegensatz zu mir. Da war er wieder, der scheinbar heitere, von Kummer durchtränkte Duktus, ein Indiz, wie sehr meine Herrin mit sich haderte. Nicht einmal das mondäne Flair oder ein Panorama ohne Beispiel konnten ihre Tristesse verscheuchen, und es machte keinen Unterschied, ob sie ihre Tage am Genfer See oder an einem anderen x-beliebigen Ort zubrachte. Elisabeth von Österreich, von ihrem Gatten liebevoll Sisi genannt, war eine Frau, die des Lebens überdrüssig geworden war. Eine Frau, die den Tod förmlich herbeisehnte.

Doch halt. Ich muss mich revidieren. Das heißt, ich muss etwas klarstellen. Anders als erhofft, kam Gevatter Tod in Gestalt eines Mörders – eines kaltblütigen, von blindwütigem Hass erfüllten Mörders. Und damit nicht so, wie die Kaiserin es sich gewünscht hatte. Aus purer Willkür und auf offener Straße gemeuchelt zu werden war das Schlimmste, was ihr widerfahren konnte, und es macht keinen Unterschied, ob sie den Tod als Erlösung von ihren Leiden betrachtete. Elisabeth von Österreich hatte das Pech, zur falschen Zeit am falschen Ort zu sein – und als Exempel herhalten zu müssen. Der eine oder andere wird mich zwar belächeln, wenn ich es so formuliere, doch was auch geschieht, ich stehe dazu. An den Verhältnissen, in die ihr Mörder hineingeboren wurde, trägt sie keine Schuld. Mag man es auch anders sehen, für mich ist und bleibt diese Kreatur ein Monstrum. Ein Monstrum, das mehr Schaden angerichtet hat, als man mit Worten zum Ausdruck bringen kann.

Allein, auch ich bin nicht frei von Schuld. Hätte ich mich nicht ablenken lassen, ich hätte die Gefahr, in der die Kaiserin schwebte, erkennen können. Ach was, ich hätte sie erkennen *müssen.* Das und manch anderes, was mit dem Mordanschlag auf meine Herrin zusammenhängt, muss ich mir zum Vorwurf machen. Auch wenn nichts auf ein bevorstehendes Attentat hindeutete, ich war es, die für das Wohlbefinden der Kaiserin verantwortlich war. Und das im umfassenden Sinn des Wortes. Was nichts anderes heißt, als dass ich ein gerüttelt Maß an Schuld an den Geschehnissen trage.

Quai de Mont-Blanc, 13.40 Uhr. Das Signal zur Abfahrt, lauter und durchdringender als zuvor. Ich beschleunige meine Schritte, weiche einem Souvenirhändler aus und ziehe mein Portemonnaie hervor, um das Geld für die Fahrkarten hervorzukramen. Das alles dauert nur wenige Sekunden, aber lang genug, um das Schicksal meiner Herrin zu besiegeln. Urplötzlich taucht ein Mann vor uns auf, kreuz und quer über das Trottoir huschend, wie ein Raubtier auf Beutezug. Und das ausgerechnet jetzt, denke ich bei mir, ohne Blick für die Gefahr, die uns vonseiten des schäbig gekleideten Mannes droht. Schon wieder einer dieser Kerle, die sich mit Almosen über Wasser halten. Und wenn er sich auf den Kopf stellt, bei mir beißt der Bursche auf Granit.

Und dann geschieht es, bevor ich einen Warnruf ausstoßen oder der Kaiserin zu Hilfe eilen kann. Der Angreifer macht einen Ausfallschritt, um sein ahnungsloses Opfer zu täuschen, nähert sich von links, greift unters Jackett, zückt sein Mordinstrument, nimmt Anlauf – und sticht zu.

Die Kaiserin bricht wie vom Blitz getroffen zusammen, der Täter sucht sein Heil in der Flucht.

Außer mir vor Entsetzen, eile ich meiner Herrin zu Hilfe, unterstützt von zahlreichen Passanten, die sich besorgt um uns scharen.

Und dann, wie durch ein Wunder, das Unfassbare.

Wieder bei Bewusstsein, schlägt die Kaiserin die Augen auf, mustert die Umstehenden, bis sich unsere Blicke treffen. Sieht mich hilfesuchend an. Unterstützt durch einen Fiaker, der herbeigeeilt ist, helfe ich ihr auf die Beine.

Das Gesicht gerötet, die Augen feucht, die Haarflechten vom Sturz gelockert, die Haltung aufrecht wie ehedem. Genau so wird mir meine Herrin in Erinnerung bleiben, wie ein Muster an Disziplin und Willenskraft. »Wie geht es Euch, Majestät? Ich hoffe, Eurer Majestät ist nichts geschehen!«

»Nein, Irma«, lautet die Antwort, zur Freude der Passanten, die sie mit aufmunternden Bemerkungen bedenken. »Sieht so aus, als sei mir nichts zugestoßen.«

Eine Fehleinschätzung, wie sie folgenschwerer nicht hätte sein können.

Und was tut die Kaiserin?

Sie dankt den Passanten für ihre Anteilnahme, jedem einzelnen in seiner Sprache, auf Deutsch, Französisch und Englisch. Bekräftigt wiederholt, dass ihr nichts fehle, und gestattet dem Fiaker, ihr bei der Reinigung des verschmutzten Kleides zur Hand zu gehen. Dann setzt sie den Hut auf, lässt sich Fächer und Schirm reichen, lächelt, grüßt freundlich in die Runde – und setzt ihren Weg zur Anlegestelle fort.

Dort angekommen, hält sie inne, und mir ist, als blicke sie durch mich hindurch. »Wer weiß, vielleicht wollte er mir die Uhr wegnehmen«, sinniert die Kaiserin halblaut vor sich hin. Dann wendet sie sich mir zu und flüstert: »Nicht wahr, ich bin ein wenig blass?«

»Ein wenig, vielleicht vom Schrecken«, antworte ich, nicht ahnend, wie es wirklich um sie steht. »Majestät haben es hinter sich, das ist die Hauptsache!«

Worte, für die ich mich hinterher hätte ohrfeigen können.

11

TESTAMENT (III)

*Aus der eidesstattlichen Erklärung von Auguste Beaulieu,
27 Jahre alt, ledig und von Beruf Konzertpianist, wohnhaft in der Rue des Alpes 10 in Genf (Anlage: handschriftliches Testament des Unterzeichneten, hinterlegt bei der
Anwaltskanzlei Biasini & Söhne)*

Zuerst traute ich meinen Augen nicht. Aber dann sprang
ich auf, stürmte aus dem Lokal und wäre ums Haar unter
eine Equipage gekommen, wenn der Kutscher keine Voll-
bremsung gemacht hätte. Dementsprechend derb fielen die
Flüche aus, mit denen er mich überhäufte, aber das kümmerte mich herzlich wenig. Momentan zählte nur noch eins,
nämlich die Verfolgung des flüchtigen Täters. Vom meinem Stammplatz im Café de la Paix hatte ich beobachtet,
wie er seinem Opfer auflauerte, eine Waffe zückte und die
ahnungslose Kaiserin niederstach. Starr vor Schreck, war
ich wie gelähmt gewesen. Aber dann, als die Umstehenden zu Hilfe eilten, hatte es kein Halten für mich gegeben.
Ich war so aufgebracht, dass ich vergaß, meine Rechnung
zu begleichen, aber auch daran verschwendete ich keinen
Gedanken.

Der Lumpenhund musste dingfest gemacht werden, mit
allen zur Verfügung stehenden Mitteln. Neben Musik waren
Leibesübungen mein bevorzugter Freizeitvertreib gewesen, und so zögerte ich nicht, die Verfolgung aufzunehmen.

Es liegt mir nicht, den Helden zu spielen, und was mich dazu trieb, ist mir schleierhaft. Auf einmal war da diese Wut in meinem Bauch, und mir wurde klar, was ich zu tun hatte.

Der Rest erledigte sich quasi von selbst, wiewohl mein Anteil kein geringer war. Schon nach wenigen Minuten hatte ich die Kanaille eingeholt, insofern waren meine Bemühungen von Erfolg gekrönt gewesen. Der Ehrlichkeit halber sei jedoch vermerkt, dass Luceni keine Eile an den Tag legte und in aller Gemütsruhe durch die Rue des Alpes spazierte. Im Eifer des Gefechts fiel mir das nicht auf, im Rückblick dagegen umso mehr. Die Behörden behaupteten zwar, er habe vorgehabt, sich zum Gare de Cornavin durchzuschlagen, um von dort aus per Zug das Weite zu suchen. Allein, von Hast oder überstürzter Flucht konnte keine Rede sein. Vielmehr kam es mir so vor, als habe Luceni überhaupt nicht fliehen wollen, und selbst wenn, wäre er nicht weit gekommen.

Mit anderen Worten, der Crétin erweckte den Eindruck, als sei er nicht ganz bei Trost. Demnach war es keine Heldentat, ihn zu überwältigen und bis zum Eintreffen der Polizei in Schach zu halten. Das gebe ich unumwunden zu. Irritierend war die Episode trotzdem, und das, wie ich meine, nicht ohne Grund. Ich will damit sagen, jeder andere an seiner Stelle hätte sich mit Leibeskräften gewehrt, hätte wild um sich geschlagen oder versucht, bei erstbester Gelegenheit zu flüchten. Nichts dergleichen. Luceni leistete keinen Widerstand, weder mir gegenüber noch beim Eintreffen der Gendarmen. Fast schien es, als sei ihnen ein Kleinkrimineller ins Netz gegangen, so harmlos wirkte die Szenerie.

Blieb also nur, meine Personalien anzugeben, den Ablauf meiner Beinahe-Heldentat zu schildern und den Dank des

Gendarmeriepostens Paquis entgegenzunehmen, der in unmittelbarer Nähe des Tatorts lag. Und mich erneut zum Ort des Geschehens zu begeben, um mich über den Stand der Dinge auf dem Laufenden zu halten.

Außer mir waren dort einige Hundert Menschen versammelt, und wie in solchen Fällen üblich, hatte jeder eine andere Version des Tathergangs parat. Fest stand momentan nur eins: Die Kaiserin hatte den Anschlag überlebt. Mehr noch, laut Aussagen von Augenzeugen hatte sie sich wie geplant an Bord der Genève zwecks Weiterreise nach Territet begeben. Eine Nachricht, die ich mit einer gehörigen Portion Skepsis goutierte.

Und das, wie sich wenige Minuten später herausstellte, nicht ohne Grund.

»Da, schauen Sie mal!« Der Kutscher, welcher der Kaiserin auf die Beine geholfen hatte, sah es als Erster. »Also wenn Sie mich fragen, Monsieur Beaulieu, das hat nichts Gutes zu bedeuten.«

Der Helfer in der Not sollte recht behalten. Noch in Sichtweite der Uferpromenade war das Dampfschiff umgekehrt und hatte Kurs auf die Anlegestelle genommen.

Kein gutes Zeichen, in der Tat.

12

NACHRUF (IV)

Irma Gräfin Sztáray, 34, Hofdame und Vertraute der Kaiserin Elisabeth, an ihre Mutter

»Was ist denn jetzt mit mir geschehen?«

»Alles halb so schlimm, Majestät«, munterte ich die Kaiserin auf, eingekeilt von einer Menschentraube, die sich um die Bank auf dem Oberdeck der Genève geschart hatte. »Sobald wir wieder an Land sind, lasse ich einen Arzt rufen. Keine Sorge, es dauert nicht mehr lange.«

Ich wundere mich noch immer, wie leicht mir die Lüge über die Lippen kam. Jedermann an Bord war klar, dass die Kaiserin an der Schwelle zum Jenseits stand. Das Ende würde kommen, so oder so. Insofern spielte es keine Rolle, ob ein Arzt zugegen war oder nicht. Nicht einmal die größte Koryphäe unter der Sonne wäre imstande, das Leben der Kaiserin zu retten. So niederschmetternd sie auch war, an dieser Erkenntnis führte kein Weg vorbei.

Ein Blick genügte, und man wusste Bescheid. Der Körper verkrampft, die Augen verschleiert, das Gesicht bleich wie Pergament, die Stirn mit Aberhunderten Schweißperlen übersät. Der Atem flach, auch aus der Nähe kaum zu spüren. Alles Zeichen, dass es nicht zum Besten stand, dass sich die Zeit, die ihr verblieb, dem Ende zuneigte.

Aber tatenlos zusehen? Auf keinen Fall. Auch wenn kaum noch Hoffnung war, es musste etwas geschehen. Auf der Stelle, und nicht erst dann, wenn es zu spät war.

Und so tat ich, was ich unter normalen Umständen nie getan hätte. Ich vergaß die Regeln der Etikette, kümmerte mich nicht um die Umstehenden und zögerte nicht, die Bänder ihres Seidenfigaros entzweizureißen. Unmittelbar darunter trug die Kaiserin ein Batisthemd, und ich musste nicht lange suchen, um auf einen Fleck von der Größe eines Silberguldens zu stoßen. Das Hemd sacht beiseiteschiebend, stand mir die Wahrheit mit erschreckender Deutlichkeit vor Augen. Direkt über dem Herzen befand sich eine schmale Wunde, an deren Rand ein geronnener Blutstropfen klebte.

Nun besaß ich Gewissheit.

Titanias letzte Reise hatte begonnen.

13

AUTOPSIE (I)

Dr. Golay, Augenzeuge der im Hotel Beau Rivage vorge-
nommenen Autopsie des Leichnams von Kaiserin Elisabeth,
an Dr. Sotier aus Bad Kissingen

Sehr geehrter Herr Kollege!

Aus Anlass des schrecklichen Attentats, dem Ihre Majestät die Kaiserin von Österreich zum Opfer fiel, fragen Sie
telegrafisch an, welche anatomischen und pathologischen
Beschädigungen in der Herzgegend durch die Inaugen-
scheinnahme nachgewiesen werden konnten.

Ich muss Ihnen sagen, dass die zur Untersuchung hin-
zugezogenen Ärzte nicht ermächtigt wurden, eine voll-
ständige Autopsie vorzunehmen. Vielmehr mussten sich
die Kollegen darauf beschränken, den Weg nachzuwei-
sen, welchen der Dolch genommen hatte, und sich Klarheit darüber verschaffen, ob die Verletzungen, welche
er verursacht hatte, als tödlich betrachtet werden können. Sie werden sehen, dass in dieser Hinsicht nicht der
geringste Zweifel besteht und dass insbesondere die
durch den unvermuteten Angriff hervorgerufene Auf-
regung keinerlei Rolle bei diesem schrecklichen Ereig-
nis spielte. Das aufgefundene Werkzeug, welches der
schändliche Mordbube als dasjenige erkannte, dessen

er sich bedient hatte, ist eine dreieckige Feile von elf Zentimetern Länge, sehr spitz und mit einem Griff aus Fichtenholz nach Art eines Messers versehen, wie beiliegende Skizze zeigt.

Der Stoß ist mit außerordentlicher Heftigkeit geführt worden, denn das Werkzeug drang bis zu einer Tiefe von 8,5 Zentimetern in die Brust ein. Am oberen Teil der linken Brusthälfte besteht eine kleine, dreieckige Wunde, aus der drei bis vier Tropfen Blut hervordrangen.

Das Mordwerkzeug hat die vierte Rippe gebrochen und ist sodann durch den vierten Rippen-Zwischenraum in die Brust eingedrungen. Weiterhin hat es den unteren Rand des oberen Lungenflügels durchbohrt und traf auf die vordere Fläche der linken Herzkammer, einen Zentimeter vom absteigenden Zweig der Kranzader entfernt. Die Herzkammer ist vollständig durchbohrt, denn die hintere Scheidewand derselben zeigte eine dreieckige Öffnung von ungefähr vier Millimetern Durchmesser.

Im Herzbeutel großer Erguss geronnenen Blutes.

Was nun die Beschädigungen des Herzens betrifft, welche vielleicht schon vor dem Meuchelmord bestanden, so können wir darüber nichts sagen, da wir nicht ermächtigt waren, das Herz zu öffnen, um die Beschaffenheit der Klappen und Öffnungen zu konstatieren. Mit Ausnahme einer leichten Verfettung wies das Organ bei näherer Begutachtung keinerlei Abnormitäten auf.

Ich fand diese Erklärung zu lang für ein Telegramm, auch hielt ich es für besser, Ihnen zu schreiben mit dem Ausdruck meines tiefsten Abscheus gegenüber dem Verbrechen, welches dem Leben Ihrer hohen Patientin ein so plötzliches Ende bereitete.

Empfangen Sie, sehr geehrter Kollege, die Versicherung meiner vollsten Hochachtung.

Dr. Golay

Bei der Untersuchung der a. h. Leiche weiland Ihrer Majes-
tät der Kaiserin und Königin Elisabeth, welche im Beisein
des k. und k. Gesandten Graf Kuefstein, des Feldmarschall-
leutnants von Berzeviczy, der Hofdame Gräfin Sztáray,
des General-Prokurators sowie des Untersuchungsrichters
stattgefunden hat, wurde eine circa achteinhalb Zentime-
ter lange Stichwunde konstatiert, welche an der vierten
Rippe die Brustwand durchdringt, durch die Lunge und
das ganze Herz hindurchgeht und eine starke innere Blu-
tung hervorgebracht hat, durch welche der Tod allmäh-
lich und schmerzlos herbeigeführt wurde.

[Neue Freie Presse (Wien) vom 13.9.1898]

ZWEITES BUCH

GENF, 10. SEPTEMBER 1898

VIER

14

TAGEBUCH (III)

*Aus den Tagebuchaufzeichnungen von Cesare Monteverdi,
28, Redakteur bei der ›Tribune de Genève‹*

»He, Sie da – stehenbleiben!« Die Aufforderung war deutlich. Und auch nicht zu überhören. »Sind Sie taub, oder was ist los?«

Ich wollte nur weg, und das möglichst schnell. Weg von den Gaffern, die den Anlegesteg umlagerten, weg vom Tatort, weg von allem. Der Schock saß tief, und ich kam mir wie gerädert vor. Weiter verwunderlich war das nicht, war ich doch Zeuge eines perfiden Mordanschlags geworden. Eines Attentats, das weltweit für Schlagzeilen sorgen würde.

Die Frage, wie das möglich gewesen war, konnte man sich sparen. Wie schon zuvor hatte die Kaiserin ein Inkognito benutzt, und sie wäre unbehelligt geblieben, wenn Lienhard die Spielregeln eingehalten hätte. Auch Kaiserinnen hatten ein Recht auf Privatleben, ob es dem Herrn Chefredakteur ins Konzept passte oder nicht. Insofern war die Sachlage klar. Wenn es jemanden gab, der den Stein ins Rollen gebracht hatte, dann er. Aus purer Gier hatte mein Intimfeind darauf bestanden, die Ankunft der Kaiserin publik zu machen, ungeachtet der Folgen, die sein Verhalten nach sich ziehen würde. Ein Vorgehen, das jeden Kommentar überflüssig machte.

Von Schuld im eigentlichen Sinn konnte freilich keine Rede sein. Was das betraf, gab es andere, die das Fiasko zu verantworten hatten. An erster Stelle kam dabei die Polizei, und nicht nur ich stellte mir die Frage, welcher Teufel die Verantwortlichen geritten haben mochte. Auch ohne Wissen der Kaiserin wäre die Anwesenheit von Personenschützern dringend geboten, wenn nicht gar unerlässlich gewesen. Dass dem nicht so war, warf eine Menge Fragen auf, auch solche nach dem Fehlen von Leibwächtern, an denen in Wien gewiss kein Mangel herrschte. Es wollte mir einfach nicht in den Kopf, dass die Kaiserin von Österreich einfach mir nichts, dir nichts durch Genf spazierte, in Begleitung einer einzigen Hofdame, die im Ernstfall auf verlorenem Posten stehen würde. An den Mitteln, um die Monarchin vor gewaltsamen Attacken zu schützen, konnte es nicht liegen. Am Willen schon, wie mir im Nachhinein bewusst wurde.

Blieb die Frage, was der Täter mit dem Mordanschlag bezweckte, so er denn überhaupt ein Motiv besaß. Einmal angenommen, es handelte sich um eine politisch motivierte Tat, war eins von vornherein klar: Auf Sympathien brauchte der Meuchelmörder nicht zu hoffen. Dazu kannte ich meine Landsleute zu gut. In der Öffentlichkeit würde das Attentat auf eine 60-jährige und obendrein weder von Leibwächtern noch von Polizeibeamten abgeschirmte Frau für eine Welle der Empörung sorgen. Um das vorauszusehen, musste man kein Hellseher sein. Davon abgesehen war die Kaiserin nicht die Gesündeste, auch das durfte man nicht außer Acht lassen. Kurzum, mit Gewalt gegen eine wehrlose Frau würde sich die Absicht des Attentäters ins Gegenteil verkehren und zu seinen Gunsten kein einziger Finger rühren. Es sei denn bei seinen Getreuen, die eine verschwindend kleine Minderheit darstellten.

»Stehenbleiben – und zwar sofort!«

»Und was kann ich für Sie tun, Monsieur …?« Nur noch wenige Meter vom Redaktionsgebäude entfernt, hielt ich gequält aufseufzend inne. Auf Ärger konnte ich getrost verzichten, mein Bedarf an Überraschungen war gedeckt. Dennoch gab ich mich keinen Illusionen hin. Aller Voraussicht nach würde Lienhard Gift und Galle spucken, und das, wie ich zerknirscht einräumen musste, nicht ohne triftigen Grund. Anstatt vor Ort zu recherchieren, Augenzeugen zu befragen oder Erkundigungen über das Befinden der Kaiserin einzuziehen, hatte ich meinen Kram gepackt und war Hals über Kopf getürmt. Mit Journalismus, wie Lienhard ihn predigte, hatte das nichts zu tun gehabt. Um bei ihm zu punkten, hätte ich auf dem Posten bleiben und meinen Artikel im Stil eines Dreigroschenromans ausschmücken müssen. Frei nach dem Motto: »Je mehr reißerische Details, desto höher die Auflage.« Und desto größer der Schaden für die Konkurrenz. Auch wenn die Wahrheit auf der Strecke bleibt, was zählt, ist die Summe der verkauften Exemplare. Allein darauf kommt es in unserer Branche an. »Was kann ich für Sie tun, Monsieur … Wie war doch gleich Ihr Name?«

»Mein Name tut nichts zur Sache.«

»So leid es mir tut, in diesem Fall kann ich nichts für Sie tun. Einen schönen Tag noch, der Herr – Adieu!«

»Hiergeblieben, sonst gibt es Ärger!«, raunte mir der Unbekannte zu, der Blick wie erstarrt und die Lippen krampfartig zusammengepresst. Der schale Atem tat ein Übriges, um mein Unbehagen in Animosität umschlagen zu lassen, von den Manieren, die er am Leib hatte, nicht zu reden. »Damit eines klar ist: *Ich* bin es, der hier die Fragen stellt, haben wir uns verstanden?«

Ich weiß, ich weiß. Manieren sind nicht jedermanns Sache. Was ich aber verdammt noch mal nicht leiden kann, ist, wenn ich von wildfremden Leuten geduzt oder im Beisein anderer wie ein Rekrut zusammengestaucht werde. Dann ist es mit meiner Geduld vorbei, und ich kann für nichts mehr garantieren.

»Also: Was hattest du am Quai du Mont-Blanc zu suchen?«

»Gegenfrage: Wer gibt Ihnen eigentlich das Recht, mich zu duzen?«

»Was Sie dort zu suchen hatten, will ich wissen!«

»Das Gleiche könnte ich Sie fragen, meinen Sie nicht auch?«, ließ ich mit stoischer Gelassenheit verlauten, die Augenbrauen fragend in die Höhe gezogen. »Machen wir es kurz: Entweder Sie sagen mir, was los ist, oder ich beende das Gespräch. Noch Fragen, der Herr?«

»Wer immer Sie auch sind, darf ich Ihnen einen Rat geben?«

»Danke, kein Bedarf.«

»Legen Sie sich bloß nicht mit uns an. Sonst ziehen Sie den Kürzeren.«

»Mit *uns*?«

Der Fremde lachte belustigt auf. »Schon mal was von der k. u. k. Staatspolizei gehört?«

»Sollte ich?«

»Treiben Sie es nicht zu bunt. Oder es wird Ihnen noch mal leidtun.«

»Lassen Sie mich raten. Ihre Aufgabe besteht darin, die Mitglieder des Kaiserhauses vor Zudringlichkeiten zu bewahren.«

»Na also, geht doch.« Der Anonymus richtete seinen Stehkragen, strich über den ungepflegten Oberlippenbart und höhnte: »Besser kann man es nicht ausdrücken. Gestatten: kaiserliche und königliche Staatspolizei, Sektion Objekt- und Personenschutz.«

»Objektschutz – so kann man es natürlich auch ausdrücken.«

»Werden Sie nicht frech, sonst …«

»Sonst was?« Staatspolizei, Sektion Personenschutz. Mit anderen Worten, ein leibhaftiger Spezialagent. Das konnte der aalglatte Fiesling seiner Großmutter erzählen. Siegelring mit verblichenem Emblem, Kippe im Mundwinkel sowie Feuchtfrisur samt schreiend buntem Freizeithemd, auf dem es von Schuppen nur so wimmelte. Wer auch immer der Prototyp eines Zuhälters war, der Mittvierziger sah nach allem Möglichen aus, nur nicht nach einem Leibwächter für die oberen Fünfhundert. Tätowierung am linken Unterarm, vernarbtes Kinn und ein Zigarettenetui mit den Initialen ML, das aus seiner Brusttasche hervorlugte. Alles, was recht war, aber einen Geheimdienstler stellte man sich anders vor. »Darf man fragen, was Sie von mir wollen?«

»Na, was denn wohl – Ihre Kamera«, raunzte mich mein Gegenüber ohne Rücksicht auf elementarste Umgangsformen an und deutete auf die Fototasche, die ich mit mir herumschleppte. »Und zwar sofort, sonst sehe ich mich veranlasst, Sie zu Ihrem Glück zu zwingen. Ach so: Das Stativ können Sie behalten, mir geht es lediglich um die Fotos.«

»Ach, daher weht der Wind.«

»Werden Sie nicht unverschämt, sonst bekommen Sie es mit mir zu tun.«

»Oder Sie mit mir, kommt ganz drauf an.«

»Auf was denn? Sie wollen mir doch nicht etwa drohen, Monsieur …?«

»Mein Name tut nichts zur Sache«, schnitt ich dem Unbekannten brüsk das Wort ab und ließ ihn stehen, um meinen Weg in die Redaktion fortzusetzen. »Es sei denn, Sie sind bereit, sich auszuweisen.«

Die Reaktion kam schneller als gedacht. Und fiel ausgesprochen heftig aus. »Jetzt hör mir mal gut zu, du Klugscheißer«, drohte der Unbekannte, warf seine Kippe weg und riss mich unsanft zu sich herum. »Entweder du rückst die Fotos raus, oder ich sorge dafür, dass du die längste Zeit Reporter gewesen bist. Damit du Bescheid weißt, ich bin schon mit anderen Typen fertiggeworden als mit dir. Aber das nur am Rande, damit du weißt, wie ab jetzt der Hase läuft.«

»Endlich kommen wir der Sache näher. Und mit wem genau habe ich die Ehre?«

»Hörst du schlecht, oder was ist hier los?« Das Organ des Fremden erreichte die Schmerzgrenze, und er hatte Mühe, sein aufbrausendes Naturell zu zügeln. Hätte der Wortwechsel nicht für Aufsehen gesorgt, dann wäre für mich Matthäi am Letzten gewesen. Hätte, wäre, könnte. Ich bin nun mal nicht der Typ, der die Fäuste sprechen lässt, auch wenn es mich heftig in den Fingern juckt. Es geht einfach nicht, auch wenn ich das Recht auf meiner Seite habe.

»Ich kann auch anders, ob du's glaubst oder nicht. Und darum ein Rat, sozusagen unter Freunden: Wenn du schlau bist, lässt du es nicht drauf ankommen. Und tust, was ich dir sage.«

»Und wenn nicht?«

»Dann solltest du dir was einfallen lassen – es sei denn, du bist lebensmüde.«

»Nur noch eine Frage.«

»Und die wäre?«

»Unbescholtene Bürger bedrohen, handgreiflich werden, Beleidigungen en masse. Machen Sie das eigentlich immer so? Und überhaupt: Wer gibt Ihnen eigentlich das Recht, mich zur Herausgabe meiner Bilder zu nötigen? Soweit ich weiß, befinden wir uns auf Schweizer Territorium – und nicht in Wien oder in Prag oder wo auch immer. Ich denke nicht daran, nach Ihrer Pfeife zu tanzen, merken Sie sich das. Also trollen Sie sich, oder ich verständige die Polizei. Und wenn wir gerade dabei sind: Wenn Sie so gewieft wären, wie Sie tun, dann wäre die Kaiserin nicht attackiert worden. Oder wie erklären Sie sich, dass der Attentäter unbehelligt zu Werke gehen konnte? Soll ich Ihnen etwas sagen, Sie Dilettant? An Ihrer Stelle würde ich den Beruf wechseln, damit sich so etwas wie vorhin nicht wiederholt. Sektion Personenschutz, dass ich nicht lache. Wenn es nicht so traurig wäre, müsste man Ihnen einen Karnevalsorden verleihen. Fehlt nur noch das Kostüm, und fertig ist die Schießbudenfigur.«

»Ich zähle jetzt bis drei, du halbe Portion. Wenn du bis dahin nicht die Kamera rausgerückt hast, dann …«

»Dann was?«, schnauzte ich möglichst laut zurück, und sei es nur, um möglichst viele Gaffer anzulocken. »Schon mal was von Nötigung gehört?«

»Dann mache ich dich fertig, kapiert?«

»Pardon, ich vergaß – Sie sind ja Polizist. So, und jetzt tun Sie mir den Gefallen und lassen mich los, sonst sind Sie es, der hier Ärger bekommt, vous avez compris?«

»Glaub mir, das wirst du noch bereuen!«, spie der vermeintliche Personenschützer hervor, dessen Züge mich an eine umherstreunende Hyäne erinnerten. Der Mund halb offen, die Augen blutunterlaufen und der Blick so tückisch, als warte er nur auf den Moment, um meinen Kadaver in tausend Fetzen reißen zu können. Selten zuvor hatte ich einen Menschen erlebt, der mir so widerwärtig war wie er.

Und das wollte bekanntlich etwas heißen.

»Die Runde geht an dich, Gratulation. Zu viele Zeugen, da will ich mal nicht so sein. Na schön, der Triumph sei dir gegönnt. Aber freu dich nicht zu früh, halbe Portion. Du weißt doch: Im Leben sieht man sich immer zweimal. Mal sehen, vielleicht treffen wir uns früher, als du denkst!«

Der Grobian sollte recht behalten. Auch wenn ich nicht erpicht darauf war, unsere Wege würden sich erneut kreuzen. Auf eine Weise, die mir reichlich Ärger bescheren sollte. Und die den Stein, der eine Lawine ungeahnten Umfangs auslöste, erst richtig ins Rollen brachte.

Doch zurück zu den Ereignissen des 10. September, welcher mir wie kein anderer Tag im Gedächtnis bleiben würde. Zum Glück gab es da noch Mademoiselle Papillon, die mich mit strahlender Miene willkommen hieß. Doch so bezaubernd ihr Lächeln auch war, am Ende meiner Schilderung hatte es sich in Nichts aufgelöst. »Ein Attentat auf die Kaiserin«, flüsterte meine Kollegin, gleichermaßen entsetzt wie bekümmert, wie unschwer zu erkennen war. »Und das ausgerechnet hier, in dieser Stadt. Eine Schande ist das, diesen Halunken soll doch der Teu… Wissen Sie was, Cesare? Ich höre jetzt lieber auf, sonst vergesse ich meine Kinderstube.«

»Wem sagen Sie das, Mademoiselle.«

»Bitte korrigieren Sie mich, Herr Kollege – aber wollten wir uns nicht mit dem Vornamen anreden?«

»Aber gewiss doch, wollten wir«, bekräftigte ich, errötend bis zu den Haarspitzen, was mir das Flair eines unbeholfenen Pennälers verlieh. »Wie Sie wünschen, Made… ähm … Wie Sie wünschen, Clodile.«

Das Blinzeln meiner Auserwählten warf mich um. »Und was werden Sie jetzt tun, Cesare?«

»Die Bilder entwickeln, auch wenn's schwerfällt«, antwortete ich und schulterte meine Fototasche, um mich nolens volens in die Dunkelkammer zu begeben. »Wenn wir gerade dabei sind: Wo ist eigentlich Lienhard abgeblieben?«

»Zu Tisch. Wieso, vermissen Sie ihn?«

»Wie verrückt«, gab ich mit treuherzigem Lächeln zurück, was bei meiner Kollegin – pardon! – was bei Clodile für ungebremste Heiterkeit sorgte. »Ich kann's kaum erwarten, bis er wiederkommt. Ohne ihn ist es so harmonisch hier, zu schön, um wahr zu sein, wenn Sie es genau wissen möchten.«

Jetzt war die Reihe an Mademoiselle Papillon, um vor Verlegenheit zu erröten, weshalb sie sich zum Schein in ihr Aktenstudium vertiefte. »Bis später, Cesare – lassen Sie sich durch mich nicht aufhalten.«

»Und Sie sich nicht durch mich«, gab ich mit spitzbübischem Grinsen zurück, verließ den Raum und trottete ins Labor, um die Fotografien zu entwickeln. Mein Widerwille war so stark, dass ich sie am liebsten vernichtet hätte, und es reut mich, dass ich dem Impuls nicht nachgegeben habe. Falls doch, wäre mir viel erspart geblieben, und nicht nur mir, wie die sich überschlagenden Ereignisse zeigten. Allein, all das ist Schnee von gestern. Um es mir mit Lienhard nicht vollends zu verderben, tat ich genau das, was ich nie und nimmer hätte tun sollen.

Ich entwickelte die Aufnahmen.

Und erlebte eine faustdicke Überraschung.

15

NACHRUF (IV)

Irma Gräfin Sztáray, 34, Hofdame und Vertraute der Kaiserin Elisabeth, an ihre Mutter

Sie glauben nicht, wie sehr mich der Tod der Kaiserin erschüttert hat. Trotz allem war es jedoch erst der Anfang gewesen. Der Anfang vom Ende, wenn man so will. Das Schlimmste, will sagen: die Obduktion, stand mir nämlich noch bevor. Danach war ich mit den Nerven am Ende, so wahr ich Ihre Tochter und eine getreue Anhängerin der allein seligmachenden Kirche bin.

Doch damit nicht genug. Kaum hatten die Ärzte das abgedunkelte Hotelzimmer verlassen, da tauchte auch schon eine Abordnung der Geistlichkeit auf, darunter eine Handvoll Ordensschwestern, welche das Sterbelager umringten, um das Totengebet zu rezitieren.

Dann endlich, fast zweieinhalb Stunden nach der tödlichen Attacke, kehrte Ruhe ein. Um ganz ehrlich zu sein, ich hatte sie auch bitter nötig. Zuerst die Ärzte, zum Zuschauen verdammt, als die Kaiserin im Sterben lag. Danach die Geistlichkeit, alles in allem an die zehn Personen, angeführt vom Erzbischof von Fribourg. Und gegen Abend ein Untersuchungsrichter namens Léchet, der jedes noch so unbedeutende Detail protokollierte. Das war mehr, als ich ertragen konnte, und es nimmt mich wunder, dass ich die Contenance bewahrte.

Dessen ungeachtet agierte ich wie in Trance, beinahe mechanisch, um es makaber zu formulieren. Als Erstes ließ ich ein Kruzifix bringen, das ich auf einen Tisch am Fußende des Sterbebettes stellte und dem Anlass entsprechend mit vier Kerzen umgab. Dicht daneben postierte ich einen Strauß Herbstastern, Symbole der Vergänglichkeit, die wie ein Abbild der niederschmetternden Wirklichkeit anmuteten. Erst dann, nachdem ich für ein würdiges Ambiente gesorgt hatte, machte ich mich daran, die Spuren der Obduktion zu beseitigen. Einer plötzlichen Eingebung folgend, holte ich meinen Rosenkranz hervor, trat ans Bett und legte ihn der Kaiserin in die Hände.

Dann sank ich auf einen Stuhl und begann hemmungslos zu schluchzen.

Und da saß ich nun, wie unter Drogen, während die Ereignisse im Zeitraffer an mir vorüberjagten. Wie häufig dies seitdem der Fall gewesen ist, ich vermag es beim besten Willen nicht zu sagen. Doch egal, wie oft, die Reminiszenzen werden mich nie mehr loslassen, jetzt und immerdar, so lange, bis auch ich meine letzte Reise antreten werde.

»Es geht zu Ende, Gräfin – sie wird sterben.« Auch jetzt, in der Abgeschiedenheit meines Schreibkabinetts, dringt aufs Neue diese Stimme an mein Ohr. Klar und deutlich, zum Greifen nah. Mir ist, als stünde ich an Bord der Genève, umringt von Passagieren, die wie ich um das Leben meiner Herrin bangen. Aus wessen Mund der Ausruf stammt, geht in der allgemeinen Konfusion unter.

Und dann, kurz nach dem Anlegen, überschlagen sich die Ereignisse. Die Kaiserin wird auf eine improvisierte Tragbahre gebettet und so behutsam wie möglich von Bord gebracht. Am Ufer drängen sich die Schaulustigen, für die Träger gibt es kaum ein Durchkommen. Einer davon, allem Anschein nach ein Passagier, schirmt die Sterbende gegen das grelle Sonnenlicht ab. Um sie vor neugierigen Blicken zu schützen, entledige ich mich meines Mantels, decke meine Herrin zu und treibe die Helfer zur Eile an. Im Hotelzimmer angelangt, wird die Kaiserin mit aller gebotenen Vorsicht auf ihr Bett gelegt und in meinem Beisein von zwei Ärzten untersucht.

»So leid es mir tut, Gräfin – es gibt keine Hoffnung mehr«, teilt mir Doktor Golay wenige Minuten später mit, sachlich zwar, doch mit einer Miene, die an Deutlichkeit kaum zu wünschen übrig lässt. »Wir müssen mit dem Schlimmsten rechnen.«

»Keine Überlebenschancen?«

»Ich fürchte nein.« Worte, die mich bis ins Mark erschüttern, die sich anfühlen, als sei auch mein Herz mit einem Stilett durchbohrt worden. Worte, welche die Stille im Raum zum Bersten bringen. »Wir sollten einen Priester rufen lassen, mehr können wir nicht für sie tun.«

Zwanzig vor drei, auf die Minute genau. Doktor Golay erklärt die Kaiserin für tot. Ich nicke schweigend, kaum fähig, einen klaren Gedanken zu fassen. Am Ende siegt auch hier die Disziplin, und ich überlege fieberhaft, was zu tun ist. Der Kaiser muss benachrichtigt werden, möglichst schnell, aber so einfühlsam wie nur irgend möglich.

Leichter gesagt als getan. Ich zermartere mir den Kopf, wie der Text für die Depesche formuliert werden soll. Und entscheide mich für die folgenden Worte, die ich an den Adjutanten des bedauernswerten Monarchen richte: »Ihre Majestät die Kaiserin soeben im Hotel Beau Rivage entschlummert, bitte dies Seiner Majestät möglichst schonungsvoll zu melden.«

Kaum ist dies geschehen, steht der Leichenbeschauer

vor der Tür. Ich bitte ihn herein, auf dass er seines Amtes walten möge. Und schon wieder die gleichen Fragen, die ich mit tränenerstickter Stimme beantworte. »Ist Ihnen bewusst, Gräfin, dass alles, was Sie zu Protokoll geben, unter Eid gesprochen ist?«

»Natürlich, Herr Präsident«, antworte ich dem Untersuchungsrichter, in dessen Begleitung der Leichenbeschauer in Aktion getreten ist. »Das weiß ich.«

»Verzeihen Sie, aber ich muss Sie das fragen.«

»Nicht der Rede wert, Monsieur Léchet«, tue ich mit begütigender Geste kund und mobilisiere die letzten Kräfte, um die Fragen samt und sonders zu beantworten. »Sie tun ja auch nur Ihre Pflicht.«

Das tut er auch, und zwar gründlich.

Aber dann, am späten Nachmittag, ist es geschafft.

Endlich.

Ich bin allein, zumindest vorübergehend. Sitze neben dem Sterbebett und lasse die Jahre in Diensten Ihrer Majestät an mir vorüberziehen.

Rufe jedes Detail unserer Reisen in mir wach.

Jedes Detail, jedes Gespräch und jeden Blick, den wir miteinander tauschten.

Und jede Berührung ihrer feingliedrigen Hände.

Ich weiß, was Sie jetzt denken, geliebte Anya. Sie denken, ich sei schon immer etwas exaltiert gewesen, sprich, meine Verehrung für die Kaiserin gehe zu weit. Eine Hofdame sei und bleibe nun mal eine Hofdame, und das bedeute, man müsse die gebotene Distanz wahren.

Allein, das kann ich nicht.

Denn ich habe die Kaiserin geliebt – und werde es weiterhin tun, bis zu meinem letzten Atemzug.

Falls Sie verstehen, was ich damit meine.

16

TAGEBUCH (IV)

Aus den Tagebuchaufzeichnungen von Cesare Monteverdi,
28, Redakteur bei der ›Tribune de Genève‹

An der Sache war etwas faul. Das wurde mir auf Anhieb
klar. Logisch, man musste schon genau hinsehen, um die
beiden auszumachen. Sie standen ein wenig abseits, ohne
Blick für die Ausflügler, die in Scharen zur Anlegestelle
strömten. Es war Zufall, dass ich die Lumpenhunde vor
die Linse bekam, ein wenig unscharf zwar und im Hintergrund, mittels Lupe jedoch mühelos auszumachen. Und
es war Zufall, dass ich im richtigen Moment auf den Auslöser gedrückt hatte. Nur eine Hundertstelsekunde später,
und ein von rechts kommendes Pärchen hätte mir die Tour
vermasselt und die Gestalten am linken Rand verdeckt.

Hätte es nicht geklappt, Auguste und mir wäre viel
erspart geblieben.

Schluss damit, Lamentieren hilft nicht. Geschehen
ist geschehen, jetzt lässt es sich nicht mehr ändern. Der
Zufall wollte es, dass ich aus Langeweile exakt diese Kon-
serve geschossen hatte. Genau im richtigen Moment. Dass
ich eine Lawine ungeahnten Ausmaßes lostreten würde,
konnte ich weder ahnen noch voraussehen. Und so tat
ich, was ich in Diensten der Tribune unzählige Male getan
hatte: Ich vertrieb mir die Zeit, indem ich wahllos in der
Gegend herumfotografierte.

Allein, der Fall der Fälle kam schneller als erwartet. Die Abzüge waren noch nicht richtig trocken, da fiel es mir wie Schuppen von den Augen. Auf dem am Kai geschossenen Foto waren zwei Männer zu erkennen, der eine mit Kippe, Feuchtfrisur und einem Gesicht wie aus der Verbrecherdatei, der andere mit südländischem Aussehen, Luchsaugen und abgetragener dunkler Kleidung, allenfalls mittelgroß, wenngleich von kräftiger Statur. Ein Mann, der gewohnt war, ums Überleben zu kämpfen. Der sich das Wenige, was er besaß, hart erarbeiten musste.

Just der Gleiche, den ich vom Fenster der Trattoria aus beobachtet hatte.

Zweifel ausgeschlossen.

Und auch der Gleiche, der ein Attentat auf die Kaiserin ausgeübt hatte.

Zweifel ebenfalls ausgeschlossen, man beachte Foto Nummer zwei.

Zwei Schnappschüsse, einer brisanter als der andere. »Irgendwas ist an der Sache faul«, murmelte ich und ließ den Blick zwischen den beiden Abzügen hin und her wandern. »Darauf gehe ich jede Wette ein.«

Die Frage war nur, was.

Fakt war, der vermeintliche Leibwächter und der Attentäter hatten kurz vor der Tat ein wie auch immer geartetes Gespräch geführt. Durchaus möglich also, dass es sich bei den ungleichen Gesprächspartnern um Komplizen gehandelt hatte. Weiterhin möglich, wenngleich nicht bewiesen, dass der Mann mit dem Zuhältergesicht als Befehlsübermittler fungierte. Gesetzt den Fall, dies traf zu, dann erschien die Angelegenheit in gänzlich neuem Licht. Um wen auch immer es sich in Wahrheit handelte, der Pseudo-Staatsschützer hatte Dreck am Stecken. Ob es sich um den Drahtzieher des Attentats oder lediglich um einen Mittelsmann handelte, bedurfte zwar noch der Klärung. An der Tatsache, dass er alles tun würde, um in den Besitz der Fotos zu kommen, änderte dies jedoch nichts. Insofern waren die Drohgebärden mir gegenüber nur ein Vorgeschmack auf kommende Auseinandersetzungen gewesen.

Das Wohl und Wehe dieses Mannes hing vom Besitz der kompromittierenden Fotografien ab, daran bestand kein Zweifel. Und noch etwas war mir im Rückblick auf das unerfreuliche Intermezzo klar geworden. Der Unbekannte war der Spezies Mensch zuzurechnen, mit der im Ernstfall und auch sonst nicht zu spaßen war. Sprich, er würde nicht zögern, Gewalt anzuwenden, in welchem Ausmaß, darüber machte ich mir keine Illusionen.

Da bist du ja in was Schönes reingeraten, Cesare. Hervorragende Arbeit, gratuliere. Und das alles nur, weil du nicht genug Mumm hattest, um Lienhard Kontra zu geben. Merke: Besser hochkant rausfliegen, als sich von einem cholerischen Gernegroß unter Druck setzen lassen.

Schreib dir das hinter die Ohren – falls es den Journalisten Monteverdi dann überhaupt noch gibt.

Und wenn wir gerade dabei sind: Anstatt auf den Auslöser zu drücken hättest du besser die Augen offen gehalten. Wer weiß, vielleicht wärst du sogar in der Lage gewesen, das Attentat zu verhindern. Beklemmender Gedanke, nicht wahr? Anstatt sein bisschen Grips zu benutzen lässt sich Cesare Vittorio Emanuele Monteverdi vor den Karren eines geltungssüchtigen Möchtegern-Napoleons namens Lienhard spannen und schießt ein Foto, das Sensationsjournalisten vor Neid erblassen lassen würde.

Gratulazione, Signore, das nenne ich Professionalität.

Mach nur so weiter, Cesare, und du wirst sehen, was du davon hast.

Nämlich gar nichts, außer Scherereien.

Na schön, dann eben noch mal von vorn. Einer spontanen Eingebung folgend, ließ ich die Aufnahmen mit den beiden Konspirateuren in die Innentasche meines Jacketts wandern, knipste die Schreibtischlampe an und richtete den Lichtkegel auf das Foto, auf dem die Kaiserin und der geduckt heranpreschende Täter abgelichtet waren.

Nur noch Sekundenbruchteile, und der ruchlose Schuft würde sie zu Boden strecken.

Fragte sich nur, mit was.

Um besser sehen zu können, beugte ich mich so nah wie möglich über das Foto. Allein, meinen Bemühungen war kein Erfolg beschieden. Auch nach mehrmaligen Versuchen und unter Zuhilfenahme der Lupe konnte ich nicht erkennen, was der Attentäter in der zur Faust geballten Hand hielt.

Sicher war nur, durch die Wucht des Fausthiebs wurde die Kaiserin zu Boden gestreckt.

Apropos Kaiserin. Ich weiß, es hört sich pietätlos an, aber von Anmut, Grazie oder gar Schönheit konnte auf dem unmittelbar vor dem Kollaps geschossenen Foto keine Rede sein. Wenn man so will, handelte es sich bei der Abgelichteten um eine Frau unter vielen, nicht mehr die Allerjüngste, hager, wenn nicht gar ausgezehrt, knapp 1,80 Meter groß, die Haltung aufrecht, der Kragen steif wie ein Brett, das Haar zwar voll, aber von deutlichen Grautönen durchwirkt, gekleidet wie eine Trauernde und von den Damen im vorgerückten Alter, die den Quai du Mont-Blanc bevölkerten, nicht im Geringsten zu unterscheiden.

Außer in einem Punkt.

Ich weiß nicht, wie oft ich das Foto seitdem in der Hand gehalten habe. Sicher ist, ich konnte mich nicht davon losreißen. Seit ich Journalist wurde, war mir das noch nie passiert, weder als Anfänger noch als erfahrener Redakteur. In all den Jahren hatte ich Hunderte von Fotos mit allen möglichen Motiven geschossen. Aber keines hat mich auch nur annähernd so stark in seinen Bann gezogen, das kann ich mit Bestimmtheit sagen.

Um eins klarzustellen, ich war keineswegs stolz auf mich. Im Rampenlicht zu stehen war mir verhasst, und der Gedanke, das Foto als Karrierevehikel zu benutzen, wäre mir nie gekommen. In einem Punkt konnte ich mir jedoch gratulieren, wenngleich mit gemischten Gefühlen. Ich hatte einen Moment eingefangen, über den Generationen später noch gesprochen werden würde, nicht nur in Genf, sondern überall auf der Welt. Insofern war die Mühe nicht umsonst gewesen.

Doch zurück zu dem, was mich an dem Bild faszinierte. Das ist keineswegs positiv gemeint, sondern zielt auf die Wirkung ab, die es in mir auslöste. Damit wir uns richtig verstehen: Die Tat an sich war perfide, gelinde ausgedrückt. Dafür gab und gibt es keine Rechtfertigung, und wer das Gegenteil behauptet, sollte einen Arzt aufsuchen.

Ein Blick auf die Fotografie, und es fiel mir wie Schuppen von den Augen. Ich weiß, es klingt makaber, wenn ich das Kind beim Namen nenne, aber ich fürchte, mein Eindruck kommt der Wahrheit ziemlich nah. Der da lautet: Die Kaiserin wusste, was die Stunde geschlagen hatte – und rührte keinen Finger, um das Unheil abzuwenden. Verzog keine Miene, als der Attentäter auf sie zustürzte, wehrte sich nicht, rührte sich nicht, regte sich nicht. Fast schien es, als habe sie damit gerechnet, so gefasst mutete ihr Gesichtsausdruck im Angesicht des sich nahenden Verhängnisses an.

Wenn ich ehrlich bin, gefasst ist noch untertrieben. Auf die Gefahr, der Übertreibung bezichtigt zu werden: Auf mich machte sie den Eindruck, als nehme sie den Herannahenden gar nicht wahr. Als sei ihr Blick auf einen unsichtbaren Punkt am Horizont gerichtet, weit weg vom Geschehen, das sich ringsum abspielte.

Und weit weg von dem Mann, der wie ein Raubtier zum Sprung ansetzte.

17

PETITION (III)

*Aus dem Gnadengesuch von Luigi Lucheni an den Genfer
Polizeipräsidenten Perrier vom 19. März 1910*

Ach übrigens: Das Gefasel von einem Komplott können
Sie vergessen. Wir Italiener sind nun mal redselige Leute
und lassen uns den Mund nicht verbieten. Deshalb habe
ich mich auch mit allen möglichen Leuten unterhalten,
bis wenige Minuten vor meiner Tat. Und jetzt wollen Sie
bestimmt wissen, mit wem, hab ich recht? Bedaure, wird
nicht verraten. Es sei denn, Sie kommen mir ein wenig entgegen. Inwiefern, überlasse ich Ihrer Fantasie.

Eins kann ich Ihnen jetzt schon sagen: Wenn Sie wüss-
ten, mit wem ich unmittelbar vor dem Attentat geplau-
dert habe, dann würde es Sie vom Sessel hauen. Jede Wette.
Was ich damit sagen will, ist: Eine Hand wäscht die andere.
Bekanntlich war das schon bei den alten Römern so. Keine
Angst, Herr Polizeipräsident, ich stehe zu meinem Wort.
Und ich schwindle Ihnen nichts vor, wenn ich versichere,
dass ich Informationen habe, die Sie dringlicher denn je
benötigen.

Auch wenn's schwerfällt, Sie sollten mir vertrauen.
Wenn nicht, schneiden Sie sich ins eigene Fleisch. Und
kommen Sie bloß nicht auf die Idee, mich abzumurksen.
Für den Fall habe ich nämlich vorgesorgt. Sprich, noch
ehe ich unter der Erde bin, wird mein sorgsam gehütetes

Geheimnis an die Öffentlichkeit gelangen, und was dann passiert, können Sie sich bestimmt vorstellen.

Das sei Erpressung, meinen Sie? Bedaure, aber da bin ich ganz und gar nicht Ihrer Meinung. Wie sagt man bei uns daheim doch gleich? Una mano lava l'altra, e tutte e due lavano il viso. Zu Deutsch: Eine Hand wäscht die andere, und alle beide waschen das Gesicht.

Ich finde, dem ist nichts hinzuzufügen.

Warum ich erst jetzt mit meinem Anliegen herausrückc? Ganz einfach. Ich habe dieses Dreckloch satt. Zehneinhalb Jahre Knast sind genug, mehr als genug sogar. Bitte tun Sie mir den Gefallen und verschonen mich mit dem Blödsinn, mit dem ich nach meiner Verhaftung bombardiert wurde. Von wegen Mord, da lachen ja die Hühner. Wie viele Menschen die da oben auf dem Gewissen haben, will ich gar nicht wissen. Kommen Sie mir bloß nicht mit so was, ich kann es nicht mehr hören.

Ich habe es satt, hier rumzusitzen. Nehmen Sie das bitte zur Kenntnis. Hätten Sie mich nach Italien oder nach Österreich oder meinetwegen auch nach Frankreich ausgeliefert, wo mich die Handlanger der Reaktion einen Kopf kürzer gemacht hätten, dann wäre der Spuk längst vorüber. Im Gegensatz zur Schweiz haben die Richter dort ordentlich Mumm in den Knochen und sind schneller bei der Hand als Sie, wenn es darum geht, überzählige Esser an den Henker weiterzureichen.

Und was tun die Behörden?

Nichts.

Ich habe es satt, so was von satt. Zum allerletzten Mal, ich meine es ernst: Entweder Sie lassen mich laufen oder es gibt einen Skandal, der sich gewaschen hat. Mit Verlaub, Monsieur le Président: Sie haben es in der Hand. Begehen

Sie nicht den Fehler und nehmen mich nicht für voll, so wie Sie es all die Jahre über getan haben. Auch wenn Sie mir nicht glauben, ich habe meine fünf Sinne beisammen. Insofern weiß ich genau, was ich tue. Das zum Thema Unzurechnungsfähigkeit, Monsieur.

Und noch etwas. Ich bin kein Krimineller, sondern ein Opfer der Justiz. Sie haben richtig gehört. Verglichen mit der Ihrigen ist meine Sicht der Dinge eine andere, auch das musste einmal gesagt werden. Solange es Nichtstuer gibt, die sich auf Kosten der Allgemeinheit bereichern, solange wird es auch Leute wie mich geben. Seien Sie sich dessen gewiss. Die Welt wird nicht besser, wenn Sie die Darbenden mundtot machen, eher schlechter.

Ich stehe zu meiner Tat, komme, was da wolle. Glauben Sie mir, die Kaiserin war nicht so unschuldig, wie man die Leute glauben machen wollte. Sie war Teil einer korrupten Adelsclique, deren Tage definitiv gezählt sind.

Denken Sie über mein Angebot nach, Monsieur le Président. Sie werden es nicht bereuen.

Viva l'anarchia!

Genf, 19. März 1910

Hochachtungsvoll

Luigi Lucheni, Attentäter

18

TAGEBUCH (V)

Aus den Tagebuchaufzeichnungen von Cesare Monteverdi, 28, Redakteur bei der ›Tribune de Genève‹

»Überbelichtet, was Sie nicht sagen!«, presste Lienhard mit zusammengepressten Lidern hervor, schloss die Schreibtischschublade und schlenderte ans Fenster, um frische Luft in sein stickiges Büro zu lassen. Die Lässigkeit, mit der er dies tat, ließ Böses erahnen, und so war ich aus leidvoller Erfahrung auf der Hut. »Und was soll das heißen?«

»Dass die Fotos unbrauchbar sind.«

»Unbrauchbar, aha.« Lienhard genoss es, mich noch eine Weile zappeln zu lassen. Aber das war weiß Gott nichts Neues für mich. »Und wie bringt man so was fertig?«

»Das frage ich mich auch.« Keine Bange, ich hatte mir die Sache gut überlegt. Und war zu dem Schluss gelangt, dass ich besser damit fuhr, wenn ich meine Erkenntnisse für mich behielt. Das Gleiche galt für die kompromittierenden Fotos. Hätte man mich nach dem Grund gefragt, ich wäre in Erklärungsnot geraten. Anders ausgedrückt, ich traute Lienhard keinen Millimeter über den Weg. Er war nun einmal ein Mann, der den Pfad des geringsten Widerstandes beschritt, sprich er ging Schwierigkeiten tunlichst aus dem Weg. Und gerade damit würde nach allem, was ich erlebt hatte, zu rechnen sein. Einmal angenommen, Schweizer Behörden waren in den Fall verwickelt:

Lienhard wäre der Letzte, der genug Stehvermögen aufbringen würde, um das Komplott bis in die Einzelheiten aufzuklären.

Desillusionierend, aber wahr.

Und was hieß hier überhaupt ›Komplott‹. Im Grunde verfügte ich über keinerlei Beweise. Das Einzige, auf was ich zurückgreifen konnte, waren die beiden Fotos, die in der Brusttasche meines Jacketts steckten. Schade um all die Aufnahmen, die ich mit meiner Kodak Nr. 1 geschossen hatte. Um keinen Verdacht zu erregen, waren sie geschreddert worden, und das Gleiche galt für die Negative, sicher war nun einmal sicher.

Komplott oder nicht, mit Sensationsmache á la Lienhard hatte ich nichts am Hut. Schlagzeilen um jeden Preis, ohne Rücksicht auf Anstand und Sitte – diese Denkweise war mir fremd. »Wahrscheinlich ist mir beim Entwickeln ein Fehler unterlaufen, anders kann ich mir das Malheur nicht erklären.«

»Malheur, nennt man das jetzt so?«

»Ich wüsste nicht, wie ich es sonst bezeichnen sollte.«

»Sehe ich das richtig«, versetzte Lienhard, zündete sich eine Havanna an und ließ sich laut aufseufzend in seinen Schreibtischsessel sinken. Dann schaukelte er eine Weile hin und her, bevor er die Attacke fortsetzte: »Sehe ich das richtig: Anstatt meine Anweisungen zu befolgen und Fotos für die Nachtausgabe zu schießen, hatten Sie nichts Besseres zu tun, als Ihre Siebensachen zu packen und zum Rückzug zu blasen?«

»Sie erwarten doch nicht, dass ich Ihnen eine Antwort darauf gebe, oder?«

»Ja, was denn sonst, Sie dämliche Trantüte!« Der Wutanfall kam prompt, aber mit einer Heftigkeit, auf die ich trotz einschlägiger Erfahrungen nicht gefasst gewesen war. »Denken Sie etwa, Sie haben es mit einem Vollidioten zu tun?«

Ins Schwarze getroffen, Herr Chefredakteur. Genau das denke ich. Doch werde ich mich hüten, die rhetorisch gemeinte Frage zu bejahen. Dass Sie Gedanken lesen können, ist mir neu, mal sehen, was Sie noch alles auf Lager haben. »Sagen wir mal so: Ich dachte …«

»Moment mal. Habe ich mich gerade verhört? Sie dachten? Alles, was recht ist, Monteverdi – aber das halte ich für ein Gerücht. Hätten Sie auch nur einen Funken Verstand, dann wären Sie an der Story drangeblieben.« Lienhard verdrehte genervt die Augen. »Und so was nennt sich Redakteur, ich fasse es nicht. Da gibt man sich Mühe, Leuten wie Ihnen etwas beizubringen, und was kommt dabei heraus? Ein Waterloo nach dem andern.«

»Zu Ihrer Erinnerung, ich habe mich nicht darum gerissen, der Kaiserin nachzuspionieren.«

»Mal ehrlich, Monteverdi: Sind Sie eigentlich so dämlich oder tun Sie nur so?«

Ich tue nur so. Aber das braucht dich nicht zu interessieren.

»Wissen Sie, woran es Ihnen fehlt, Sie Traumtänzer? Am nötigen Instinkt. Zur richtigen Zeit am richtigen Ort. Das ist es, was ich immer predige. Um in unserer Branche zu bestehen, muss man einen siebten Sinn haben. Den richtigen Riecher, falls Sie verstehen, was ich meine.« Lienhard beäugte seine Havanna, lehnte sich zurück und sagte: »Nehmen wir mal an, Sie wären auch nur halbwegs auf Draht gewesen, dann hätten wir den Aufhänger des Jahrhunderts gehabt.«

»Stimmt. War ja auch nicht viel los in den letzten 98 Jahren.«

»Werden Sie nicht frech, Monteverdi, sonst lernen Sie mich kennen!«

Nicht nötig. Ich kenne dich wie aus dem Effeff.

»Na ja, was soll's – ist bekanntlich Glückssache. Die Kaiserin ermordet, der Täter flüchtig, jeder verfügbare Polizist auf Achse, ganz Genf außer Rand und Band, mit einem Wort: endlich mal was los hier. Und was tut unser Import aus dem Land der Nichtstuer? Er lässt den lieben Gott einen guten Mann sein, macht einen auf Dolce Vita, schlendert in aller Gemütsruhe heimwärts, bandelt mit meiner Sekretärin an und verkrümelt sich mit ihr in die Dunkelkammer, um sich einen angenehmen Nach...«

»Ich muss doch sehr bitten, Monsieur Lienhard – das geht zu weit.«

»Halten Sie die Klappe, Monteverdi – hier gebe *ich* immer noch den Ton an – und nicht Sie.« Auch wenn er sich noch so große Mühe gab, wie ein Mann von Welt zu erscheinen: Lienhard war und blieb ein kleinwüchsiger, kleinkarierter und obendrein kleingeistiger Choleriker, der es aus unerfindlichen Gründen bis zum Chefredakteur gebracht hatte. Unter der Ägide eines solchen Mannes wollte ich nicht mehr arbeiten, genug war einfach genug.

»Denken Sie, ich habe nicht mitgekriegt, was zwischen Ihnen beiden läuft? Aber so sind sie eben, die Italiener, kaum ist ein Weiberrock in Sicht, dann geht ihnen auch schon der Verstand flöten. Ich will Ihnen mal was sagen, Sie abgetakelter Papagallo. Entweder Sie lassen die Finger von der Vorzimmer-Mieze, oder Sie ...«

»Oder was?« Was nun kam, hätte nie passieren dürfen. Hinterher ist man bekanntlich immer schlauer, meistens jedenfalls. Kurz und gut, ich hätte mich nicht provozieren lassen dürfen. Unter gar keinen Umständen. Insofern tat ich genau das, was Lienhard mit seinen Beleidigungen bezweckt hatte. Genauer gesagt, ich packte ihn am Schlafittchen und schüttelte ihn kräftig durch. »Jetzt hören Sie mal gut zu, Sie Großmaul«, zischte ich und zog das Quallengesicht an mich heran. »Wenn Sie ein Problem mit mir haben, dann ist das Ihre Sache. Ich habe ja auch eins mit Ihnen, von daher wären wir quitt. Eins aber kann ich Ihnen sagen, darum spitzen Sie jetzt die Ohren. Noch eine abfällige Bemerkung über Mademoiselle Papillon, und Sie werden Ihr blaues Wunder erleben. Glotzen Sie nicht so dämlich, ich meine es ernst. Und wenn wir gerade dabei sind: Ihre Überheblichkeit kotzt mich an. Zum letzten Mal, damit auch Sie es endlich kapieren. Ich bin Schweizer Staatsbürger, genau wie Sie. Meine Mutter stammt dagegen aus Italien, und genau das ist der Punkt: Wenn Sie nicht aufhören, über andere herzuziehen oder sie als minderwertig hinzustellen, dann lernen Sie mich kennen. Reicht das, oder soll ich noch mal von vorn anfangen?«

⤫

»Na, worum ging's denn diesmal?«, witzelte Clodile, nachdem ich das Chefzimmer fluchtartig verlassen hatte. »Oder wollen Sie es mir nicht sagen?«

»Doch, aber nicht jetzt«, erwiderte ich und warf einen Blick auf die Wanduhr, die an der Schmalseite des penibel aufgeräumten Büroraumes hing. Alles hatte hier seinen Platz, anders als bei mir zu Hause, wo es aussah, als ob eine Granate eingeschlagen hätte. Eins musste ihr der Neid lassen, in puncto Ordnung konnte ich mir bei Clodile ein Stück abschneiden. Die Schreibutensilien an Ort und Stelle, die Aktenstapel fein säuberlich sortiert, kein Staubkorn, so weit das staunende Auge reichte. Auch wenn Ordnungsliebe ein Fremdwort für mich war, so viel Akkuratesse hatte einen Applaus verdient.

Zehn nach fünf, die Zeit verging wirklich wie im Flug. Laut unbestätigten Gerüchten war die Kaiserin um 14.40 Uhr für tot erklärt worden, doch kam es mir so vor, als sei dies schon eine Ewigkeit her. Erstaunlich, was in so kurzer Zeit passieren konnte. Zuerst war ich Zeuge eines Attentats geworden, das weltweit für Aufsehen sorgen würde, dann war es zur mysteriösen Begegnung mit einem angeblichen Geheimdienstler gekommen, der mich zur Herausgabe hochbrisanter Fotos zwingen wollte. Wie brisant, hatte die Entwicklung der Schnappschüsse bewiesen, schon beim Gedanken konnte einem angst und bange werden. Der eigentliche Höhepunkt des Nachmittags war jedoch das Rededuell mit meinem innig geliebten Chefredakteur gewesen. Dabei hatte ich zwar nicht den Kürzeren gezogen, aber eine Dummheit begangen, zu der ich mich nie und nimmer hätte hinreißen lassen dürfen. Als Folge davon war mir fristlos gekündigt worden, nicht ganz zu Unrecht, wie ich zähneknirschend zugeben musste. »Er hat mir den Stuhl vor die Tür gesetzt. Fristlos.«

Clodiles Augen weiteten sich vor Schreck, und es dauerte, bis sie ihre Worte wiederfand. »Einfach so, ohne triftigen Grund?«

»Sagen wir mal so: Ich habe mich ein bisschen danebenbenommen. Hätte ich nicht tun sollen, ich weiß.«

»Was denn?«

»Ihm ins Gesicht zu sagen, was ich von ihm halte.« Deprimiert wie schon lange nicht mehr, winkte ich müde ab. Da hatte ich mir ja was Schönes eingebrockt, daran würde ich noch lange zu kauen haben. »Und ihn am Kragen zu packen, bis ihm die Luft wegbleibt. Sei's drum, über den Rausschmiss brauche ich mich nicht zu wundern.«

»Fristlos gekündigt – na, Sie machen mir vielleicht Sachen.« Clodile stieß einen bekümmerten Seufzer aus, umrundete ihren Schreibtisch und sah mir lange und eindringlich in die Augen. »Und was soll jetzt aus Ihnen werden?«

»Fragen Sie mich etwas Leichteres, ich habe nicht die geringste Ahnung«, erwiderte ich und trippelte nervös auf der Stelle. Dabei stellte ich fest, dass ich trotz Ärger en masse weiche Knie bekam, wie so oft, wenn ich mit Clo- dile unter vier Augen sprach. »Schätze, ich werde mir erst mal einen Grappa genehmigen, vielleicht komme ich dann auf andere Gedanken.«

»Darf ich Ihnen einen Vorschlag machen, Cesare?«

»Bei aller Freundschaft, Clodile«, erwiderte ich mit deprimierter Miene und machte mich auf den Weg in mein Büro, um meine Habseligkeiten einzusammeln. »Aber kommen Sie mir jetzt nicht mit guten Ratschlägen. So leid es mir tut, momentan habe ich kein Ohr dafür.«

Clodile tat so, als habe sie die Bemerkung überhört, deckte ihre Schreibmaschine ab und heftete sich mit ent- schlossener Miene an meine Fersen. »Was halten Sie davon, wenn wir den Grappa gemeinsam trinken? Geteiltes Leid ist bekanntlich halbes Leid!«

⁓◦⁓

Um es vorwegzunehmen, der Grappa in meinem Stamm- lokal mundete vorzüglich. Clodile und ich hatten uns viel zu erzählen, und das Erfreuliche daran war, dass es nichts mit Journalismus zu tun hatte. Es hätte keinen Unter- schied gemacht, wo wir saßen, die Zeit verging wie im

Flug. Irgendwann wurde es uns allerdings zu voll, weshalb wir beschlossen, einen Spaziergang entlang der Rhône zu unternehmen. Nie werde ich diesen Moment vergessen, als sich Clodile bei mir unterhakte und über Begebenheiten aus ihrem Leben plauderte, ohne Scheu, als sei dies die selbstverständlichste Sache der Welt. Für mich jedenfalls war das, worüber wir an jenem Abend sprachen, alles andere als eine Selbstverständlichkeit. Um welche Themen sich unser Gespräch drehte, möchte ich hier nicht ausbreiten. Einstweilen nur so viel: Auf der Île Rousseau, wo wir uns im Gras niederließen, blieb mir vor Freude beinahe das Herz stehen, und ich bekam einen Begriff davon, was es hieß, bis über beide Ohren verliebt zu sein. Vom Abendleuchten, das sich wie ein Tableau über dem purpurn schimmernden Horizont ausbreitete, nahm ich kaum Notiz, von den Passanten, welche die Schwäne fütterten, nicht zu reden. Wäre ein Eisberg vorübergeschwommen, ich hätte es mit einem Achselzucken abgetan. Nichts zählte mehr für mich, außer dem zartgliedrigen Wesen an meiner Seite. Ich weiß, die meisten würden mich für verrückt halten, wenn sie mich so reden hörten, aber ich empfand es genau so, wie ich es hier schildere. Ob Hinauswurf oder Attentat, ob Zukunftssorgen oder Geldknappheit, all das war passé, es kümmerte mich nicht mehr. Sollten sich doch die Kollegen den Kopf darüber zerbrechen, inwieweit die These von einem Komplott der Wahrheit entsprach. Für mich war das Kapitel abgeschlossen, ungeachtet der Fotos, die in der Innentasche meines Jacketts verstaut waren. Zu einem nicht näher zu nennenden Zeitpunkt würde ich mir Gedanken darüber machen, was ich damit anfangen und welche Schritte ich unternehmen sollte, um die Behörden auf den Stand der Dinge zu bringen. Aber das konnte warten, ich hatte Besseres zu tun, weitaus Besseres sogar. Es gibt Momente, in denen der Beruf nicht zählt, nur der Augenblick, den man um nichts in der Welt missen möchte. Das Attentat und alles, was damit zusammenhing, gehörten der Vergangenheit an, weit weg von der Idylle, die wir uns aus dem Nichts erschaffen hatten.

So schien es zumindest.

Man ahnt es bereits, unsere Zweisamkeit war nicht von Dauer. Es begann damit, dass ich Clodile anbot, sie nach Hause zu begleiten, mit ehrenwerten Absichten, keine Frage. Damals lebte sie noch in der Rue de Monthoux, nur einen Katzensprung vom Seeufer und nur wenige Gehminuten von der Redaktion entfernt. Bis dorthin war es nicht weit, aber da die Zeit vorangeschritten und die Dunkelheit längst hereingebrochen war, hielt ich es für meine Pflicht, ihr die Offerte zu unterbreiten. Eine angenehme Pflicht, wie sich unschwer denken lässt.

Von Romantik war jedoch alsbald nichts mehr zu spüren. Leider. Die Abendkühle kam so plötzlich, dass wir überhastet zum Aufbruch rüsteten, und binnen kurzem waren die Straßen wie leergefegt. Aus der Ferne drangen die Hornsignale eines Dampfschiffes an unser Ohr, unterbrochen vom Glockenschlag der Kathedrale, der die Stille ringsum jäh unterbrach. Die Lichtkegel der Gaslaternen verloren sich im Nebel, und je weiter wir uns von der Île entfernten, desto dichter die Schwaden, welche sich über den Uferkai herabsenkten. Vorbei am Hotel des Bergues, dessen Konturen kaum mehr zu erkennen waren, steuerten wir auf den Pont du Mont-Blanc zu, gewöhnlich stark frequentiert, bei unserem Eintreffen jedoch öde und verlassen.

Das Gleiche galt für den Quai du Mont-Blanc, just die Stelle also, wo die Kaiserin ihrem Mörder in die Arme gelaufen war. Gegenüber dem Nachmittag, wo die Uferpromenade dicht bevölkert gewesen war, hatten sich auch hier die Reihen bis auf wenige Passanten gelichtet. Einzig vor dem Hotel Beau Rivage harrten noch ein paar Dutzend Unentwegte aus, aus welchem Grund, war nicht auszumachen. Im Vorbeigehen hörte ich, die Kaiserin solle demnächst aufgebahrt und nach Abschluss der Formalitäten in ihre Heimat überführt werden. Wie lange es dauern würde, bis der Leichnam nach Wien eskortiert werden würde, stand offenbar noch nicht fest. Erfahrungsgemäß würde dies jedoch mehrere Tage dauern, Gründlichkeit ging nun einmal über alles.

»Ich hasse Schaulustige, was haben die hier eigentlich zu suchen!«, schimpfte Clodile vor sich hin, als wir unseren Weg in die Rue de Monthoux fortsetzten. »Worauf warten die denn, kannst du mir das sa... äh ... können Sie mir das sagen?«

»Das wissen die Götter«, murmelte ich, während Clodile einen empörten Blick über ihre Schulter warf, um sich mit leicht gerunzelter Stirn abzuwenden. »Sie wissen ja, wie das ist: Wenn es etwas zu gaffen gibt, kennen die Leute nichts. Frei nach dem Motto: ›Davon werde ich noch meinen Enkeln erzählen.‹ Nun ja, was soll ich sagen. So was wie heute passiert eben nicht alle Tage – Gott sei Dank, sollte man hinzufügen.«

»Die arme Kaiserin. Ich finde es schrecklich, was passiert ist – und Sie?«

An dieser Stelle konnte ich es nicht mehr aushalten, man möge mir meine Geschwätzigkeit verzeihen. Als ich geendet hatte, keimte Erleichterung in mir auf, wie bei jedem, der sich die Sorgen von der Seele reden kann. »So weit also der Stand der Dinge. Überrascht?«

»Ganz ehrlich: Was das betrifft, überrascht mich überhaupt nichts mehr«, versetzte Clodile und verstärkte ihren Griff um meinen Arm, was mich in einen Zustand wachsender Euphorie versetzte. Wie bereits erwähnt, meine Erfahrungen mit dem schönen Geschlecht hielten sich in Grenzen, anders als bei Auguste, der den Homme á Femmes nicht verleugnen konnte. »Und was werden Sie jetzt tun?«

»Eine Nacht drüber schlafen«, antwortete ich, als wir nach links in die Rue de Monthoux einbogen, gefolgt von einer Kalesche, die geraume Zeit neben uns herfuhr, bevor der Kutscher das Tempo beschleunigte. Die Art, wie dies geschah, war mir nicht geheuer, und so nahm ich das Gefährt in Augenschein. Allein, es war vergebens. Die Dunkelheit machte mir einen Strich durch die Rechnung, und bevor ich einen Blick in die Kutsche werfen konnte, war der Spuk auch schon vorüber. »Eine Nacht drüber schlafen, und dann sehen wir weiter.«

»Und die Fotos?«

»Sicherer als in Abrahams Schoß«, erwiderte ich und betastete meine Jackentasche, in der ich sie verwahrt hatte. »Keine Angst, ich werde sie gut verstecken. Ich weiß auch schon genau, wo.«

»Und das wäre?«

»Na, wo denn wohl – bei mir zu Hause.«

»Ich will Ihnen ja nicht reinreden«, versetzte Clodile und deutete auf das Mietshaus gegenüber, wo sie ein Domizil in der zweiten Etage bewohnte. »Aber ich finde, Sie gehen ein ziemlich großes Risiko ein.«

»Inwiefern?«

»Sie sagen es ja selbst, Cesare: Solange Sie im Besitz der Fotografien sind, werden Sie keine ruhige Minute haben.

Wer auch immer dahintersteckt, Ihr Kontrahent wird sämtliche Tricks anwenden, um Sie zu düpieren. Vornehm ausgedrückt.«

»Sie glauben doch nicht etwa, er würde …«

»Sie töten? Aber natürlich, was haben Sie denn gedacht. Ich will ja nicht den Teufel an die Wand malen, aber ich rate Ihnen, ein sicheres Versteck zu wählen.«

»Leichter gesagt, als getan.«

»Da fällt mir gerade ein, was halten Sie vom Gare de Cornavin?« Clodile warf mir einen aufmunternden Seitenblick zu. »Sie wissen ja, von hier aus ist es nicht mehr weit.«

»Sie meinen, ich soll mir ein Schließfach mieten?«

»Ich wüsste nicht, was dagegen spräche«, erwiderte Clodile beim Überqueren der Straße, die Schlüssel in der Hand, um die Haustür aufzusperren. »Natürlich unter fremdem Namen, um auf Nummer sicher zu gehen.«

»Ein Schließfach«, murmelte ich und zermarterte mir das Gehirn, wie ich mich aus der Bredouille ziehen sollte. Die rettende Idee stellte sich jedoch nicht ein. »Ich weiß nicht so recht.«

»Fällt Ihnen etwas Besseres ein?«

»Ich wäre froh, wenn es so wäre«, murmelte ich ratlos vor mich hin. »Warten wir's ab, morgen ist auch noch ein Tag.«

»Versprechen Sie mir, auf sich aufzupassen?«

»Aber nur, wenn ich Sie wiedersehen darf«, platzte es aus mir heraus, ein Fauxpas, den ich noch im selben Moment bereute. Mit der Tür ins Haus zu fallen war nicht meine Art, und wenn ich gekonnt hätte, wäre ich im Boden versunken. »Pardon, ich … äh … Bitte vergessen Sie, was ich gerade gesagt habe. Das war äußerst rüde von mir, ich weiß wirklich nicht, was in mich gefahren ist.«

Was Clodile von mir denken würde, konnte ich mir an fünf Fingern abzählen. Doch was das betraf, irrte ich gewaltig: »Alle Achtung, Cesare«, flachste sie zurück, was eine Woge der Erleichterung in mir auslöste, »so kenne ich Sie ja gar nicht! Ich muss schon sagen, Casanova ist nichts dagegen.«

»Finden Sie?«

»Scherz beiseite: Was halten Sie davon, wenn wir uns zum Tanztee träfen? Morgen Nachmittag um drei, wäre Ihnen das recht?«

Und ob mir das recht war, noch heute Morgen hätte ich davon nicht zu träumen gewagt. »Aber natürlich, es wäre mir ein Vergnügen.«

»Mir auch.« Ein Lächeln auf den Lippen, streckte Clodile mir die feingliedrige weiße Hand entgegen. »Also dann bis morgen, um drei im Café Montparnasse. Und passen Sie auf sich auf.«

❦

Auf mich aufpassen, Clodile hatte gut reden.

An der Place de Saint-Gervais angekommen, wo ich das Dachgeschoss im Haus des Apothekers Fabius bewohnte, bog ich nach rechts, überquerte die Schienen der Trambahn und nahm Kurs auf mein bescheidenes Domizil, vorbei am Obeliskbrunnen, der die Mitte des beliebten Treffpunktes markierte. Von den Müßiggängern, welche die dortigen Lokale frequentierten, war so gut wie nichts zu sehen, bis auf zwei Stadtstreicher, die in einen lautstarken Disput verwickelt waren. Auch das Café Malraux, die Brasserie Voltaire und der Kiosk schräg gegenüber waren geschlossen, ungewöhnlich zwar, angesichts der Hiobsbotschaft vom Nachmittag aber kein Wunder. So zu tun, als sei nichts geschehen, wäre pietätlos gewesen, und so zog man es vor, die eigenen vier Wände zu hüten.

Genau dort zog es mich hin, rechtschaffen müde, wie sich unschwer denken lässt. Morgen früh, nach hoffentlich langem und erholsamem Schlaf, würde ich in Ruhe über alles nachdenken, namentlich über Clodile, das stand außer Frage. An das eigentliche Problem, will heißen an die brisanten Fotos, verschwendete ich kaum einen Gedanken, und das Gleiche galt für die Frage, wie ich in Zukunft meine Brötchen verdienen sollte. Morgen war schließlich auch noch ein Tag, frühestens dann, nach reiflicher Überlegung, würde ich eine Entscheidung fällen.

Allein, ich hatte die Rechnung ohne den Wirt gemacht.

Zehn Uhr, auf die Minute genau. Der Glockenschlag des Temple des Gervais war gerade verklungen, als ich das verwinkelte Dachgeschoss betrat, die Tür aufschloss und auf den Lichtschalter drückte, der sich vom Eingang aus gesehen links befand. Dass er nicht funktionierte, war keine Überraschung, deshalb dachte ich mir auch nichts dabei. Die Leitungen waren erst vor einem Jahr gelegt worden, und da neue Besen beileibe nicht immer gut kehren, hatte es eine Panne nach der anderen gegeben. Ärgerlich zwar, aber nicht zu ändern. Dass der Strom ausfiel, war somit nichts Neues, aber wozu gab es eigentlich Petroleumlampen, die hatten es all die Jahre über auch getan.

Dann mal nichts wie her damit, immer noch besser, als im Dunkeln zu tappen.

Bis ins Wohnzimmer, wo ich die Petroleumleuchte aufbewahrte, waren es nur vier, fünf Schritte. Dass etwas nicht stimmte, ahnte ich bereits, als ich auf der Türschwelle stand. Durch das Dachfenster an der Schmalseite sickerte fahles

Mondlicht in den Raum, mein Glück, wie mir im Nachhinein bewusst wurde.

In meiner Dachstube herrschte ein heilloses Durcheinander. Nicht hausgemacht, wohlgemerkt, sondern das Werk von Unbekannten.

Von wem genau, konnte ich mir denken.

Die Schubladen geöffnet, die Bücher durchgeblättert und wahllos verstreut, der Teppich zurückgeschlagen, die Kommode ausgeräumt, der Polstersessel aufgeschlitzt, die Bilder von der Wand genommen und achtlos in die Ecke geworfen und zu allem Überfluss auch noch die Tapeten heruntergerissen.

Kurzum, Chaos auf der ganzen Linie.

Jetzt hatte ich es schwarz auf weiß. Hier ging es um mehr als zwei Fotos, um mehr als eine Titelgeschichte, die der Tribune eine höhere Auflage und ihrem Eigentümer höhere Einkünfte bescheren würde. Hier ging es um die Frage, wer die Verantwortung am Tod der Kaiserin trug. Eine Tat, hinter der wesentlich mehr zu stecken schien, als es den Anschein hatte, ein Mordfall, der rund um den Erdball für Schlagzeilen sorgen würde.

Irgendetwas sollte hier vertuscht werden. Mit aller Macht – und mit allen zu Gebote stehenden Mitteln. Die Frage war nur, was – und mit wessen Hilfe.

»Bon soir, der Herr – so trifft man sich also wieder!«

Die nur in Umrissen erkennbare Gestalt, welche aus dem Halbdunkel auf mich zuschlenderte, war mir wohlbekannt. Wäre ich unsicher gewesen, die Falsettstimme und der schale Atem hätten mich auf den Trichter gebracht. »Die Mühe hätten Sie sich sparen können, Monsieur …«

»Ich sagte doch schon, mein Name tut nichts zur Sache.«

»Und ich sagte, Sie würden sich an mir die Zähne aus-
beißen«, blaffte ich zurück, bemüht, die aufkeimende
Wut im Zaum zu halten. In Anbetracht des Durchein-
anders war dies mehr als schwierig, es fehlte nicht viel,
und ich wäre dem Dreckskerl an die Gurgel gegangen.
»Machen Sie, dass Sie rauskommen, sonst können Sie
was erleben!«

»Aber, aber, wer wird denn hier gleich so patzig sein.
Wissen Sie, an Ihrer Stelle würde ich es mir noch mal überlegen. Ich sitze nun mal am längeren Hebel, auch wenn Sie
es nicht wahrhaben wollen.« Der Unbekannte trat in den
Lichtkegel, der sich unter dem Dachfenster gebildet hatte,
entzündete ein Zigarillo und raunte mir mit gönnerhaftem
Unterton zu: »Machen Sie es sich doch nicht so schwer,
Monteverdi. Ein Fingerschnippen von mir, und Sie können die Radieschen von unten betrachten. Warum also
einen auf stur machen, wenn es einfacher geht. Wesentlich einfacher sogar. Vorschlag zur Güte: Sie sagen mir,
wo die Fotos sind, und das Malheur ist vergessen. Klingt
vernünftig, was meinen Sie dazu?«

»Woher kennen Sie meinen Namen? Bestimmt nicht
aus den Akten der k. und k. Staatspolizei, hab ich recht?«

»Sieht so aus, als müssten Sie noch eine Menge lernen«,
lästerte der Agent, der keiner war, machte eine Droh-
gebärde mit der Faust und bleckte die schief gewachsenen Zähne. »Ich sage es Ihnen jetzt im Guten. Entweder
Sie rücken die verdammten Fotos raus oder ich kann für
nichts garantieren. Und was Ihren Namen angeht: Den
habe ich von Ihrem Chefredakteur. Ich sagte Ihnen doch,
ich habe Verbindungen, von denen einer wie Sie nur träumen kann. Da kommen Sie nicht mit, nehmen Sie endlich
Vernunft an. Ich sitze am längeren Hebel, junger Mann,

wenn Sie schlau sind, lassen Sie es nicht drauf ankommen. Ich kann auch anders, das zu Ihrer Information.«

Also doch. Lienhard und das Hyänengesicht steckten unter einer Decke. Auf die Idee, so naheliegend sie auch erschien, war ich bislang nicht gekommen. Jetzt endlich sah ich klarer, wenngleich die Fragen, derentwegen ich mir den Kopf zerbrach, immer noch nicht beantwortet waren: »Wer schickt Sie – und wozu die erbärmliche Lügerei?«

»Lügerei? Wie ungehobelt von Ihnen – und wie unklug, sich mit mir anzulegen.«

»Denken Sie, ich bin von vorgestern? Jetzt kommen Sie schon, dass Sie mit gezinkten Karten spielen, merkt doch jeder.« Ohnmächtiger Zorn stieg in mir auf, und es kostete mich einiges an Überwindung, den Worten nicht sogleich Taten folgen zu lassen. Handgreiflichkeiten liegen mir zwar nicht, aber mir alles gefallen zu lassen lag mir noch weniger. »Machen Sie, dass Sie rauskommen, sonst hetze ich Ihnen die Polizei auf den Hals.«

»Die Polizei, sagten Sie? Wenn ich Zeit habe, lache ich darüber«, erwiderte mein Kontrahent, ließ mich stehen und zischte mir en passant ins Ohr: »Sie hatten es in der Hand, Monteverdi. Was jetzt kommt, haben Sie sich selbst zuzuschreiben.« Dann schlenderte er zur Tür und sagte: »Der Herr da will partout nicht auf mich hören, Boucher. Jetzt bist du dran, du weißt, was du zu tun hast.«

Der Bär von einem Mann, der sich nach dem Verschwinden des Unbekannten vor mir aufbaute, war so riesig, dass er den Türrahmen komplett ausfüllte. Er würde nicht lange fackeln, wenn es nicht nach seinem Willen ging. Das merkte man sofort. Und er würde nicht zögern, die Order seines Komplizen zu befolgen. Das Klappmesser in seiner

Hand war Beweis genug, das pockennarbige Gesicht und das Wundmal an der Schläfe taten ein Übriges.

Aber zum Glück gab es da noch das Essbesteck, aus der Schublade gerissen und wahllos auf den Dielenbrettern zerstreut. Nicht gerade furchteinflößend, aber besser als nichts. Befand sich darunter doch das Brotmesser, welches ich im richtigen Moment zu fassen bekam.

Wie gesagt, ich verabscheue Gewalt. Geht es jedoch um Leben und Tod, dann kenne ich nichts. Dann steche ich zu, bevor es andere tun.

Auch dann, wenn mein Gegenüber auf der Strecke bleibt.

Der Klügere gibt nach, und der Schnellere bleibt am Leben. So einfach ist das.

19

HIOBSBOTSCHAFT (I)

Aus den Aufzeichnungen von Marie Valerie, jüngste Tochter von Kaiserin Elisabeth

Und ob ich mich noch daran erinnere. Papa stand am Fuß der großen Freitreppe, und bevor ich etwas sagen konnte, fielen wir uns in die Arme. In diesem Moment habe er zum ersten Mal weinen können, vertraute er mir später an. Nach Erhalt der Nachricht sei er zunächst wie betäubt und buchstäblich vor den Kopf geschlagen gewesen. Erst peu à peu, so verriet er mir Monate später, habe er die Fassung wiedergewonnen.

Genau wie damals, nach Rudolfs Tod.

»Mir bleibt doch nichts erspart auf dieser Welt.« Papas Stoßseufzer traf den Nagel auf den Kopf. In der Tat blieb ihm zeitlebens nichts erspart, weder der Tod meiner Schwester Sophie, der eine klaffende Wunde in seine Seele riss, noch die Exekution seines Bruders, die dafür sorgte, dass sie nie wirklich verheilen würde. Und jetzt, neun Jahre nach Mayerling, die traurige Kunde aus Genf. Das war mehr, als ein Mensch verkraften konnte, eine Bürde, unter der andere längst zerbrochen wären. Nicht so Papa, der den Launen des Schicksals trotzte. Wohl dem, der so einen Vater hat, wohl auch dem Land, das sich rühmen kann, unter der Herrschaft dieses Kaisers zu stehen.

Mehr kann ich dazu nicht sagen.

Doch nun zurück zu meinem Bericht. Kaum war ich eingetroffen, gingen wir zusammen in die Messe, Arm in Arm, als sei ich an Mutters Stelle getreten. Und dann, oh Wunder, geschah etwas, was niemand anderem gestattet gewesen wäre: Ich durfte Papa bei der Arbeit zusehen, nicht nur ein paar Minuten, sondern solange es mir beliebte. Natürlich blieb ich nicht untätig, unterstützte ihn, wo ich nur konnte, nahm die aus Genf eintreffenden Nachrichten in Empfang, kümmerte mich um die Familienmitglieder, die in Schönbrunn vorstellig geworden waren, um zu kondolieren.

Apropos Beileid. Der Unglückliche, der Papa die Hiobsbotschaft überbringen musste, war Generaladjutant Graf Paar gewesen. Sie lautete wie folgt: ›Ihre Majestät die Kaiserin soeben im Hotel Beau Rivage entschlummert, bitte dies Seiner Majestät so schonungsvoll wie möglich mitzuteilen.‹

»Wie kann man eine Frau ermorden, die keinem je etwas zuleide getan hat?«

Wie recht Papa mit seiner Frage doch hatte.

(Originalquelle: Martha Schad / Horst Schad, *Das Tagebuch der Lieblingstochter von Kaiserin Elisabeth*. München – Berlin 2015, S. 310 f.)

Am 10. September um 17.25 Uhr erreichte die Kunde vom Tod Elisabeths durch ein Telegramm der Gräfin Sztáray bei Hofe den Generaladjutanten Eduard von Paar, der die schwere Pflicht hatte, dem Kaiser die Nachricht zu überbringen. Bei aller Trauer blieb Franz Joseph – ebenso wie beim Selbstmord seines Sohnes – in diesem Moment ruhig und beherrscht, was aber vermutlich wiederum vor allem der ›Contenance‹ geschuldet war, die das 19. Jahrhundert dominierte, als seiner scheinbar eher kühlen und emotionslosen Art, die er nach außen hin zeigte. Irma Sztáray, die ihm nach seiner Rückkehr die letzten Stunden Elisabeths schilderte, berichtet dann allerdings von seinen »schweren Tränen« und seinem Schmerz, ebenso wie Marie Valerie, die ihren Vater in den folgenden Tagen zudem »bald in dumpfe Traurigkeit versunken, bald nervös« sah, wenngleich er seine Arbeit wie sonst verrichtete.

(Aus: Michaela und Karl Vocelka, *Franz Joseph I. Kaiser von Österreich und König von Ungarn*, München 2015, S. 310)

FÜNF

20

TESTAMENT (V)

*Aus der eidesstattlichen Erklärung von Auguste Beaulieu,
27 Jahre alt, ledig und von Beruf Konzertpianist, wohnhaft in der Rue des Alpes 10 in Genf (Anlage: handschriftliches Testament des Unterzeichneten, hinterlegt bei der
Anwaltskanzlei Biasini & Söhne)*

Je später der Abend, desto reizender die Gäste. Mit einem
Wort, Justine sah umwerfend aus. Unter den Ensemblemit-
gliedern am Grand Théâtre stand die extrovertierte Inspizientin zwar im Ruf, sie nehme es mit der Moral nicht
so genau, aber das war für mich kein Hinderungsgrund.
Ich bin nun mal ein eingefleischter Junggeselle, aus Überzeugung, nicht etwa aus Mangel an Gelegenheit. Und das
werde ich vermutlich auch bleiben. Nicht zuletzt deshalb
ziehe ich Damen mit Erfahrung vor – und pfeife auf die
sogenannte Moral. Wenn ich in meiner Eigenschaft als Privatermittler ein Fazit ziehen kann, dann dieses: Anstand
findet man immer dort, wo man ihn am wenigsten vermutet, und wenn, dann schwerlich bei der Hautevolee.

Und was, bitte schön, ist denn schon dabei, wenn einen
im Anschluss an ein nervenaufreibendes Konzert nach
Zerstreuung verlangt. Nervenaufreibend, jawohl. Der
Leser dieser Zeilen möge mir die Wortwahl verzeihen.
Denn genau das ist die Krux, wenn ich es mal so sagen
darf. Auch dem Hauptprotagonisten sollte ein Lieder-

abend zur Entspannung und der seelischen Erbauung dienen. Klingt abgehoben, ich weiß. Und ist es vielleicht auch. Aber es deckt sich mit meiner Meinung. Krass ausgedrückt: Dilettanten wie die russische Sopranistin, deren Name nicht genannt werden soll, gehören nicht auf die Bühne.

Punktum.

Trotz reichlich Ungemach, einen Vorteil hatte die Sache. Das Konzert war schneller beendet als gedacht. Das heißt, kein Mensch kam auf die Idee, eine Zugabe zu fordern. Wie oft sich Schubert und Wagner während des akustischen Höllenritts im Grab umgedreht haben, entzieht sich allerdings meiner Kenntnis. Ich befürchte fast, ihre Gebeine werden niemals Ruhe finden, dilettantischer ging es wirklich nicht.

Was also mit dem angebrochenen Abend tun? Gott Amor huldigen, was sonst. Dank meiner Erfahrung auf diesem Gebiet fiel es mir nicht schwer, Justine zu einem Pas de deux á la Beaulieu zu überreden. Die Sache hatte freilich einen Haken. Wegen des Attentats auf die Kaiserin war mein Stammlokal geschlossen. Doch wo ein Wille ist, ist bekanntlich auch ein lauschiges Plätzchen. Eingedenk der sattsam bekannten Binsenweisheit schlug ich deshalb vor, den Abend in meinem Domizil in der Rue des Alpes ausklingen zu lassen. Ein Glas Chasselas oder ein Pinot blanc wirken in derlei Fällen wahre Wunder, und wenn man wie ich auch noch des Klavierspielens mächtig ist, steht dem Amüsement nichts mehr im Wege.

Es sei denn, die Vermieterin heißt Filigran.

Und legt Wert darauf, auch noch mit 72 Jahren mit Mademoiselle angeredet zu werden. Ein Lebtag keusch bleiben, wie kann man nur.

Nicht mein Problem, kann man wohl sagen.

Wenn wir gerade von Problemen reden, eins hatte ich

bei aller Vorfreude auf das bevorstehende Tête-á-tête nicht bedacht, nämlich die Sittenstrenge meiner Vermieterin. Sprich, unerlaubter Damenbesuch kam einem Kapitalverbrechen gleich. Und wurde entsprechend geahndet, im günstigsten Fall mit einer Moralpredigt, im schlimmsten mit der fristlosen Kündigung.

Not macht bekanntlich erfinderisch, in Liebesdingen allemal. Wem sage ich das. Zugegeben, zu behaupten, bei Justine handele es sich um eine Cousine zweiten Grades, war nicht sonderlich einfallsreich. Ein bisschen mehr an Fantasie hätte es schon sein dürfen. Doch siehe da, die Finte hatte Erfolg. Madame Filigran gab ihr Plazet, widerstrebend zwar, jedoch ohne Androhung von Bußstrafen.

Und ich schwebte auf Wolke sieben.

Nun ja, ich will nicht übertreiben. Wolke fünf käme der Wahrheit näher. Ehrlich währt bekanntlich am längsten. Und was Justine betrifft, sie braucht es ja nicht zu wissen.

Wie eingangs erwähnt, in ihrem eng anliegenden dunklen Kleid aus bestickter Seide sah meine Königin der Nacht wie die den Fluten entstiegene Aphrodite aus, auch ohne ihr Eau de Parfum, das einen Hauch von Orient verströmte. 24 Jahre alt, charmant, unterhaltsam, humorvoll, und ein Lächeln auf den kirschroten Lippen, bei dem selbst ein Connoisseur wie ich weiche Knie bekam. Die Schmucksterne in den pechschwarzen Haarflechten nicht zu vergessen.

24 Jahre alt und merkwürdigerweise noch ledig, wen kümmerte das schon.

Mich jedenfalls nicht.

Warum sollte es auch.

An den Ereignissen vom Nachmittag kam ich dennoch nicht vorbei. Die Nachricht vom Attentat hatte sich in

Windeseile herumgesprochen, und so kam ich nicht umhin, meine Rolle bei der Ergreifung des Attentäters zu erwähnen. En passant, das versteht sich ja wohl von selbst. Aufschneiderei liegt mir nämlich nicht. Wie dem auch sei, die Wirkung meiner Schilderung übertraf sämtliche Erwartungen. Justine schmolz förmlich dahin, anders kann man es nicht ausdrücken. So viel Heldenmut gehöre belohnt, meinte sie und blinzelte mich mit verführerischem Lächeln an. Dem konnte ich aus vollem Herzen zustimmen. In welcher Form die Belohnung erfolgen solle, darüber schwieg sich meine Gefährtin für intime Stunden aus. Vorfreude ist bekanntlich die schönste Freude, und wenn ich bedenke, wie sehr mich der Tag in Mitleidenschaft gezogen hatte, konnte es nur noch besser werden.

Wesentlich besser sogar.

»Noch ein Glas Perlan, mon bijou?«, fragte ich, nachdem wir uns auf der Chaiselongue niedergelassen und auf das Gelingen des bevorstehenden Abends angestoßen hatten. »Auf einem Bein kann man nicht stehen, oder wie siehst du die Sache?«

Justine lächelte kokett und schnurrte: »Du willst mich doch nicht etwa betrunken machen, oder?«

Ich verneinte vehement – und dachte mir meinen Teil. Merke: Frauen wollen belogen werden, auch wenn sie die Absichten ihrer Bewunderer durchschauen. Hin und wieder kann ein bisschen Koketterie nicht schaden, für mich gehört das einfach dazu. »Eine Dame von Welt betrunken machen, für wen hältst du mich eigentlich!«

Justines Gekicher sprach für sich. »Für einen Don Juan, was hast du denn gedacht. Na schön, aber nur noch einen winzig kleinen Schluck. Sonst sage ich Dinge, die ich für mich behalten sollte.«

»Nur zu, tu dir keinen Zwang an«, scherzte ich und schenkte meiner angeheiterten Nebensitzerin nach. »Wir sind unter uns, weißt du. Santé, ma belle, fühl dich wie zu Hause. Apropos: Wenn du möchtest, kannst du gern bei mir bleiben. Madame Filigran hat bestimmt nichts dagegen.«

»Und wenn doch?«, flüsterte Justine, stellte das Glas auf den Beistelltisch und lehnte den Kopf an meine Schulter. Der Duft ihres Parfums legte sich wie Balsam auf meine Sinne und ließ mich das erlittene Ungemach vergessen. »Pass bloß auf, sonst setzt sie dich vor die Tür. Wie wär's, wenn du mir etwas vorspielst, Auguste? Die Mondscheinsonate vielleicht?«

Beethoven. Das musste doch nun wirklich nicht sein. Viel zu melancholisch, bei aller Liebe. Und dem Anlass keineswegs angemessen. »Und was ist mit Chopin – würde dir das auch gefallen? Nocturne in cis-Moll, opus 27, Nr. 1, wie wär's damit?«

»Auch gut – wie alles aus deinem Repertoire«, hauchte Justine, nahm mir das Glas aus der Hand und wies mit dem Kopf auf meinen Flügel, der an der Schmalseite des spärlich möblierten Zimmers stand. »Ihr Auftritt, Maestro. Die Bühne gehört Ihnen.«

Na schön, dachte ich bei mir, setzte mich an den Flügel und tat mein Bestes, um die Erwartungen meiner Damenbekanntschaft zu erfüllen. Was tut man nicht alles, um einen Fuß in die Schlafzimmertür einer schönen Frau zu bekommen. »So, das wär's. Zufrieden, Mademoiselle Delacroix?«

Justine spendete artigen Applaus, nicht ohne einen Hauch von Spott, wie ich aus ihrem amüsierten Tonfall schloss. »›Mademoiselle‹, du bist mir vielleicht ein Filou!«, rief sie mit verschmitztem Lächeln aus, die Weinflasche in der Hand, um mir kräftig nachzuschenken. »Sagen wir mal so: Ob ich zufrieden bin, hängt von gewissen Bedingungen ab.«

»Und die wären?«, antwortete ich, nahm das Weinglas in Empfang und trat hinter das Sofa, von wo aus ich ihr sanft über den Nacken strich. »Du weißt doch, für dich tue ich alles.«

Meine Belle de Jour brach in amüsiertes Kichern aus. »Jetzt übertreibst du aber, Auguste. Denk dran, Lügen haben kurze Beine.«

»Das ist nicht fair, Justine – ich meine es ernst. Ich gebe dir mein Wort als Ehrenmann.«

»Du und Ehrenmann, das wäre ja was ganz Neues.«

»Wieso, glaubst du mir etwa nicht?«

»Aber natürlich«, versicherte die ganz und gar nicht damenhafte Person, winkte mich zu sich heran und ließ den Zeigefinger über meine Wange gleiten. Das fühlte sich gut an, ich will es nicht verhehlen. Was rede ich, es versetzte mich in Entzücken.

Gelinde ausgedrückt.

»Was ist, Auguste – warum setzt du dich nicht neben mich? Ich beiße nicht.«

»Und warum nicht? Öfter mal was Neues, sonst wird einem ja langweilig.«

Justine bekam sich vor Heiterkeit nicht mehr ein. Ich gebe es ja ungern zu, aber genau das war es, was mir an ihr gefiel. Ich selbst neige gelegentlich zur Melancholie, weit öfter, als mir lieb ist. Eine Frau wie Justine kam mir da gerade recht, um es unverblümt zu formulieren. Ausgelassen, heiter, ohne Besitzansprüche und bereit, das Leben in vollen Zügen zu genießen. So und nicht anders wollte ich es haben, die Liebesschwüre waren für Leute wie Cesare da. »Du bist ja ein ganz Schlimmer, Auguste«, spottete meine Femme fatale und leerte ihr Glas bis zur Neige. »Harmlose junge Damen verführen, wenn das deine sittenstrenge Vermieterin wüsste!«

»Sagen wir mal so: Was Madame Filigran nicht weiß, macht sie auch nicht …«

»Und was, wenn sie sich nicht hinters Licht führen lässt? Was machen Sie dann, *mon cher monsieur*?«

Au Backe, das tat weh. Gänzlich unbemerkt hatte Madame Filigran mein Liebesnest betreten, auf ihren Gehstock gestützt, dessen Knauf sich perfekt als Hiebwaffe eignete.

Und sah mich an, als wolle sie mich in Stücke reißen. »Ich nehme an, Sie haben eine Erklärung, Monsieur Beaulieu?«

»Ich wüsste nicht, was es da zu er…«

»Wenn ich es recht bedenke – ich auch nicht!«, machte die Gralshüterin der Moral meine Rechtfertigungsversuche zunichte, positionierte sich vor dem Chaiselongue und blickte kopfschüttelnd auf uns herab. »Sodom und Gomorrha, und das ausgerechnet bei mir. Was haben Sie sich eigentlich dabei gedacht, Monsieur?«

»Aber Madame Filigran …«, setzte ich mich zur Wehr und setzte eine Miene auf, die geeignet war, auch noch den unerbittlichsten Bußprediger zum Einlenken zu bewegen.

»Mademoiselle, wie oft soll ich das eigentlich noch sagen!«, spie der hagere, spitzgesichtige und bis oben zugeknöpfte Hausdrache Gift und Galle, ohne Rücksicht auf meine Damenbekanntschaft, die das Schauspiel mit angehaltenem Atem verfolgte. Wären wir auf der Bühne gestanden, die Szene hätte stürmischen Applaus hervorgerufen, so sehr ging einem der Auftritt unter die Haut – beziehungsweise an die Nerven. »Sagen Sie mal, haben Sie denn überhaupt kein Schamgefühl?«

»Nein, hat er nicht«, flüsterte Justine mir leise ins Ohr, was ich ganz und gar witzig fand. »Aber genau das mag ich ja so an ihm.«

»Schamgefühl – wie darf ich das verstehen?«

»Jetzt tun Sie doch nicht so, Monsieur Beaulieu!«, echauffierte sich meine Vermieterin, nicht geneigt, mir die Absolution zu erteilen. »Sie wissen genau, was ich meine. Und wenn wir gerade dabei sind: Was ist eigentlich mit der fälligen Miete? Dass wir bereits den Zehnten haben, dürfte selbst Ihnen nicht entgangen sein. Ehrlich gesagt, ich frage mich, wohin das mit Ihnen noch führen soll.«

»Das frage ich mich auch, *Mademoiselle* Filigran. Wem sagen Sie das.«

»Auch noch impertinent werden, was?«, schnaubte die fleischgewordene Aufforderung zum Zölibat, ließ den Gehstock im Rhythmus ihrer Worte auf die Dielen niedersausen und schnarrte: »Ich will Ih-nen mal was sa-gen, Sie hin-ter-häl-ti-ger Lüst-ling.«

»Endlich jemand, der mich versteht. Das baut mich auf, Madame Filigran.«

»Die Ironie können Sie sich sparen, damit kommen Sie bei mir nicht durch. Also: Ich gebe Ihnen Zeit bis zum Fünfzehnten, aber dann ist unwiderruflich Schluss. Sollten Sie Ihre Mietschulden bis dahin nicht bezahlt haben, sehe ich mich gezwungen, Ihnen zu kündigen. Fristlos. Was zu viel ist, ist nun mal zu viel, meine Geduld geht zur Neige. Sie gestatten, wenn ich Ihnen einen Rat erteile?«

»Ich kann's kaum erwarten, Madame Fili... Verzeihung, soll nicht wieder vorkommen. Ich bin ganz Ohr, Mademoiselle Filigran.«

»Freut mich zu hören.« Kerzengerader Mittelscheitel, das Haar hinter dem Kopf zusammengesteckt, mit Rüschen besetztes Altjungfernkleid, dazu passend eine makellos weiße Spitzenbluse und ein Stehkragen, bei dem man schon beim Zusehen in Atemnot geriet. Fehlte nur noch die Umhängebrille, und die Karikatur einer Gouvernante wäre perfekt gewesen. »Unter uns, Monsieur: Einen Spross aus gutem Haus, der Sie ja wohl sind, den stelle ich mir weiß Gott anders vor. Sie sollten sich was schämen, Monsieur, wenn Ihr Vater wüsste, was Sie sich geleistet haben, der arme Mann würde sich zu Tode grämen. Und noch etwas: Mit Musik allein ist noch kein Mensch reich geworden. Lassen Sie sich das gesagt sein.«

»Tun Sie mir den Gefallen und lassen meinen Vater aus dem Spiel?« An einem Punkt angelangt, wo mir das Blut in den Kopf zu schießen begann, hielt es mich nicht mehr auf der Chaiselongue. »Und kehren Sie gefälligst vor Ihrer eigenen Tür, Mademoiselle Filigran.«

»Apropos Tür: Es hat geläutet.« Justines Stimme klang ruhig und gesetzt, versehen mit einem Schuss Ironie, ihrem unverkennbaren Markenzeichen. »Wollen Sie nicht öffnen, Madame, schließlich sind Sie der Herr im Hause.« Die Betonung lag auf dem Wort »Herr«, was meine Vermieterin geflissentlich überhörte. »Wer weiß, am Ende ist es vielleicht wichtig.«

Aus den Augen von Madame Filigran schossen Blitze, sowohl in meine als auch in die Richtung von Justine, in der Genfs Antwort auf Xanthippe ihren Meister gefunden hatte. »Was wichtig ist und was nicht, entscheide immer noch ich, damit das klar ist, Mademoiselle!«, keifte die selbsternannte Sittenwächterin und bedachte Justine mit einem Blick, bei dem selbst Casanova vor

Scham im Boden versunken wäre. »Wir sprechen uns noch, Adieu!«

»Adieu, Madame – aber es eilt nicht«, murmelte ich vor mich hin, schloss die Tür und ließ mich kopfschüttelnd auf das Chaiselongue sinken. So ist es nun mal im Leben. Ungemach stellt sich zumeist dann ein, wenn man sich auf der sicheren Seite wähnt. Doch damit war der Tiefpunkt längst noch nicht erreicht. Es sollte noch schlimmer kommen, und zwar so, dass mir das Wortgefecht mit Madame Filigran wie eine Petitesse erschien. In der Vergangenheit hatte ich es immer wieder geschafft, den Drachen durch allerlei Zaubersprüche zu besänftigen. Was das betraf, machte ich mir keine Sorgen. Morgen war schließlich auch noch ein Tag.

Dachte ich zumindest.

Keine Stunde verging, und ich wurde eines Besseren belehrt. Sich mit Zankteufeln herumzuärgern, ist nämlich eine Sache, mit dem Rücken zur Wand zu stehen etwas völlig anderes. Und was meine Hoffnungen auf einen Abend in Gesellschaft einer Dame meiner Wahl betraf, die konnte ich beim Auftauchen meines Schulfreundes begraben.

Und zwar endgültig.

Cesare war noch nicht zur Tür herein, da wusste ich, dass aus dem Souper romantique nichts werden würde. Er und ich sind schon so lange befreundet, dass wir uns nahezu blind verstehen, auch ohne langatmige Erklärungen. Da war etwas in seinem Blick, das mich die Gefahr, in die wir uns bringen würden, erahnen ließ. Dass dies kein Fall wie jeder andere werden würde, war mir schon nach wenigen Sätzen aus dem Mund des Freundes klar geworden. Mehr noch, ich ahnte, dass es eine Angelegenheit auf Leben und Tod werden würde. Kurzum, die Rollen waren klar verteilt: Monteverdi und Beaulieu gegen den Rest der Welt, genau wie vor zehn Jahren, als wir uns mit den Lehrern angelegt hatten.

So leid es mir tat, Justine blieb dabei auf der Strecke. Das brachte mich in beträchtliche Verlegenheit, und ich hatte Mühe, meine Königin der Nacht auf ein andermal zu vertrösten. Allein, die Magie des Augenblicks war jäh zerstört – und ich um eine Erfahrung reicher. Und so rauschte Justine von dannen, neuen Ufern und Eroberungen entgegen, die sich ohne jeden Zweifel einstellen würden.

Aber was tut man nicht alles für einen Freund, dem das Wasser bis zum Hals zu stehen scheint.

Der weder aus noch ein weiß, weil er einen Menschen auf dem Gewissen hat.

»Es war Notwehr, was hätte ich denn sonst tun sollen«, gab Cesare zu Protokoll, nachdem ich ihm einen Beruhigungstrunk nach Art des Hauses eingeflößt hatte. Der Grappa aus dem Tessin zeigte denn auch umgehend Wirkung, dank wie vieler Prozente, gehört nicht hierher. »Oder was hättest du getan, wenn du an meiner Stelle gewesen wärst?«

»Das Gleiche. Da kann ich dich beruhigen.« Verdammt heikle Angelegenheit, Cesare saß ganz schön in der Tinte.

Warum ich mich nicht rausgehalten habe, möchte der geneigte Leser wissen? Ganz einfach. Weil man einen Freund, der um Hilfe bittet, nicht im Regen stehen lässt. Selbst auf die Gefahr, dass man Dinge tut, die einem nicht im Traum einfallen würden. »Und du bist dir sicher, dass dieser … Wie hat sein Komplize ihn doch gleich genannt?«

»Boucher. Nomen est omen, würde unser Lateinlehrer sagen.«

»Sieht ganz danach aus«, versetzte ich, die Grappaflasche in der Hand, um sie zurück in die Vitrine zu stellen. Anders als sonst, wo das herbe Aroma meine Sinne belebte, hatte er seine Wirkung gänzlich vermissen lassen. Einstweilen hatte ich andere Sorgen, und die in Hülle und Fülle. »Mal was anderes: Hat dich jemand gesehen?«

»Ich glaube nicht.«

»*Glaubst* du es oder *weißt* du es?«

Cesare zuckte die Achseln. »Versteh doch, Auguste: Selbst wenn es Zeugen gäbe, ich war so konfus, dass ich sie nicht bemerkt hätte. Komm du mal in so eine Situation, mon ami. Dann reden wir weiter.«

»Zugegeben, ich wollte auf keinen Fall mit dir tauschen.«

»Und was nun?«

»Genau das, mein Lieber, ist die Frage.« Die Hand auf dem Korpus meines Flügels, ließ ich die Schilderung meines Freundes Revue passieren. »Apropos, was ist eigentlich mit den Fotos. Darf man die mal sehen?«

»Gut, dass du es sagst, die hätte ich um ein Haar vergessen.« Cesare reckte den Zeigefinger, förderte einen Briefumschlag zutage und sagte: »Voilà. Schau mal, vielleicht kannst du was damit anfangen. Von Ganoven verstehst du ja wohl mehr als ich.«

»Kommt drauf an, um wen es sich dabei ...«, begann ich, den Blick auf den Fotografien, die auf dem spiegelglatten Korpus lagen.

Und verstummte, als hätte ich ein Gespenst gesehen.

»Sieh an, wen haben wir denn da.« Und ob ich etwas damit anfangen konnte. Waren mir die Personen auf dem Bild doch bestens bekannt, die Kaiserin von meinem

Besuch in der Konditorei Désarnod, ihr Mörder von der Hetzjagd nach dem Attentat. Ausgesprochen merkwürdig, wenn nicht gar mysteriös, kam mir dagegen etwas anderes vor. Was ich damit sagen will, ist: Anstelle der Kaiserin hätte ich eine – wie auch immer geartete – Regung an den Tag gelegt. Irgendeine, wenn auch noch so spärliche Reaktion, einen wie auch immer gearteten Reflex. Nichts dergleichen. Die einstmals schönste Frau der Welt sah dem Verhängnis mit einer Gelassenheit entgegen, die beinahe schon an Gleichgültigkeit grenzte. Fast schien es, als habe der Attentäter der alternden Grande Dame einen Gefallen getan, so gefasst und nachgerade gelassen sah sie aus. Ein Eindruck, der sich mit demjenigen meines Gefährten deckte.

Dass dies ein Tag der unliebsamen Begegnungen werden würde, war mir zusehends klar geworden. Die weitaus größte aus dem Reigen der Überraschungen stand mir jedoch noch bevor, ein Schock, wie ich ihn mir bis dato nicht hätte vorstellen können. »Merde alors, das darf doch wohl nicht wahr sein!«, rief ich mit Blick auf das zweite Foto aus, und erst jetzt, als ich das ungleiche Paar entdeckte, fiel es mir wie Schuppen von den Augen. Da stand er nun, der Mann, der die Kaiserin auf dem Gewissen hatte, einen Gegenstand in der Hand, den man mit bloßem Auge nicht erkennen konnte. »Ich Idiot, warum ist mir das nicht gleich aufgefallen!«

Um eins klarzustellen, ich verabscheue Vulgarismen. Tut mir leid, ist mir einfach so rausgerutscht. Aber ich konnte einfach nicht anders. Na schön, der Groschen war erst spät gefallen. Aber besser spät als nie, oder? Wenigstens sah ich jetzt klarer, wenngleich kein Grund zu übertriebenem Optimismus bestand.

Im Gegenteil.

Jetzt endlich erinnerte ich mich. Reichlich spät zwar, aber dafür bis in alle Einzelheiten. »Sachen gibt's, die gibt's überhaupt nicht.« Ja genau, so war es gewesen. Auf meinem Weg ins Café de la Paix hatte ich einen kurzen Plausch mit Cesare gehalten. In Anbetracht der Tatsache, dass er im Dienst war, hatte das Gespräch nicht übermäßig viel Zeit in Anspruch genommen, wenn es hoch kam, zehn Minuten. Danach hatte ich den Weg in mein Stammlokal fortgesetzt, wo ich mich an einem Tisch niederließ, von dem aus man einen ungehinderten Blick auf die Seepromenade genoss. Anders als sonst, wo sich meine Neugier in Grenzen hielt, sprangen mir dabei zwei Männer ins Auge, der eine bis dato unbekannt, der andere eine Kanaille, mit der mich eine innige Antipathie verband. »Wie sagt man doch gleich: Im Leben begegnet man sich immer zweimal.«

»Was ist los, führst du Selbstgespräche?«

»Sagen wir mal so, ich denke nach«, beschied ich meinen Freund, der mich mit fragendem Augenaufschlag musterte. »Ich muss schon sagen, das ist wirklich eine Überraschung.«

»Was denn?«

»Das da«, erwiderte ich und deutete auf die Fotografie, die mir einen veritablen Geistesblitz beschert hatte. »Der Herr da dürfte dir bekannt vorkommen, oder?«

»Klar, jemanden wie Lucheni vergisst man nicht. Wenn du mich fragst, ich möchte nicht in seiner Haut stecken.«

»Ich auch nicht«, bekräftigte ich und kratzte mich nachdenklich hinterm Ohr. »Lebenslänglich dürfte ihm sicher sein, alles andere wäre eine Überraschung.«

»Wenn wir gerade von Überraschungen reden, wie darf ich deinen Gefühlsausbruch deuten?«

»Als Ausdruck von Furcht, falls du es genau wissen willst.«

»Du und Angst!«, rief Cesare lachend aus, auf dem Weg der Besserung, wie die lebhafte Mimik nahelegte. »Das ist ja mal was ganz Neues. Jetzt komm schon, mach's nicht so spannend. Mit wem hatte ich vorhin das Vergnügen?«

»Mit einem alten Bekannten von mir«, antwortete ich, drückte Cesare das Foto in die Hand und sagte: »Unliebsamen Angedenkens, wie ich vorausschicken muss. Da, nimm – und pass gut darauf auf. Sieht ganz danach aus, als würden wir die Fotos noch brauchen.«

»Spann mich nicht so auf die Folter, Auguste: Wer ist der Strolch?«

»Strolch ist gut, das trifft den Nagel auf den Kopf«, gab ich zurück, die Handflächen auf dem Flügel, dessen Oberfläche mein nachdenkliches Konterfei reflektierte. »Eins kann ich dir versichern: Vor Inspektor Lupin musst du dich in Acht nehmen.«

Cesare konnte seine Überraschung nicht verbergen. »Inspektor? Habe ich da gerade richtig gehört? Heißt das, der Halunke ist bei der Po…« »

»Genau, du hast es erfasst.«

»Ach du ahnst es nicht! Und was jetzt?«

»Das frage ich mich auch«, gab ich mit nachdenklicher Miene zurück. Die Entdeckung hatte mir auf den Magen geschlagen, und ich fragte mich, was Lupin mit dem Attentäter zu bereden gehabt hatte. »Sieht so aus, als sei die Attacke auf dich nur ein Vorgeschmack gewesen. Wir müssen auf der Hut sein, alter Junge, sonst werden wir den Fischen in der Rhône zum Fraß vorgeworfen.«

»Dio mio, und das ausgerechnet mir.« Die Betroffenheit stand meinem Freund ins Gesicht geschrieben. »Ich muss schon sagen, allmählich geht mir die Sache an die Nieren.«

»Siehst du, dann wären wir uns ja einig«, retournierte ich lapidar, unterwegs zur Vitrine, um mir einen Grappa einzugießen. Der Schock saß tief, und mir schwante, dass wir beide uns auf hauchdünnem Eis bewegten. Ein unüberlegter Schritt, eine unbedachte Aktion, ein riskantes Manöver, auch nur ein unbedachtes Wort – und mein Freund und ich würden nicht mehr unter den Lebenden sein. »Wie gesagt: Was Lupin betrifft, ist Vorsicht geboten.«

Mein Gefährte stieß ein gekünsteltes Räuspern aus. »Und du bist dir wirklich sicher, dass …«

»Absolut, mein Lieber«, unterbrach ich meinen Freund, stürzte den Inhalt des Glases mit einem Zug hinunter und trat ans Fenster, von wo aus ich einen Blick auf die menschenleere Straße warf. Der Nebel war so dicht, dass die Sicht keine zehn Meter weit reichte, und so drehte ich mich wieder um und fügte hinzu: »Zweifel ausgeschlossen. Du erinnerst dich an unsere Begegnung vom Nachmittag?«

Cesare bejahte.

»Und du erinnerst dich weiterhin, wohin ich mich anschließend …«

»Ins Café de la Paix, wohin denn sonst«, warf Cesare ein und ließ sich mit fragendem Blick auf das Chaiselongue sinken. »Und weiter?«

»So, und jetzt kommt's: Nichtsahnend, wie ich nun mal war, habe ich mir einen Fensterplatz ausgesucht.«

»Um Ausschau nach attraktiven Damen zu halten, ich weiß.«

»Sehr witzig. Du musst nicht immer von dir ausgehen, mon ami.«

»Schon gut, war ja nur ein Scherz. Ich weiß doch, dass

du auf die Frau fürs Leben wartest.« Cesare sah mich augenzwinkernd an. »Sprich dich aus, du Charmeur, was hast du gesehen?«

»Schön wär's. Wie ich bereits sagte: Da sitzt du nun und denkst an nichts Böses, und wer betritt die Szenerie? Inspektor Lupin, mit dem mich eine innige Abneigung verbindet.«

»Darf man fragen, wieso?«

»Alte Geschichte. Schon ein, zwei Jahre her.« An die Fensterbank gelehnt, zündete ich mir ein Zigarillo an und ergänzte: »Fakt ist, seit ich ihn bloßgestellt habe, lässt er keine Gelegenheit aus, um mir ins Handwerk zu pfuschen.«

»Mit anderen Worten, Freunde fürs Leben werdet ihr nicht werden.«

»Wohl kaum«, bekannte ich, blies den Rauch an die Decke und fragte: »Du erinnerst dich an den Fall Malplaquet?«

»Nicht wirklich.« Cesare machte eine ratlose Geste. »Sollte ich?«

»Und so was ist Journalist, nicht zu fassen. Egal. Der Fall hat damals ziemliche Wellen geschlagen. Du weißt schon: Reicher Bankier stirbt eines rätselhaften Todes, die Polizei bezichtigt die allenfalls halb so alte und mit Seitensprüngen nicht geizende zweite Gattin des Mordes an ihrer besseren – respektive betagteren – Hälfte. Motiv: Habgier.« Selbst jetzt, gut zweieinhalb Jahre später, konnte ich meine Genugtuung nicht verbergen. »Tja, wenn das Wörtchen wenn nicht wäre. Macht nichts, Monsieur le Commissaire. Irren ist nun mal menschlich – und niemand unfehlbar. Pech aber auch, dass die in Verdacht geratene Gattin eine Bekannte von mir war.«

»Eine Bekannte, soso.«

»Eine *flüchtige* Bekannte, du Scherzbold. Willst du wissen, wie die Geschichte ausging, ja oder nein?«

»Na, du stellst vielleicht Fragen!«

»Und du bist ein elendes Lästermaul. Aber egal, was kann man von einem Italiener auch anderes erwarten.«

»Nimm dich in Acht, sonst zeige ich dich an.«

»Da capo, Signore. Endlich mal ein guter Scherz, weiter so! Wo waren wir gerade stehen… genau. Bei der Causa Malplaquet.« Das Zigarillo zwischen Zeige- und Mittelfinger, lief ich gedankenverloren hin und her. »Kurzum, Lupin hatte das Nachsehen. Dank meiner Recherchen konnte ich das Gericht von der Unschuld meiner Mandantin überzeugen. Freispruch – und somit Sieg auf der ganzen Linie. Madame Malplaquet alias Joujou hatte zwar eine Affäre, aber wer hat das heutzutage nicht.«

»Exactement«, flötete Cesare, breitete die Arme auf der Lehne aus und grinste mich schelmisch an. »*Wer hat das heutzutage nicht*!«

»Falls du es noch nicht gemerkt hast, mir ist nicht nach Scherzen zumute.«

»Pardon, soll nicht wieder vorkommen. Und der Liebhaber, was war mit dem?«

»Wasserdichtes Alibi.«

»Gattin Nummer eins?«

»Zur Tatzeit auf Besuch im Ausland.«

Cesare verdrehte entnervt die Augen. »Jetzt sag schon, wer ist es gewesen?«

»Na, wer wohl, die Kinder aus erster Ehe. Aus Angst, ihr Erzeuger könnte die vereinbarte Gütertrennung aufheben und Ehefrau Nummer zwei zur Alleinerbin einsetzen, haben sie die Flucht nach vorn angetreten. Eins muss man den beiden lassen, der Stammhalter und seine Schwester haben ein bühnenreifes Schauspiel inszeniert. Dafür gebührt ihnen Respekt – denn auf die Idee musste man erst mal kommen. Allein, die Mär vom Genfer Treppensturz währte nicht lange. Schade um das Hausmädchen, das sich dafür hergab, für andere die Drecksarbeit zu erledigen.«

»Da capo, Maestro. Ich bin ein großer Bewunderer Ihrer Kunst.«

»Schade nur, dass man sich davon nichts kaufen kann.«

»Und das Honorar?«

»Gegenfrage: Schon mal was schon Spielschulden gehört?«

»Danke, Euer Ehren, keine weiteren Fragen.«

»Fassen wir also zusammen.« Ein gequältes Lächeln im Gesicht, drückte ich das Zigarillo aus. Dann ließ ich die Ereignisse Revue passieren. »Wie eingangs erwähnt, sitze ich im Café de la Paix, denke an nichts Böses und genieße das dolce far niente, als mein Herz beim Anblick von Lupin höher zu schlagen beginnt. Dass mein Idol nicht dort ist, um sich die Beine zu vertreten, wird mir wenig später klar. Es ist kurz nach halb zwei, als er mit einem Unbekannten ins Gespräch gerät. Inmitten der zumeist betuchten Flaneure fällt der betont schlicht gekleidete Südländer denn auch sofort auf, und das, wie wir mittlerweile wissen, nicht ohne Grund. Dies ist die Stunde von Luigi Lucheni, und nichts, so scheint es, kann ihn von seinem Vorhaben abhalten. Doch dann kommt auf einmal dieser Inspektor daher und stellt unbequeme Fragen. Ob er sich denn überhaupt ausweisen könne und ob ein Mann wie er nichts Besseres zu tun habe, als seine Zeit mit Nichtstun zu vertrödeln: So oder so ähnlich könnten sich die Fragen

aus dem Mund des betont herrisch auftretenden Polizeibeamten angehört haben. Pech für ihn, dass er dabei foto-
grafiert wird, wer rechnet denn mit so etwas.«

»Und was, wenn das Ganze ein abgekartetes Spiel war?
Wenn die beiden nur so taten, als ob – und wenn dein
Intimfeind als Überbringer des Mordauftrages fungierte?«

»Du erlaubst, dass ich dir eine Gegenfrage stelle?«

»Nur zu, sprich dich aus.«

»Wer könnte deiner Meinung nach ein Interesse daran
haben, dass die Kaiserin von Österreich aus dem Weg
geräumt wird? Qu'est-ce qu'il y a, mon ami, du siehst
auf einmal so nachdenklich aus.«

»Glaub mir, Auguste: Ich gäbe etwas dafür, wenn ich
es wüsste.«

»Siehst du, genau das ist der Punkt. Die Interna des
Wiener Hofs sind mir zwar nicht vertraut, aber ich kann
mir nicht vorstellen, was einen dazu bringen sollte, eine
wehrlose alte Frau zu töten.«

»Jetzt mach aber mal halblang, Auguste. Du weißt doch
so gut wie ich, wozu Menschen imstande sind. Ich meine,
wer sich in diesen Kreisen bewegt, macht sich automatisch
Feinde. Und sei es nur, weil es sich in Schönbrunn besser
lebt als anderswo. Verrückte gibt es wie Sand am Meer,
das muss ich dir nicht sagen. Und Verbrecher sowieso.«

»D'accord. So gern ich es täte, in dem Punkt kann ich
dir nicht widersprechen.«

»Und außerdem: Um jemanden zu töten, muss man
nicht immer ein Motiv haben.«

»Muss man nicht, da hast du recht.«

Cesare sah mich forschend an. »Lass hören, was spukt
in deinem Künstlergehirn herum?«

»Du sagst, es brauche kein Motiv, um andere zu töten?«

»Si, è vero.«

»Könnte es nicht sein, dass genau das heute Nachmittag der Fall war? Ein Mörder, der auszog, die Reichen das Fürchten zu lehren? Ein Einzeltäter, der auf eigene Faust handelte? Ohne Motiv, ohne Ideengeber, ohne Strippenzieher hinter den Kulissen? Ich bin zwar nicht der Untersuchungsrichter, sonst wüsste ich wahrscheinlich mehr. Aber wenn ich ehrlich bin, ich persönlich halte ein Komplott für ausgeschlossen. Sagen wir mal so, für so gut wie. Und noch etwas: Die Frau stand kaum in der Öffentlichkeit. Nach allem, was man hört, war sie zuletzt oft auf Reisen – und so gut wie nie in Wien. Ein unbeschriebenes Blatt, wenn du mich fragst, sowohl politisch als auch privat.«

»Daraus folgt?«

»Das Aufeinandertreffen von Lupin und dem Attentäter ist dem Zufall zu verdanken. Du sagst doch selbst, wäre der Zeitungsartikel von gestern nicht gewesen, kein Mensch hätte über die Anwesenheit der Kaiserin Bescheid gewusst. Kein Artikel, kein Attentat. Auf diesen Nenner könnte man es bringen. Und was die Polizei betrifft, die Herren im Palais de Justice können ja wohl lesen. Frage: Was hättest du getan, wärst du an ihrer Stelle gewesen?«

»Ich hätte jemanden beauftragt, nach dem Rechten zu sehen. Ob inkognito oder nicht, sicher ist nun mal sicher.«

»Und dieser Mann war …«

»Lupin«, vollendete Cesare und warf mir einen ungehaltenen Seitenblick zu. »Zu deiner Information, Auguste: Ich bin nicht so minderbemittelt, wie ich aussehe.«

»Und getreu der Devise, dass ein Polizist selten allein kommt, befand sich Lupin in der Begleitung eines Kollegen. Eines Kollegen fürs Grobe, falls du verstehst, was ich meine.«

»Boucher?«

»Ich denke schon. Momentan spricht zumindest nichts dagegen.«

»Und die Beweise?«

»Die liefere ich dir. Auf dem Silbertablett, wenn es sein muss.«

»Da bin ich aber mal gespannt, Auguste.« Cesare geriet ins Grübeln. »Ich sage es ja ungern, aber deine Hypothese hat etwas für sich.«

»Das will ich meinen, mon cher ami. Seien wir mal ehrlich: Es passt alles zusammen. Lupin lässt Lucheni laufen, da er nichts gegen ihn in der Hand hat, und der wiederum denkt nicht daran, das Weite zu suchen, sondern besitzt die Kaltblütigkeit, der Kaiserin aufzulauern. Und sein Vorhaben wie geplant in die Tat umzusetzen.«

»Und damit hat Lupin ein Problem.«

»In der Tat, und was für eins. Würde sein Plausch mit dem Attentäter publik, der Skandal wäre perfekt. Nicht nur er, sondern das gesamte Kommissariat stünde am Pranger, und das beileibe nicht ohne Grund. Man stelle sich vor: Die Polizei stellt eigens zwei Beamte ab, um für die Sicherheit der Kaiserin zu sorgen, und dann leistet sich Lupin einen derartigen Fauxpas. Kontrolliert den Attentäter und lässt ihn laufen, um anschließend tatenlos mit anzusehen, wie Elisabeth von eben jenem Mann getötet wird. Das nenne ich Schlamperei, oder was sagst du dazu?«

»Brillante Hypothese, Auguste. Mit Betonung auf Hypothese. Aber ausreichend, um Lupin zu überführen?«

»Sieh an, wenn man vom Teufel spricht, dann kommt er.« Am Fenster postiert, fiel mir die Gestalt auf der Straße sofort ins Auge.

Lupin.

Wie aus dem Nichts aufgetaucht, lehnte er an einer Gaslaterne, zündete sich eine Zigarette an und wartete. Auf wen, konnte ich mir denken. »Chapeau, Herr Inspektor, das nenne ich gute Arbeit.«

»Und was jetzt?«

»Du wiederholst dich, Cesare.« Es war so, wie ich im Stillen befürchtet hatte. Lupin hatte sich nicht abschütteln lassen. Um in den Besitz der Fotografien zu gelangen, war ihm jedes Mittel recht, und er würde weder rasten noch ruhen, bis mein Freund mundtot gemacht worden war. »Ich will zwar den Teufel nicht an die Wand malen, aber mir scheint, wir zwei sitzen ganz schön in der Klemme. Wir müssen uns etwas einfallen lassen, und zwar schnell.«

»Soll er die Fotos doch haben, dann ist wenigstens Ruhe.«

»Ich glaube, du verkennst die Situation, mein Freund.« Einem Geistesblitz folgend, der mir just in diesem Moment kam, zog ich die Vorhänge zu und winkte Cesare zu mir heran. »Weißt du noch, wie der alte Hürlimann uns genannt hat?«

»Unser Lateinlehrer? Na klar.« Cesare musste unwillkürlich schmunzeln. »›Cäsar und Augustus, die größten Halunken aller Zeiten.‹«

»Und wie noch?«

»Castor und Pollux – weil wir uns so ähnlich sind.«

»Zumindest äußerlich, und nur darauf kommt es an.« So verschieden unsere Charakterzüge waren, mit seinem Vergleich lag Professor Hürlimann nicht falsch. Zum einen waren wir beide überdurchschnittlich groß, die paar Zentimeter, die Cesare im Nachteil war, fielen nicht sonderlich ins Gewicht. Zum andern wiesen wir denselben Körperbau, dieselbe Haarfarbe – nämlich dunkelbraun – und die gleiche Kopfform auf, die, so unser damaliger Lehrer, an die Büsten römischer Imperatoren erinnere. Die Bemerkung hatte für große Heiterkeit gesorgt – und Cesare und mir einen eingängigen Spitznamen beschert.

Castor und Pollux. Das war die Lösung.

»Lust auf einen kleinen Mummenschanz?«

»Moment mal!«, entfuhr es Cesare, wohl wissend, auf was ich hinauswollte. »Du hast doch nicht etwa vor, die alten Zeiten aufleben zu lassen?«

»Doch.« Im Internat hatten wir des Öfteren die Kleidung getauscht, nur so aus Spaß, um unsere Lehrer an der Nase herumzuführen. »Du weißt doch, fortes fortuna adiuvat.«

»Und du bist dir sicher, dass die Finte funktioniert?«

»Kommt auf einen Versuch an, mein Imperator«, erwiderte ich prompt und entledigte mich meines Jacketts, um es Cesare zu übergeben. »So, und jetzt hör mir gut zu: Wenn die Luft rein ist, machst du dich aus dem Staub und begibst dich auf schnellstem Weg zu deiner … Wie heißt deine Frau fürs Leben doch gleich?«

»Clodile.«

»Und weiter?«

»Papillon.«

»Adresse?«

»38 Rue de Monthoux. Wieso fragst du?«

»Weil ich wissen muss, wo ich dich finden kann.« Zu allem entschlossen, näherte ich mich dem Vorhang, um ihn einen winzigen Spalt weit zu öffnen. Lupin befand sich noch an Ort und Stelle, die Zigarette in der Hand, deren Asche auf das feuchtglänzende Trottoir rieselte. »Alles so weit klar, Signore?«

»Ich denke schon.« Cesare zerrte sein Hemd aus dem Hosenbund, knöpfte es auf und fragte: »Und was, wenn dein Plan nicht funktioniert?«

»Das wird er, keine Sorge.«

»Nur so am Rande, wo willst du eigentlich hin?«

»Keine Sorge, mir wird schon nichts zustoßen«, beschwichtigte ich meinen Freund und nahm dessen Jackett in Empfang, das wie angegossen passte. »Wenn Lupin denkt, er kriegt mich zu fassen, hat er sich den Falschen ausgesucht.«

Kurz darauf trat ich auf die nebelverhangene Straße, wandte mich nach links und tat so, als hätte ich die Gestalt unter der Gaslaterne nicht bemerkt.

Doch dann, das Geräusch sich nähernder Schritte im Rücken, verschärfte ich das Tempo.

Und rannte um mein bisschen Leben.

›Dieser Aufsehen erregende, gewaltsame Tod in Genf war eine Erlösung für eine tief unglückliche, seelenkranke und körperlich schwache Frau, deren Weggang kaum eine Lücke hinterließ. Wenn auch der Schock der Todesnachricht für die engere Familie schlimm genug war, so tröstete sich doch Erzherzogin Marie Valerie: »Nun ist es so gekommen, wie sie es immer wünschte, rasch, schmerzlos, ohne ärztliche Beratungen, ohne lange, bange Sorgentage für die Ihren«.‹

(zit. bei Brigitte Hamann, *Elisabeth. Kaiserin wider Willen*, Berlin – Wien 1982, S. 602.)

SECHS

21

AKTENNOTIZ (I)

Aus dem Bericht des zuständigen Beamten der Police Cantonale de Genève, Abteilung für Kapitalverbrechen

Zusammenfassend bleibt in Bezug auf den in der Nacht im Haus des Apothekers Fabius an der Place de Saint-Gervais gemachten Leichenfund Folgendes festzustellen:

1. Es gilt als erwiesen, dass es sich bei dem Toten um Gendarmerie-Obermeister Hugo Villefranche (37) handelt. Bereits bei oberflächlicher Untersuchung des Leichnams wurde klar, dass der o.g. Kollege an den Folgen einer gezielten Messerattacke bzw. eines aus unmittelbarer Nähe erfolgten Herzdurchstichs starb (siehe 4.).

2. Nach dem bisherigen Stand der Ermittlungen gibt es keine Tatzeugen. Die Benachrichtigung erfolgte durch die im dritten Stock lebende Witwe Philippot, die zu Protokoll gibt, kurz nach 22 Uhr verdächtige Geräusche wahrgenommen zu haben. Unmittelbar danach habe sie beobachtet, wie der Mieter der Dachgeschosswohnung das o.g. Anwesen in überstürzter Flucht verließ, gefolgt von einem Unbekannten, der sich an seine Fersen geheftet und ihn aus sicherer Entfernung beobachtet habe. Die Tatsache, dass es sich dabei um einen Tatzeugen handelt, gilt als wahrscheinlich, wenngleich über die Identität des Mannes auch

nach eingehender Befragung der Hausbewohner keinerlei Angaben vorliegen.

3. Bei der Tatwaffe handelt es sich mit hoher Wahrscheinlichkeit um das neben der Leiche aufgefundene und mit Blutspuren übersäte Brotmesser. Die zwecks Feststellung der Blutgruppe des Getöteten in die Wege geleiteten Untersuchungen sind noch im Gange. Von einer Übereinstimmung ist indes auszugehen. Weiterhin ist davon auszugehen, dass es zwischen Gendarmerie-Obermeister Villefranche und dem der Tat dringend verdächtigen Mieter zu einer gewalttätigen Auseinandersetzung kam. Befand sich der Raum, in welchem der Leichnam aufgefunden wurde, doch in einem heillosen Durcheinander. Nicht eindeutig zuordnen lässt sich demgegenüber das Klappmesser, das unter den wahllos verstreuten Gegenständen aufgefunden wurde.

4. Die Identität des Täters kann als gesichert gelten. Dabei handelt es sich um einen gewissen Cesare Monteverdi (28), ledig und von Beruf Redakteur. Näheres über den Aufenthaltsort des Flüchtigen ist nicht bekannt, es gilt als wahrscheinlich, dass er eine falsche Identität benutzt, um sich der Verhaftung zu entziehen. Ohne Komplizen dürfte dies indes schwierig sein, weshalb davon auszugehen ist, dass er versuchen wird, die Stadt auf schnellstem Weg zu verlassen. Entsprechende Maßnahmen zu seiner Ergreifung wurden bereits eingeleitet.

5. Wieso sich Gendarmerie-Obermeister Villefranche in der Wohnung des mutmaßlichen Täters aufhielt, bleibt dem Fortgang der in Gang befindlichen Ermittlungen

überlassen. Auf Nachfrage wurde jedoch klar, dass der Getötete in der Hauptsache bei Observationen bzw. als Personenschützer eingesetzt wurde. Zuletzt, so war vom zuständigen Ressortleiter zu vernehmen, war Villefranche mit dem Schutz der in Genf weilenden Gattin des österreichischen Kaisers betraut worden, die wenige Stunden zuvor auf höchst tragische Weise aus dem Leben schied. Dass sein Ableben mit demjenigen der Monarchin in Verbindung steht, kann aufgrund fehlender Indizien ins Reich der Fabel verwiesen werden. Ebenfalls nicht bewiesen sind die Gerüchte über seine Verbindungen zum kriminellen Milieu, welche seit geraumer Zeit hinter vorgehaltener Hand kursieren. Auf Anfrage teilte der Staatsschutz zwar mit, es werde seit geraumer Zeit gegen den Getöteten ermittelt, einstweilen jedoch ohne greifbares Ergebnis.

Fazit: Die Hintergründe der Tat bleiben im Dunkeln, es sei denn, der Täter wird in absehbarer Zeit gefasst.

Genf, in der Nacht vom 10. auf den 11. September 1898

Gez. Moreau, Abteilung für kriminaltechnische Untersuchungen

22

TESTAMENT (VI)

Aus der eidesstattlichen Erklärung von Auguste Beaulieu, 27 Jahre alt, ledig und von Beruf Konzertpianist, wohnhaft in der Rue des Alpes 10 in Genf (Anlage: handschriftliches Testament des Unterzeichneten, hinterlegt bei der Anwaltskanzlei Biasini & Söhne)

Es geht doch nichts über einen geselligen Abend im Bordell, hab ich recht? Schon gut, war nur ein frivoler Scherz. Und außerdem, Bordell ist nicht immer gleich Bordell. Woher ich das so genau weiß? Weil es einen als Privatermittler oft in Gegenden verschlägt, um die anständige Bürger einen Bogen machen. Und weil man dort Leute trifft, die einem Hinweise geben können, ohne die unsereins aufgeschmissen wäre.

Kein Grund zur Panik, die Adresse von Madame Passepartouts Salon bleibt geheim. Womit wir auf den Unterschied zwischen Bordell und Etablissements der gehobenen Preisklasse zu sprechen kämen. Zugegeben, für einen Abend mit offenem Ende muss man tief in die Tasche greifen. Wie tief, möchte der wissbegierige Leser wissen? Nun ja, das hängt von der Spendierfreudigkeit der illustren Kundschaft ab. Denn auch hier gilt: L'argent gouverne le monde. En retour bekommt man freilich viel geboten – und zwar mehr das, woran der Leser dieser Zeilen gerade denkt.

Schon wieder eine frivole Zote, liegt wahrscheinlich an der Umgebung.

Denn die ist in der Tat vom Feinsten. Ein Salonorchester, das den Vergleich mit der Konkurrenz nicht zu scheuen braucht, Varieté-Tänzerinnen von Format, eine koketter als die andere, eigens aus Kuba importierte Zigarren, Spitzenweine aus dem Lavaux, Sekt von der Halbinsel Krim, dazu Kaviarschnitten, die einem förmlich auf der Zunge zergehen, angenehme, weil zu nichts verpflichtende Gesellschaft attraktiver Damen, angeregte Gespräche, behagliche Séparées: Junggesellen-Herz, was begehrst du mehr.

Scherz beiseite. In Genf geht es längst nicht so gesittet zu, wie meine Landsleute denken. Ich könnte Bibliotheken damit füllen, wer hier ein- und ausgeht, angefangen bei ausländischen Diplomaten bis hin zu Honoratioren oder Leuten wie du und ich. Schon allein deshalb würde sich eine Stippvisite lohnen, und sei es nur wegen der Neuigkeiten, die hier kursieren. Aus erster Hand, falls eingeweihte Zeitgenossen verstehen, was ich meine – und somit authentisch. Auch als Nachrichtenbörse ist der Salon ›Chez Adèle‹ nicht zu verachten. Speziell in meinem Fall, der ich auf Informationen dringend angewiesen war.

»Ich muss schon sagen, Auguste: Sie lassen auch kein Fettnäpfchen aus«, kommentierte Madame Passepartout meine Tour d'Horizon, in deren Verlauf sie ein ums andere Mal die Stirn gerunzelt hatte. Die Verfolgungsjagd, die ich mir mit Lupin geliefert hatte, war nicht spurlos an mir vorübergegangen, wie ein Blick auf mein verschwitztes Hemd nahelegte. Ein Gutes hatte das Ablenkungsmanöver freilich gehabt, nämlich dass Cesare in aller Heimlichkeit entwischt und in die Arme seiner Angebeteten geflüchtet war.

Aber nur, falls nichts dazwischenkam.

Wenn wir gerade über die Launen des Schicksals sprechen, über das meinige gab ich mich keinen Illusionen hin. Bis Lupin mir auf die Spur käme, würde es nicht lange dauern. Wenn überhaupt, dann würde meine Atempause von kurzer Dauer sein. Aber die würde ich nutzen, je mehr ich in Erfahrung bringen konnte, desto größer meine Chance, meinen Kontrahenten zu düpieren.

Und desto größer die Wahrscheinlichkeit, in letzter Sekunde den Kopf aus der Schlinge zu ziehen.

»Sieht so aus, als säßen Sie ganz schön in der Tinte.«

»Kann man wohl sagen, Madame Passepartout«, ließ ich laut aufseufzend verlauten und begutachtete meinen Cognacschwenker, in dem ein Martell VSOP kaum merklich hin und her schwappte. Dann kostete ich davon und schwärmte: »Sie kennen sich aus, Madame, das muss Ihnen der Neid lassen.«

»Mit was denn, mon cher?«

»Jedenfalls nicht nur mit Cognac, wenn die Bemerkung gestattet ist.«

»Das haben Sie schön gesagt, Auguste«, stichelte die trotz ihrer 52 Jahre immer noch aparte und in ein Kleid aus karmesinroter Atlasseide samt dazu passendem Halstuch gehüllte Grande Dame, eine Feder im weinrot gefärbten Haar. »Doch nun zu Ihrem Anliegen, wo drückt der Schuh?«

»Überall.«

»Ihre Visite hat etwas mit Lupin zu tun, oder liege ich da falsch?«

»Keineswegs, Madame.«

»Und was kann ich für Sie tun?«, fragte Madame Passepartout, die es sich auf einem Diwan mit Schachbrettmuster bequem gemacht hatte. Um vor unerwünschten Lauschern sicher zu sein, empfing sie mich in ihrem Boudoir, eine Ehre, die nur den wenigsten zuteilwurde. Allein, die Vorzugsbehandlung kam nicht von ungefähr. In der Vergangenheit hatte ich Adèle die eine oder andere Gefälligkeit erwiesen und mir die Zuwendung, die ich erfuhr, redlich verdient. Wenn Not am Mann war, hatte ich sogar den Barpianisten gegeben und die Kundschaft mit Kompositionen von Strauß junior bei Laune gehalten. Auch wenn es mit meiner Pianisten-Ehre nicht vereinbar war, die Melodien aus der »Fledermaus« und dem »Zigeunerbaron« erfüllten ihren Zweck. Wichtiger noch, sie sicherten mir die Gunst von Madame Passepartout.

Gewusst wie, kann ich da nur sagen.

»Sie wissen ja, Auguste: In Bezug auf unseren gemeinsamen Freund ist Vorsicht angesagt.«

»Ich fürchte, damit kommen wir nicht weiter«, tat ich mit nachdenklicher Miene kund und nahm einen kräftigen Schluck. »Entweder es gelingt mir, schweres Geschütz gegen ihn aufzufahren, oder ich ziehe den Kürzeren. So einfach ist das, ma chère.«

Madame Passepartout antwortete nicht sofort, sondern dachte mit angestrengter Miene nach. In dem einst bildhübschen Gesicht hatte das Leben deutliche Spuren hinterlassen, wie so oft, wenn man sich aus ärmlichen Verhältnissen nach oben arbeiten muss. Allein, es war ihr gelungen – und wie.

Warum ich für eine Frau wie sie Partei ergreife, lautet die bange Frage? Ganz einfach, weil Adèle der patenteste Mensch ist, den ich kenne. Und weil sie mir aus der Patsche half, wenn ich knapp bei Kasse war. »Sie meinen also, Sie können es mit ihm aufnehmen?«

»Den Versuch wäre es wert. Sie wissen ja, es steht eine Menge auf dem Spiel.«

»Dann schießen Sie mal los, Auguste«, erwiderte Adèle, griff nach ihrem Mundstück und entzündete ein Zigarillo, welches das Aroma eines orientalischen Basars verströmte, passend zur Einrichtung ihres Boudoirs, welches einem Serail nachempfunden war. Den Blickfang schlechthin bildete ein massiver Rauchtisch und die dazugehörige Platte aus massivem Silber, umgeben von türkischen Tabourets, deren Intarsien aus Elfenbein ein Vermögen wert waren. Von den Perserteppichen an den Wänden nicht zu reden. »Wie kann ich Ihnen behilflich sein?«

»Indem Sie mir Lupin ans Messer liefern«, entgegnete ich forsch. »Höchste Zeit, dass man dem Halunken das Handwerk legt.«

Madame Passepartout lachte nachdenklich auf. »Als ob das so einfach wäre, junger Mann. Sie müssen wissen, Lupins Verbindungen reichen weit.«

»Und wie weit?«

»Bis ganz nach oben«, bekannte Madame Passepartout, deren Herkunft wie ein Staatsgeheimnis behandelt wurde. Von ihren Angestellten wurde die Inhaberin schlichtweg mit ›Madame‹ angesprochen, und nicht einmal ich wusste, ob es sich bei Adèle um ihren angestammten Namen handelte. »Mehr möchte ich dazu nicht sagen.«

»Verstehe.«

»Was ich dagegen sagen kann, ist: Der Mann hat jede Menge Leichen im Keller. Das weiß ich aus verlässlicher Quelle.«

»Die Sie mir nicht nennen wollen.«

»Falsch, die ich Ihnen nicht nennen *kann*.« Madame Passepartout sog an ihrem Mundstück und ergänzte: »Sie wissen doch, ich bin seit über 20 Jahren im Geschäft. Und das möchte ich auch bleiben.«

»Angst um die Existenz?«

»Vielleicht.« Adèle paffte einen Rauchkringel an die Decke, die im Stil einer Zeltkonstruktion gestaltet war. »Wer wie ich von ganz unten kommt, mon cher, der weiß, dass man sich an die Spielregeln zu halten hat. Anders ausgedrückt: Verschwiegenheit ist alles. Sie wollen wissen, mit wem Lupin verbandelt ist? Finden Sie es heraus.«

»Na schön«, stieß ich laut aufseufzend hervor. »Ich habe verstanden. Und danke für den zuvorkommenden Empfang, bei Gelegenheit werde mich dafür erkenntlich zei…«

»Gar nichts haben Sie verstanden, Auguste!«, fiel mir Madame Passepartout ins Wort und deutete mit Verve auf den Polsterschemel, von dem ich mich zuvor erhoben hatte. »Aber auch rein gar nichts. Und nehmen Sie gefälligst Platz, ich mag es nicht, wenn Sie wie bestellt und nicht abgeholt in der Gegend herumstehen.«

»Wie Sie wünschen, Madame Adèle.«

»Madame genügt. Das Pseudonym können Sie sich sparen.«

»Verstehe, Diskretion ist alles.«

»Weswegen Sie das, was ich Ihnen jetzt anvertraue, für sich behalten werden. Andernfalls sind wir geschiedene Leute. Habe ich mich klar genug ausgedrückt, Monsieur?«

Ich nickte.

»Na, dann will ich Ihnen mal glauben, Auguste«, ließ die 52-Jährige verlauten, warf mir einen eindringlichen Blick zu und sagte: »Wer auch immer die Hintermänner sind, Lupin ist ganz dick im Geschäft. Und so korrupt, wie man es nicht für möglich halten würde.«

»Ich merke schon, jetzt kommen wir der Sache näher.«

»Denken Sie bloß nicht, ich stecke da mit drin«, wehrte Adèle entschieden ab, erhob sich und durchmaß den mit Orientteppichen ausgelegten Raum. »Bei mir hat sich der Schuft eine blutige Nase geholt, wird ihm hoffentlich eine Lehre sein. Schmiergelder kassieren, da hört sich ja wohl alles auf.«

»Moment mal, heißt das …?«

»Sie haben richtig gehört, Auguste. Lupin betreibt Erpressung in großem Stil.«

»Ich fasse es nicht. Und wie geht er vor?«

»Indem er teils fünfstellige Beträge verlangt, mit denen sich die Betreiber von Amüsierlokalen freikaufen können.«

»Ein einträgliches Geschäft, nehme ich an.«

»Davon können Sie ausgehen.« Bevor sie fortfuhr, atmete meine Gönnerin angestrengt durch. »An mich traut er sich nicht mehr ran, Glück für ihn. Sonst würde ich nicht zögern, meine Beziehungen spielen zu lassen. Sie wissen ja, wenn es ums Geschäft geht, kenne ich nichts.«

»Und Ihre Kollegen?«

»Bei der Mehrzahl hat er leichtes Spiel. Ist ja auch ganz praktisch, wenn man vorab weiß, wann wieder mal eine Razzia ansteht. Ein Wink mit dem Zaunpfahl, und die Bude wird mal eben kurz auf Vordermann gebracht. Funktioniert bestens, zumindest solange die Kohle stimmt. Aber wehe, es tanzt jemand aus der Reihe. Dann kann der Betreffende sein Testament machen.«

»Kann ich mir denken, in dem Punkt versteht der Herr Inspektor keinen Spaß.«

»Keine Bange, bevor der sich die Hände schmutzig macht, muss schon viel passieren. Für so was hat er seine

Gorillas, die kennen sich damit aus, wie man den Leuten Angst einjagt.«

»Glaube ich Ihnen aufs Wort, Madame. Mein Freund kann ganze Opern davon singen.« Eins musste man wirklich sagen, Madames Cognac schmeckte vorzüglich. Doch damit war jetzt Schluss, der Appetit auf mehr war mir vergangen. »Da hat Cesare ja noch mal Glück gehabt, hätte auch ganz anders ausgehen können.«

»Wenn wir gerade von Glück reden – konnte Ihr Freund den Mann mit dem Klappmesser beschreiben?«

»Nicht wirklich«, gestand ich achselzuckend ein, was mir ein überraschtes Stirnrunzeln bescherte. »Man nehme: Statur eines Ringkämpfers, platte Gesichtsform, kahl rasierter Schädel, erhebliches Übergewicht, grobschlächtiges Aussehen, Stoppelbart, ungepflegte Erscheinung – und fertig ist der Rausschmeißer vom Dienst.«

»Gut beobachtet, Auguste. An Ihnen ist ein Kriminalbeamter verlorengegangen.«

Jäh aufgeschreckt, konnte ich meine Verblüffung nicht verbergen. »Wie darf ich das verstehen?«

»Na, dann spitzen Sie mal die Ohren. Dieser Kleiderschrank, von dem gerade die Rede war – rein zufällig kenne ich seinen Namen.« Adèle blickte nachdenklich vor sich hin. »Um Sie nicht länger im Unklaren zu belassen, Lupins Mann fürs Grobe heißt Villefranche. Hugo Villefranche. Gendarmerie-Obermeister, soweit ich weiß.«

»Spitzname: der Schlächter.«

»Stimmt, hätte ich um ein Haar vergessen.« Adèle legte eine kurze Denkpause ein. »Den Spitznamen hat er sich redlich verdient. Soll ich Ihnen mal was sagen? Bei der Konkurrenz nehmen sie sofort Reißaus, wenn sie ihn sehen. Spricht für seine Qualitäten als Raufbold, würde ich sagen. Wie dem auch sei, damit ist jetzt Schluss. Und zwar endgültig.«

»Definitiv. Welche Schicksale haben doch die schwachen Sterblichen, die wie Blätter im Wind treiben.«

»Alle Achtung, Auguste«, erwiderte Madame Passepartout und warf mir einen amüsierten Seitenblick zu. »Sie sind ja ein richtiger Poet.«

»Ist nicht von mir, sondern von Voltaire.«

»Und das, ohne eine Miene zu verziehen, hat man Töne!« Meine Gönnerin kicherte amüsiert in sich hinein. »Wissen Sie, was Sie sind, Auguste?«

»Ein Filou, wie es im Buch steht – ich weiß«, räumte ich kleinlaut ein und setzte eine Unschuldsmiene auf, die ihre Wirkung in den seltensten Fällen verfehlte. »Wenn wir gerade von Spitzbuben reden – eins will mir partout nicht in den Kopf.«

»Und das wäre?«

»Warum haben alle gekuscht? Ich meine: Es kann doch nicht sein, dass …«

»Dass zwei korrupte Polizisten das gesamte Milieu schikanieren? Ist es das, was Sie gerade sagen wollten?«

»So ziemlich.«

»Ach, wissen Sie, manche von uns sehen das ziemlich nüchtern. Die Polizei zum Feind zu haben, das muss doch nicht sein. Das beschert einem nur Ärger. Besser, man zahlt seinen Obolus – und hat fortan seine Ruhe. Und was Villefranche betrifft, der trat nur dann in Aktion, wenn es unbedingt nötig war, das heißt, wenn die Spielregeln nicht eingehalten wurden. Oder wenn jemand den starken Max markieren wollte.« Madame Adèle sah mich lauernd an. »Mal was ganz anderes: Lust auf eine Ménage-à-trois?«

»Wie … äh … Wie darf ich das verstehen?«

»Jetzt machen Sie sich mal nicht gleich ins Hemd, Auguste«, gab Adèle mit schelmischem Lächeln zurück, griff zum Haustelefon und sagte: »Bist du es, Jeanette? Madame hier. Schneewittchen soll kommen, ihr Typ wird verlangt. Beschäftigt, sagst du? Richte ihr aus, ihre Herrengesellschaft kann warten. Ein Stammkunde? Ist mir egal. Ich gebe ihr fünf Minuten, wenn sie bis dahin nicht erschienen ist, bekommt sie es mit mir zu tun. Es eilt, ist das klar? Das war's – Adieu.«

»Ihr Typ?«, protestierte ich vehement, nachdem Madame Passepartout aufgelegt und kopfschüttelnd Platz genommen hatte. »Aber Madame, das … das können Sie mir doch nicht antun! Ich bin hier, um einen Kriminalfall aufzulösen, und nicht, um … ähm … um … Ach, hol's der Kuckuck, Sie wissen doch, was ich meine.«

Das Gelächter, das nun folgte, klingt mir immer noch in den Ohren. »Sagen wir mal so«, amüsierte sich die Grande Dame und hüstelte gleich mehrfach hintereinander, was dem massenhaften Konsum von Glimmstängeln geschuldet war. Von daher auch die rauchige Stimme, die etwas unverwechselbar Anziehendes darstellte. Bei den Damen aus den gehobenen Kreisen rief dies Kopfschütteln hervor, und nicht nur dort, fürchte ich. Frauen mit Glimmstängeln, für viele war und blieb das eine Provokation. Wie lange noch, blieb der Zukunft vorbehalten. »Ich weiß, dass Sie nicht mehr der Jüngste sind. Kann ja auch ganz schön anstrengend sein, so ein Junggesellenleben. Besonders, wenn man so gut aussieht wie Sie.« Madame Passepartout machte eine beschwichtigende Handbewegung und sagte: »Nichts für ungut, Auguste, meine Absicht ist eine gänzlich andere.«

»Da bin ich aber froh, Madame. Um ganz ehrlich zu sein, mein Bedarf an amourösen Eskapaden ist gedeckt.«

»Kann ich verstehen. Erst die Arbeit, und dann das Vergnügen.« Die Heiterkeit meiner Gönnerin erlosch. »Jetzt hören Sie mir mal gut zu, Don Juan. Was Sie jetzt gleich erfahren, geht niemanden etwas an. Weder Ihren Freund, noch die Polizei, noch sonst wen. Die Sache bleibt unter uns, vous avez compris? Und egal, auf was Sie bei Ihren Recherchen stoßen, ob Sie Lupin das Handwerk legen oder nicht – reißen Sie sich am Riemen und bewahren Sie Stillschweigen. Sonst schaden Sie nicht nur sich selbst, sondern auch mir. Tut mir wirklich leid für Sie, mein Junge, aber Sie haben keine Ahnung, auf was Sie sich da eingelassen haben. Und was Lupin angeht, der ist doch bloß ein kleiner Fisch.«

»Kleiner Fisch, na, Sie haben vielleicht gut lachen!«

»Von wegen, wenn Sie sich da mal nicht irren.« Madame Passepartout hob die Stimme. »Auch wenn Sie anderer Meinung sind, das ist die Realität. Die Kanaille von Inspektor spielt die zweite Geige, wenn überhaupt.«

»Und wer ist der Dirigent?«

»Das herauszufinden überlasse ich Ihnen.«

»Aber Sie wissen Bescheid, oder sehe ich das falsch?«

»Schon möglich.« Die 52-Jährige gab sich betont gelassen, doch kannte ich sie zu gut, um das Manöver nicht zu durchschauen. Klar war, um meinetwegen würde sie ihre Existenz nicht aufs Spiel setzen. Und außerdem, hier ging es nicht nur darum, Besitzerin eines florierenden Salons zu bleiben. Hier ging es um viel mehr, nämlich ums Überleben. Würde auch nur ein Wort unseres Gesprächs publik, Madame Passepartouts Tage wären gezählt. Und die meinigen natürlich auch. »Ich kann mich doch auf Sie verlassen, oder?«

Die positive Antwort lag mir auf der Zunge. Doch so sehr ich Adèles Ansinnen befürwortete, ich brachte sie nicht über meine Lippen.

Schuld daran war nicht etwa mein Widerwille, das möchte ich in aller Klarheit sagen. Der Auslöser für meine Sprachlosigkeit war ein gänzlich anderer, nämlich die Tatsache, dass ich wie vom Donner gerührt zur Tür starrte, unfähig, auch nur einen Piep hervorzubringen.

Und unfähig, auch nur die Spur eines vernünftigen Gedankens zu formulieren.

»Sie wollten mich sprechen, Madame?«

Wie lange war es her, seit die Liaison mit Inès in die Brüche gegangen war? Zwei Jahre, drei gar oder mehr? *Frag nicht so dumm, Auguste, du weißt genau, wie viel Zeit seitdem verstrichen ist. Auf den Tag genau, machen wir uns nichts vor. Daher nochmals, zum Mitschreiben, auch wenn die Wunden immer noch nicht verheilt sind: Zwei Jahre, sechs Monate und acht Tage lang hast du die Frau, die gerade den Raum betritt, mit jeder Faser deines Herzens verflucht.*

Und bist zu dem geworden, der du bist.

Madame Passepartout nickte knapp. »Darf ich vorstellen, Auguste? Schneewittchen. Eine der versiertesten Animierdamen, die ich kenne.«

Bist du es, oder bist du es nicht? Natürlich war sie es, und sie wusste auch, wer ich war. Zwei Jahre, sechs Monate und acht Tage. Für mich hörte sich das wie Jahrmillionen an. Zwischen damals und der Inès von heute lagen Welten, und es schien, als würden sich meine Erinnerungen in nichts auflösen.

»Was ist los, Auguste, haben Sie die Sprache verloren?«

»Keineswegs, Madame.« Da war nichts mehr. Wirklich nicht. Keine Sympathie, kein Interesse, wie es ihr wohl ergangen sein mochte, keinerlei nostalgische Gefühle – und schon gar nicht das, was Zeitgenossen mit einem Hang zur Romantik als Liebe bezeichnen würden.

Apropos Liebe. In Gegenwart meines Freundes Cesare hätte ich mir die Bemerkung verkneifen müssen. Sonst hätte er mir eine Gardinenpredigt gehalten, die es in sich hatte. »Beaulieu – ist mir ein Vergnügen, Sie zu treffen.«

»Das Vergnügen ist ganz auf meiner Seite.«

Diese Stimme, auch in Zukunft würde ich sie unter Tausenden heraushören. Dieser Singsang, melodisch zwar – aber ohne individuelles Timbre. Einschmeichelnd, aber ohne Gefühl. Verführerisch, wiewohl ohne Herz. Und unheilvoll wie der Lockruf einer Sirene, welche die auf See Umherirrenden ins Verderben reißt. »Das hört man gern, Mademoiselle …«

»Ich schlage vor, wir belassen es bei dem Pseudonym«, fiel mir Madame mit energischer Gebärde ins Wort. Dann bedeutete sie Inès, neben ihr Platz zu nehmen. »Bei uns ist das so üblich, aus Gründen der Diskretion.«

»Gewiss, Madame.« Die Haut weiß wie Schnee, die Lippen rot wie Blut und die schulterlange Mähne schwarz wie Ebenholz.

Zugegeben, das Pseudonym war durchaus zutreffend. Rein äußerlich betrachtet.

Eine Edel-Prostituierte mit dem Habitus einer Märchenprinzessin. Hatte man so etwas schon mal gesehen? Anscheinend gab es Leute, die es sich etwas kosten ließen, wenn man ihnen ein X für ein U vormachte. Von wegen »weiß wie Schnee«. Alles an dieser Frau war künstlich, nichts wirklich echt. Betrachtete man sie aus der Nähe, fiel es einem wie Schuppen von den Augen. Mir war, als blickte ich in das Gesicht einer Wachsfigur – und nicht in dasjenige eines Menschen aus Fleisch und Blut. Die Haut weiß wie Schnee, aber entschieden zu viel Rouge im Gesicht, die Lippen zu grell und das Haar zerzaust und ausgefranst. So sah die Realität aus, allen Bemühungen zum Trotz, die personifizierte Unschuld zu verkörpern.

»Gewiss, Madame – ich vergaß.«

»Es sei Ihnen verziehen, Auguste.«

»Und was verschafft mir die Ehre, wenn ich fragen darf?« Wie schnell sich die Menschen doch änderten, und das in relativ kurzer Zeit. Vor etwas mehr als drei Jahren hatte ich mich Hals über Kopf in diese Frau verliebt. Heute kaum noch vorstellbar, aber dennoch wahr. Und was mir zunächst wie ein Wunder erschien, war wahr geworden. Meine Gefühle wurden erwidert.

Dachte ich jedenfalls.

Cesare hatte es auf den Punkt gebracht. »Nimm dich in Acht«, hatte er gesagt, nicht mehr. Und mich jäh aus allen Träumen gerissen. Gefragt, was er damit meine, hatte er abgewiegelt – und das Thema von Stund an nicht mehr angeschnitten.

Und ich? Nun, was mich betraf, ich tat, was jeder andere im Stadium des Verliebtseins getan hätte. Sah nur das, was ich sehen wollte. Ignorierte, was ich hätte sehen müssen. Weigerte mich standhaft, die Realität zur Kenntnis zu nehmen. Hier der Konzertpianist, der sich nach der Decke strecken musste, um über die Runden zu kommen, dort die Tochter eines alteingesessenen Juweliers, darauf bedacht, eine lohnenswerte Partie an Land zu ziehen. Die nicht zögerte, mir den Laufpass zu geben, als sie einen dubiosen Geschäftsmann kennenlernte.

Nun ja, wie die Dinge lagen, hatte Inès einen hohen Preis dafür zahlen müssen.

»Ehre, soso«, fuhr Madame mit süffisantem Grinsen fort und setzte eine Miene auf, die mir bedeutete, dass der Freundlichkeiten genug gewechselt waren. »Na, dann will ich Ihnen mal glauben, junger Mann. Und jetzt zu dir, Schneewittchen.«

»Stets zu Diensten, Madame.«

»Wird dir auch nichts anderes übrigbleiben, mein Püppchen.« Madame Passepartout ließ den Blick auf der vermeintlichen Kindfrau ruhen. »Du ahnst, weswegen ich dich rufen ließ?«

»Leider nein.«

»Macht nichts, Schätzchen. Dann helfen wir dir auf die Sprünge.«

»*Wir*?«

»Monsieur Beaulieu und ich. Der Herr ist Privatdetektiv, musst du wissen. Und genießt mein volles Vertrauen.« Kalt wie Stahl, würdigte Adèle ihre Angestellte keines Blickes, stand ruckartig auf und ließ den Cognac in den bereitstehenden Schwenker rieseln. Dann sagte sie: »Was läuft eigentlich zwischen dir und Lupin?«

»Gar nichts.«

»Und geschäftlich?«

Inès zuckte gelangweilt die Achseln. »Tja, was weiß ich: Er ist ein Kunde wie jeder andere.«

»Du weißt ja, wenn man mich für dumm verkaufen will, kann ich ziemlich ungemütlich werden.« Madame Passepartout schnalzte mit der Zunge. »Hervorragender Tropfen, oder was meinen Sie, Auguste?«

»Das Gleiche«, erwiderte ich, im Unklaren, worauf die zum Inquisitor mutierte Bordellwirtin hinauswollte. »Aber fahren Sie doch fort, die Unterredung fängt gerade an, spannend zu werden.«

»Ihr Wunsch ist mir Befehl, Auguste«, versetzte Madame Adèle und ließ den Finger über den Rand ihres Glases gleiten. »Du hast es gehört, Schneewittchen. Raus mit der Sprache, was hast du mit Lupin am Hut?«

»Mit dem? Überhaupt nichts.«

»Na schön, dann will ich dir mal glauben. Wenn wir gerade von Zweisamkeit reden, wann warst du das letzte Mal mit ihm intim?«

Der Blick der Angesprochenen sprach Bände. »Finden Sie, das gehört hierher?«, erwiderte sie, bemüht, ihren Unmut zu kontrollieren. Da war er wieder, der katzenhafte, mich wie zufällig streifende Blick. Der wie einstudiert wirkende Augenaufschlag, hinter dem sich eine Frau verbarg, die über Leichen ging.

Eine Frau, die ich fast nicht wiedererkannte.

»Halten Sie es nicht für besser, wenn wir das unter vier Augen klä…?«

»Wie gesagt, Monsieur Beaulieu genießt mein vollstes Vertrauen. Und noch etwas, Schneewittchen. *Ich* bin es, die hier die Fragen stellt, und nicht du. Falls du es noch nicht gemerkt haben solltest, ich dulde keinen Widerspruch. Wäre ja noch schöner, wenn hier jeder tun und lassen könnte, was er will. Dann eben noch einmal von vorn, du hast es so gewollt. Wann habt ihr euch zum letzten Mal gesehen?«

»Vor ein paar Stunden.«

»Und wo genau?«

»In einem Café am Place de la Fusterie.«

»Hat der Laden auch einen Namen?«

»Mit meinem Gedächtnis ist es so eine Sache, wissen Sie.«

»Du bewegst dich auf dünnem Eis, weißt du das?«

»Und wenn schon, ich habe mir nichts vorzuwerfen.« Inès ließ sich nicht einschüchtern. »Er hat mir einen Café spendiert, ist das etwa verboten?«

»Einen Café, soso.« Madame Passepartout konnte ihren Unmut nicht verhehlen. »Mehr warst du ihm nicht wert?«

»Da war nichts, ob Sie es glauben oder nicht.«

»Nehmen wir mal an, du sagst die Wahrheit – warum erfahre ich erst jetzt davon?«

Inès wandte den Blick zur Seite. »Ich … äh … Sie wissen doch, Madame: Ein Mann wie Lupin lässt sich nicht einfach abspeisen. Ich dachte, bevor er Ärger macht, nehme ich die Offerte an.«

»Wie einfühlsam von dir, Schneewittchen. Und weiter?«

»Weiter war nichts, Madame, ich kann es beschwören.«

»Das lass mal lieber, Schätzchen«, spottete Adèle, sah Inès ins Gesicht und zischte: »Damit du Bescheid weißt, du Miststück: Hier geschieht nichts, ohne dass ich es mitbekomme. Bilde dir bloß nicht ein, du könntest mich hinters Licht führen, sonst werde ich dir eine Lektion erteilen, die du so schnell nicht mehr vergisst. Zu deiner Information: Ich bin darüber im Bilde, was du hinter meinem Rücken treibst. Sag mal, hältst du mich wirklich für so dumm, dass ich meine Mädchen unbeobachtet in der Weltgeschichte rumspazieren lasse?«

»Mit anderen Worten, Sie lassen mich bespitzeln.«

»Ich merke schon, du siehst das viel zu eng. Vertrauen ist zwar gut und schön, aber eben nicht alles. Weißt du, ich bin lange genug im Geschäft, um zu wissen, mit wem ich es zu tun habe. Ein Blick genügt, und ich weiß Bescheid.« Madame Passepartout zog die Brauen in die Höhe und sagte: »Ich bin mir deiner nicht sicher, Schneewittchen.«

»Wie meinen Sie das, Madame?«

»Wie ich es sage, Schätzchen. Entweder du bist ehrlicher, als ich glaube, oder du lügst das Blaue vom Himmel herunter.«

»Entscheiden Sie selbst, ich fürchte, ich kann Ihnen nicht weiterhelfen.«

»Du wirst lachen, Miststück – das habe ich bereits.« Als sei nichts geschehen, zog Adèle ein Medaillon hervor, das an einer opulent dekorierten Halskette baumelte, und entnahm ihm einen silberfarbenen Schlüssel. »Und jetzt rate mal, was ich vorgestern herausgefunden habe. Du bist ja so still, geht es dir etwa nicht gut?«

»Doch, schon.«

»Aber mir nicht.« Adèle schloss das Geheimfach ihres Schreibsekretärs auf, förderte einen versiegelten Umschlag zutage und giftete: »Und weißt du auch, warum? Weil ich es auf den Tod nicht ausstehen kann, wenn man mich hintergeht. Du ahnst, auf was ich hinauswill? Nein? Dann pass jetzt mal gut auf. Vielleicht kannst du etwas dabei lernen.«

Ich stutzte. So hatte ich meine mütterliche Freundin noch nie erlebt. Doch das war erst der Anfang, wie ich mit fassungslosem Staunen bemerkte. »Ich habe mir die Freiheit genommen, deinem bescheidenen Heim einen Besuch abzustatten. Alles vom Feinsten, das Neueste vom Neuen, so lässt es sich in der Tat leben. Aber darum geht es mir nicht, in unserem Metier muss jeder zusehen, wo er bleibt. Ich halte es genauso – und wäre die Letzte, die dir einen Vorwurf macht.«

»Wer gibt Ihnen das Recht, ohne Erlaubnis in meine Wohnung …«

»Lass mich gefälligst ausreden!«, donnerte Adèle, baute sich vor ihrer Kontrahentin auf und fuhr fort: »Treib es nicht auf die Spitze, sonst ziehe ich andere Saiten auf. Um es kurz zu machen, du falsche Schlange: Wenn du mich hinters Licht führen willst, musst du früher aufstehen. Die beleidigte Visage kannst du dir sparen, das zieht bei mir nicht. Wo hast du das her, raus mit der Sprache!« Feuer-rot vor Zorn, öffnete Adèle den Umschlag, zog ein Bank-formular hervor und hielt es der Edel-Prostituierten vors Gesicht. »Nun ja, keine Antwort ist auch eine Antwort. Ein Scheck über 100 Franc, mit Datum von heute. Kostet zwar etwas Mühe, die Unterschrift zu entziffern, aber was soll's. So viel Zeit muss sein.« Bevor sie weitersprach, ließ Madame Passepartout einige Sekunden verstreichen. Dann fragte sie mit honigsüßer Stimme: »Du erlaubst, dass ich den Scheck an meinen Gast weiterreiche? Bin gespannt, was er dazu zu sagen hat.«

Ein Scheck über 100 Franc, datiert auf Samstag, den 10. September 1898.

Unterschrieben von Lupin höchstpersönlich.

Wenn das kein Glücksgriff war, wusste ich auch nicht mehr.

»Siehst du, so kann es gehen«, wartete die Dame des Hauses meine Antwort erst gar nicht ab, nahm den Scheck wieder an sich und lächelte mich triumphierend an. »Da bringt man seinen Schutzbefohlenen Vertrauen entgegen, nährt sie, hegt sie, pflegt sie wie das eigen Fleisch und Blut – und was geschieht? Man wird schmählich hintergangen. Sag mal, schämst du dich eigentlich nicht, für Lupin die Dreckarbeit zu machen?«

»Es … Es ist nicht so, wie Sie denken, Madame«, beteuerte Inès, vergeblich bemüht, ihre Tränen zu unterdrücken. »Ich kann alles erklären, wirklich!«

»Spar dir die Worte, ich will nichts mehr hören.« Adèle wandte sich angewidert ab. »Allein in diesem Jahr hast du jeden Monat 200 Franc abkassiert. Nachzuprüfen anhand der Belege, die sich in diesem blütenweißen Umschlag befinden. Macht zusammen 1600 Franc, weit mehr, als der

Durchschnittsbürger im Jahr verdient. Die Gratifikation von heute nicht mitgerechnet. Wofür das viele Geld, fragt man sich. Antwort: um mich auszuspionieren. Und zwar so lange, bis man etwas findet, woraus man mir einen Strick drehen kann. Sag mal, für wie dumm hältst du mich eigentlich? Hast du allen Ernstes geglaubt, ich würde mir von dir in die Karten schauen lassen? Vergiss es, Schätzchen, die Mühe hättest du dir sparen können.« Madame Passepartout atmete kopfschüttelnd aus. »Apropos Dummheit. Trifft es zu, dass du im Beisein deiner Kolleginnen geäußert hast, es werde Zeit, dass hier ein anderer Wind weht? Und dass du dir vorstellen könntest, den Salon zu übernehmen?«

Inès öffnete den Mund, um etwas zu erwidern – und verfiel in resigniertes Schweigen.

»Klug von dir, nicht darauf zu antworten. Zeugen gibt es nämlich genug.« Zufrieden lächelnd faltete Madame Passepartout den Scheck wieder zusammen, steckte ihn in den Umschlag und begab sich zu ihrem Schreibsekretär, um das Corpus Delicti zu verwahren. »Und jetzt fragst du dich bestimmt, was ich mit dir vorhabe. Um ganz ehrlich zu sein, ginge es nach mir, ich würde dir am liebsten den Hals umdrehen. Gäbe es da nicht meinen Freund Auguste, der noch eine Rechnung mit dir zu begleichen hat. Überrascht, mon ami? Ich sagte Ihnen doch: Hier in Genf geschieht nichts, über das ich nicht Bescheid wüsste. Aber lassen wir das. Bei mir ist Ihr Geheimnis gut aufgehoben.« Madame Passepartout atmete erschöpft aus. »Schluss damit, reden wir über etwas anderes.«

»Und das wäre, Madame?«

»Jetzt tun Sie nicht so, Auguste. Sie wissen genau, worauf ich hinauswill, oder?«

»Lassen Sie mich raten. Sie möchten Lupin einen Denkzettel verpassen.«

»Und zwar einen, der es in sich hat, mon ami. Damit er die Sperenzchen bleiben lässt.« Vor einem Spiegel postiert, um ihre Schlüsselkette in die gewünschte Position unter ihrem Kleid zu bringen, verzog meine Gönnerin keine Miene. Dann sagte sie: »Vorschlag zur Güte, Inès. Du rückst damit raus, worüber du mit Lupin gesprochen hast, und ich werde noch mal Gnade vor Recht ergehen lassen.«

»Und was, wenn ich mich weigere?«

»Das wirst du nicht tun, mein Täubchen. Dessen bin ich mir sicher. Also, was ist? Nimmst du meine Offerte an?«

Inès pflichtete widerstrebend bei.

»Ich höre?«, beharrte Madame Passepartout und ließ das Spiegelbild ihrer Kontrahentin nicht aus den Augen. Diese wiederum hielt den Blick gesenkt, in Gedanken bei der Begegnung mit Lupin, die ihren Traum vom großen Geld zunichte gemacht hatte. »Mach's nicht so spannend, mein Angebot gilt nicht ewig.«

»Tja, wenn das so ist«, antwortete Inès, drehte den Kopf nach rechts und sah mir zum ersten Mal während des Gesprächs in die Augen. Es war ein Blick, wie ich ihn bei ihr zuvor nicht wahrgenommen hatte, auch und gerade nicht während der letzten halben Stunde. »Dann bleibt mir wohl nichts anderes übrig.«

»Ich fürchte nein«, versetzte Adèle, wie stets, wenn sie sich in einer kniffligen Lage befand, die Ruhe in Person. »Am besten, du packst aus, damit ersparst du dir eine Menge Scherereien.«

Inès ließ sich nicht zweimal bitten. Das Wasser stand ihr bis zum Hals, und so sprudelte es förmlich aus ihr heraus. Es stimme, Lupin habe ihr einen Besuch abgestattet, und der habe es wahrhaftig in sich gehabt. Nahm man das, was sie mit emotionsloser Stimme von sich gab, für bare Münze, dann befand sich der Inspektor unter Strom, als er kurz nach fünf bei ihr geklingelt und sie nach dem Öffnen der Tür rüde beiseitegeschoben hatte. Im weiteren Verlauf des Gesprächs, das in überaus frostiger Atmosphäre verlief, habe Lupin sie um eine, wie er es ausdrückte, »Gefälligkeit unter Freunden« gebeten. Worin diese bestand, sei ihr unmittelbar danach offenbart worden. Auf das Ansinnen, Inès solle für ihn den Lockvogel spielen, habe sie von Anfang an mit Skepsis, um nicht zu sagen ablehnend reagiert. Auf ihre Frage nach dem Grund sei Lupin zunächst nicht eingegangen, habe dann aber durchblicken lassen, es ginge darum, jemandem »eine Lektion zu erteilen«. Um wen es sich bei besagtem Monsieur X handele, spiele keine Rolle, das sei allein seine Angelegenheit. Erst auf ihr Drängen hin habe Lupin eingeräumt, in beträchtlichen Schwierigkeiten zu stecken, was er einem Journalisten verdanke, der ihn, so Lupin, in einer kompromittierenden Situation abgelichtet habe. Näheres habe der Inspektor auch darüber nicht preisgeben wollen, nur so viel, dass der Vorfall auf dem Quai du Mont-Blanc stattfand. Daraufhin, so Inès, sei ihr sofort klargewesen, um was es dabei gegangen sein müsse, nämlich um das Attentat auf die Kaiserin. Dank einer Nachbarin, die als Zimmermädchen im Hotel Beau Rivage arbeite, sei sie bereits im Bilde gewesen. Allein schon deshalb habe sie nicht die geringste Lust verspürt, in die heikle Angelegenheit mit hineingezogen zu werden. Zumal Lupin verlauten ließ, es genüge nicht, dem Reporter lediglich eine

Lektion zu erteilen: »Du lockst ihn irgendwohin, wo uns niemand sieht. Und dann bringe ich den Kerl zum Schweigen.« Genau so hätten Lupins Worte gelautet. Spätestens an diesem Punkt sei für sie Schluss gewesen, ließ Inès gegenüber Madame verlauten, mit einem Mord wolle sie nichts zu tun haben. Lupin habe noch eine Weile versucht, sie umzustimmen, sei dann aber von dem Plan abgekommen, den missliebigen Reporter in die Venusfalle zu locken. Später, gegen 19 Uhr, habe der Inspektor dann den edlen Spender gegeben und ihr eingeschärft, die Sache müsse »unter uns bleiben.« Eher beiläufig dann die Worte: »Dann muss eben Boucher ran, auch egal. Hauptsache, der Makkaroni ist einsachtzig tiefer.« Ob das auch wirklich seine Worte gewesen seien, warf ich ein, im Zweifel, was die Glaubwürdigkeit der verhinderten Märchenprinzessin betraf. Die Antwort bestand aus einem entschiedenen Ja, was mich bewog, nicht weiter nachzuhaken. Aus Gründen der Diskretion sah ich jedoch davon ab, den Anschlag auf Cesare ins Spiel zu bringen. Je weniger Inès wusste, desto besser – und je mehr ich gegen Lupin in der Hand hatte, umso größer die Aussicht auf Erfolg. Eins kann und will ich dennoch nicht verhehlen: Ohne die Hilfe von Adèle wären meine Bemühungen, Lupin das Handwerk zu legen und ihn wegen Beihilfe zum Mord vor den Kadi zu bringen, von vornherein zum Scheitern verurteilt gewesen. Ein Grund mehr, die Rolle meiner Gönnerin zu würdigen. »Ich weiß gar nicht, wie ich Ihnen danken soll, Madame«, sparte ich im Anschluss an das höchst aufschlussreiche Gespräch nicht mit Lob, was der Hüterin der Geheimnisse sichtlich gutzutun schien. »Ohne Sie würde ich immer noch im Dunkeln tappen.«

»Keine Ursache«, erwiderte Adèle, bedeutete Inès, sie wolle mit mir unter vier Augen sprechen und fügte nach deren Verschwinden hinzu: »Fragt sich, welchen Schritt Sie als nächsten tun wollen.«

Die Bemerkung versetzte mich in Erstaunen. »Lupin vor Gericht bringen, was denn sonst«, sagte ich mit fester Stimme, nicht sicher, auf was die 52-Jährige hinauswollte. »Etwas anderes käme ja wohl nicht infrage, oder?«

»Doch.«

»Und was?«

»Die Sache auf sich beruhen zu lassen. Und so schnell als irgend möglich zu verschwinden.«

»Das sagt sich so leicht, ma chère.«

»Wieso? Soweit ich weiß, haben Sie nichts zu verlieren – außer Ihrem Leben.«

Madame Passepartout hatte den Nagel auf den Kopf getroffen. Ledig, keine feste Anstellung, eine Menge Bekannte, vor allem weiblich, aber kaum Freunde, kaum Wurzeln geschlagen, per Sie mit meiner Familie, von der Dauerfehde mit meinem Vater nicht zu reden – mit Ausnahme der Polizei, die nur darauf wartete, mich in die Mangel zu nehmen, würde mich kaum jemand vermissen. Traurig zwar, aber dennoch wahr. »Ich fürchte, ich kann Ihnen da nicht widersprechen.«

»Na also, dann wären wir uns ja einig, oder?«

»Und was ist mit meinem Freund? Ich kann Cesare doch nicht einfach im Stich lassen.«

Madame Passepartout lachte kopfschüttelnd auf. »Ich wusste, dass Sie das sagen würden«, tat sie mit nachsichtiger Gebärde kund, auf dem Weg zu ihrem Schreibsekretär, um ein nach außen gut getarntes Schubfach zu öffnen. »Hier, nehmen Sie«, raunte sie mir mit besorgter Miene zu, ein Anblick, an den ich mich noch genau erinnere. Dass ich sie nicht wiedersehen würde, konnte ich nicht wissen, und ich frage mich oft, wie es ihr wohl ergangen sein mag. »Ich fürchte, das werden Sie noch brauchen, mon ami.«

Und nun passierte etwas, was, wenn überhaupt, nur höchst selten der Fall gewesen war.

Ich war sprachlos.

Einen Revolver der Marke Smith & Wesson No 3 in der Hand, konnte ich meine Verblüffung nicht verhehlen. »Und ... und was soll ich damit, Madame?«

»Sagen wir mal so: Ich hoffe, Sie werden vernünftigen Gebrauch davon machen«, antwortete Adèle, ließ einen Schlüssel in die Tasche meines Jacketts gleiten und tätschelte meine Wange. »Bitte nicht verlieren, Auguste. Sonst bringen Sie mich in Verlegenheit.«

»Ich fürchte, ich kann Ihnen nicht folgen, Madame.«

»Der Schlüssel ist für eine Wohnung am Place du Molard/Ecke Rue du Marché bestimmt. Mein bevorzugtes Refugium, wenn man so will. Oder ein Ort für Begegnungen der speziellen Art, je nach Bedarf.« Madame Passepartout reichte mir die Hand – und ich zögerte nicht, sie zu küssen. »Ich denke, dort sind Sie fürs Erste sicher. Und keine übereilten Aktionen, mon chér, Sie haben es mit einem gefährlichen Gegner zu tun.«

»Und was wird aus ... Bitte verstehen Sie mich nicht falsch, aber ... Lange Rede, kurzer Sinn: Ich mache mir Sorgen wegen Inès.«

»Alte Liebe rostet nicht, wie?«

»Sprich, ich traue ihr nicht über den Weg.«

»Ach, so ist das gemeint!«, lästerte Adèle, brachte mich zur Tür und flüsterte mir beim Abschied ins Ohr: »Jacques wird Sie begleiten – man weiß ja nie. Und was Schneewittchen betrifft, überlassen Sie die Dame mir. Einmal angenommen, Lupin muss sich vor Gericht verantworten, was Inès betrifft, werden Sie nichts zu befürchten haben. Sie wird ihre Aussage wiederholen, davon können Sie ausgehen.«

»Und wenn nicht?«

»Keine Sorge, mon cher – dazu wird es nicht kommen«, versetzte Madame Passepartout, öffnete die Tür ihres Boudoirs und ergänzte mit ernster Miene: »Die Frage ist nur, ob Sie sich über die Runden retten können. Falls nein, möchte ich nicht in Ihrer Haut stecken!«

GENF, 11. SEPTEMBER 1898

SIEBEN

23

TAGEBUCH (VI)

*Aus den Tagebuchaufzeichnungen von Cesare Monteverdi,
28, Redakteur bei der ›Tribune de Genève‹*

»Na, gut geschlafen?«

»Und wie!« Die Knochen taten mir zwar ein bisschen
weh, aber was ein richtiger Kerl ist, dem macht eine Nacht
auf dem Wohnzimmersofa seiner Angebeteten nichts aus.
»Besser als in den eigenen vier Wänden, wenn ich das mal
so sagen darf. Und du?«

»Danke, ich kann nicht klagen«, strahlte Clodile, nahm
meine Siebensachen, die ich auf dem Sessel deponiert
hatte, und warf sie mir mit schwungvoller Gebärde zu.
»Schon kurz nach halb zehn, du solltest dich was schämen.«

»Dio mio, ich fasse es nicht«, rief ich schuldbewusst aus
und fixierte die Standuhr aus furnierter Eiche, die sich in
der Ecke neben dem halb geöffneten Fenster befand. Von
draußen flutete das frühherbstliche Sonnenlicht in den
Raum, und es war mir peinlich, weil ich so viel Zeit ver-
geudet hatte. »Und warum hast du mich nicht geweckt?«

»Du vergisst, dass wir bis halb drei miteinander debat-
tiert haben«, erwiderte Clodile und verließ den Raum, um
kurz darauf mit einem überladenen Tablett zurückzukeh-
ren. Der Kaffeeduft, der mir in die Nase stieg, mutete
geradezu himmlisch an, und spätestens dann, als ich die

knusprigen Croissants erspähte, war die Welt wieder halbwegs in Ordnung.

Aber leider nur halbwegs, denn genau das war das Problem.

Notwehr hin oder her, die Messerstecherei vom Vorabend steckte mir noch in den Knochen. Dabei war ein Mensch getötet worden, in Notwehr zwar, aber von meiner Hand. Eine Premiere in meinem bisherigen Leben, und eine Episode, die sich hoffentlich nicht wiederholen würde.

Und die sich auch nicht wiederholen *durfte*.

»So etwas bleibt nicht in den Kleidern stecken, oder was meinst du?«

»Apropos Kleider. Könntest du dich vielleicht kurz umdrehen?«, gab ich mit scheuem Lächeln zurück und hüllte mich tiefer in die Decke, unter der es mir abwechselnd heiß und kalt wurde. In ihrem Kleid aus geblümtem Samt sah Clodile einfach hinreißend aus, wäre es mir nicht deplatziert vorgekommen, ich hätte mit Komplimenten nicht gespart. »In dem Aufzug kann ich ja wohl schlecht frühstücken.«

Clodile tat, wie ihr geheißen, jedoch nicht gänzlich ohne Neckereien. »Aber natürlich«, kicherte sie amüsiert in sich hinein, »wo kämen wir da auch hin, Signore.«

»Kleinen Moment, ich bin gleich so weit.«

»Aber gern, lass dir Zeit«, scherzte die Frau, der ich am liebsten einen flammenden Antrag gemacht hätte. Da dies jedoch zum falschen Zeitpunkt und unter denkbar ungünstigen Bedingungen vonstattengegangen wäre, verschob ich mein Vorhaben auf später. Schließlich stand ich unter Mordverdacht, und wie die Dinge lagen, waren meine Aktien auf einem historischen Tiefpunkt angelangt. Kein Richter der Welt würde meiner Darstellung Glauben schenken, was das betraf, gab ich mich keinen Illusionen hin. Meine einzige Hoffnung, so es sie überhaupt gab, ruhte auf Auguste, von ihm, dem Schulfreund von einst, hing das Wohl und Wehe meiner Bemühungen ab. Scheiterte er, dann war mir die Zelle im Gefängnis Saint Antoine sicher.

Ein paar Jahre hinter Gittern, um anschließend wieder bei null anzufangen – das hatte ich mir immer schon gewünscht. Und daher: Adieu, Wolke sieben, momentan gab es Dringlicheres zu tun. Auch wenn es aus vollem Herzen kam, der Heiratsantrag musste warten. »Unser Dejeuner ist ja nichts Besonderes.«

»Und ob es das ist!«, versetzte ich und begab mich nach nebenan, um meine Morgentoilette zu verrichten. In Gegenwart einer Dame war Akkuratesse angesagt, selbst dann, wenn einem das Wasser bereits bis zum Hals reichte. »Was mich betrifft, kommt die Stärkung wie gerufen.«

»Dann bedien dich, Cesare – und lass es dir schmecken.«

»Nach dir«, erwiderte ich und wartete ab, bis Clodile ihr Menu zusammengestellt hatte. Dann aber griff auch ich herzhaft zu, sparte nicht mit Lob und widmete mich der Frage, wie es mit mir weitergehen sollte. Momentan war ich zwar halbwegs sicher – aber für wie lange? Lupin und Konsorten würden nichts unversucht lassen, um mich in ihre Gewalt zu bekommen, und es war nur eine Frage der Zeit, bis feststand, wer von uns beiden der Gewieftere war. »Es geht doch nichts über ein Frühstück zu zweit, würde ich sagen.«

»Vor allem, wen man nicht weiß, was einem noch bevorsteht«, versetzte Clodile und reichte mir einen Teller mit Käse aus dem Périgord, der dafür sorgte, dass meine Zuversicht die Oberhand gewann. »Nun ja, hoffen wir das Beste – mehr bleibt uns auch nicht übrig.«

»Wie wahr«, erwiderte ich, wohl wissend, dass ein Dankeschön längst überfällig war. »Wenn wir gerade dabei sind, wärst du nicht gewesen, dann … Herrje, ich weiß nicht, wie ich mich ausdrücken soll!«

»Dann versuch es – ich bin ganz Ohr.«

»Kann es sein, dass du dich über mich lustig machst?«, versetzte ich und fingerte nervös an meinem Hemdkragen herum. »Das ist nicht fair, Mademoiselle.«

»Schon gut, Cesare«, antwortete Clodile und tätschelte meine Hand, was meinen Puls in unerreichte Höhen katapultierte. Untertrieben formuliert, mir fehlten die Worte. »Ich weiß doch, wie schwer ihr Männer euch mit Gefühlsbekundungen tut. Lassen wir es gut sein – der Versuch ehrt dich. Und Kopf hoch, noch ist nicht aller Tage …«

»Kriminalpolizei – öffnen Sie die Tür!«

Das Gebrüll auf dem Flur war so laut, dass es die Stimme von Clodile übertönte.

Und so markant, dass ich seinen Urheber sofort wiedererkannte.

Lupin.

Irrtum ausgeschlossen, zumindest so gut wie.

»Un moment – bin schon unterwegs!« Woher Clodile die Kaltschnäuzigkeit nahm, ist mir immer noch ein Rätsel. Auch jetzt noch, gut eineinviertel Jahre später, sehe ich sie immer noch vor mir, als sei das, was sich am Morgen des 11. September abspielte, gerade erst geschehen. Wäre sie nicht gewesen, dann hätte mein Leben einen anderen Verlauf genommen – und das von Auguste gleichermaßen. »Bonjour, die Herren wünschen?«

Hinter die Standuhr geduckt, lauschte ich angespannt nach draußen. »Sind Sie Mademoiselle Papillon?«, schnarrte die Stimme an der Tür, wodurch die Vermutung, die überreizten Sinne spielten mir einen Streich, ein für alle Mal entkräftet wurde. Bei dem Beamten, der Clodile wie einen Domestiken anherrschte, handelte es sich um Lupin.

Just der Mann, der nicht ruhen würde, bis er bekam, wonach er suchte.

Doch noch war nicht aller Tage Abend. Ein Griff in die Innentasche meines Jacketts, und ich hatte Gewissheit. Die Fotos waren noch da.

Beide.

Wenigstens das.

»Dürften wir uns kurz umsehen, Mademoiselle?«

»Wollen Sie mir nicht sagen, worum es geht? Abgesehen davon: Können Sie sich überhaupt ausweisen?«

»Aber gern, daran soll es nicht scheitern«, knirschte Lupin, eine Erwiderung, die wie eine versteckte Drohung klang. »Schließlich muss alles seine Richtigkeit haben. Und was Ihre zweite Frage betrifft: Wir sind auf der Suche nach einem Gewaltverbrecher.«

»Und was, bitte schön, habe ich damit zu tun?«

»Mehr, als Sie denken.«

»Ich fürchte, hier liegt ein Irrtum vor«, widersprach Clodile, der man den Druck, unter dem sie stand, nicht anmerkte. »Damit Sie Bescheid wissen, ich pflege keinen Umgang mit Verbrechern.«

»Auch nicht mit einem Journalisten namens Monteverdi?«

»Falls Sie den Reporter bei der ›Tribune de Genève‹ meinen, der Herr ist ein Kollege von mir.«

»Mehr nicht?«

»Also Herr Inspektor, ich muss doch sehr bitten!«, wetterte Clodile, offenbar durch nichts zu erschüttern. »Zu Ihrer Information: Ich bin noch nie mit dem Gesetz in Konflikt geraten, schreiben Sie sich das hinter die Ohren.

Wenn es nach mir geht, wird das auch so bleiben. So, und nachdem das geklärt ist, wäre ich Ihnen sehr verbunden, wenn wir die Unterredung beenden könnten. Falls Sie es noch nicht bemerkt haben, heute ist Sonntag. Ich habe eine anstrengende Woche hinter mir – wenn's geht, möchte ich mich jetzt ausruhen.«

»Nicht, bevor wir einen Blick in Ihre Wohnung geworfen haben, Mademoiselle. So viel Zeit muss sein, auch wenn heute Sonntag ist.«

Das wär's dann wohl gewesen, Cesare.

Hoch gepokert – und verloren.

Rien ne va plus, Messieurs dames. Das Spiel war aus, Lupin hatte es geschafft. Und was mich betraf, mir würde nichts anderes übrig bleiben, als kleinbeizugeben.

Gegen die da draußen hatte ich keine Chance, Widerstand war zwecklos.

Arme Clodile. An dem, was ihr bevorstand, war nur einer schuld – nämlich ich. Hätte ich hier nicht Zuflucht gesucht, sie wäre wohl kaum in den Fall hineingezogen worden. Das war so gewiss wie noch etwas.

»Ein Blick in meine Wohnung? Das wäre ja noch schöner.« Auch wenn unsere Aktien noch so schlecht standen, Clodile ließ sich nicht unterkriegen. Was für eine Frau, fuhr es mir durch den Kopf, während ich mir das Gehirn zermarterte, was nach meiner Verhaftung passieren würde. So ungewiss dies war, in einem Punkt herrschte Klarheit. Falls nicht noch ein Wunder geschah, würde ich den Rest meines Lebens hinter Gittern verbringen – und Clodile aller Voraussicht nach nicht wiedersehen. »Wenn wir gerade dabei sind, haben Sie einen Durchsuchungsbefehl?«

»Jetzt hören Sie mir mal gut zu, Sie vorlautes Weibsstück. Entweder Sie lassen uns rein, oder …«

»Sparen Sie sich die Worte, Sie Widerling. Drohungen ziehen bei mir nicht. So, und jetzt hören *Sie* mir mal gut zu: Entweder Sie nehmen den Fuß aus der Tür, oder ich schreie um Hilfe. Machen Sie nur so weiter, Herr Kommissar – das Grinsen wird Ihnen noch vergehen.« Die couragierteste Frau, die mir je begegnet war, legte eine Pause ein. Die Ruhe vor dem Sturm, wie ich mittlerweile weiß: »Falls Ihnen nichts Besseres einfällt, als Gewalt anzuwenden – bitte schön. Eins kann ich Ihnen aber jetzt schon garantieren. Sollten Sie rabiat werden, wird die Angelegenheit ein Nachspiel haben. Schon mal was von Dienstaufsichtsbeschwerde gehört, die Herren? Ja? Dann wissen Sie, was Ihnen bevorsteht. Und darum zum letzten Mal, sozusagen zum Mitschreiben: Ziehen Sie den Fuß zurück, Inspektor – und verlassen Sie das Haus!«

Kurz darauf, nachdem die Tür ins Schloss gefallen war, trat Clodile ins Zimmer, ließ sich in den Schreibtischstuhl fallen und flüsterte mir mit besorgter Miene zu: »Wir müssen uns etwas einfallen lassen, Cesare – sonst sehe ich schwarz für dich.«

»*Wir*?«, protestierte ich, nur um augenblicklich unterbrochen zu werden. »Aber Clodile, das …«

»Ja, *wir*«, ließ meine sichtlich mitgenommene Beschützerin verlauten, atmete tief durch und ergänzte: »Du glaubst doch nicht allen Ernstes, ich würde dich im Stich lassen, Liebster?«

24

TESTAMENT (VI)

*Aus der eidesstattlichen Erklärung von Auguste Beaulieu,
27 Jahre alt, ledig und von Beruf Konzertpianist, wohnhaft in der Rue des Alpes 10 in Genf (Anlage: handschriftliches Testament des Unterzeichneten, hinterlegt bei der
Anwaltskanzlei Biasini & Söhne)*

Kein Sonntag ohne Frühstück á la carte. Bis gestern war
dies ein ehernes Gesetz gewesen. Doch so sehr die Erkenntnis auch schmerzte, damit war jetzt Schluss. In Zukunft
würde ich kleinere Brötchen backen müssen, wesentlich
kleinere sogar.

Vorausgesetzt, ich würde den Tag überleben.

Was waren das doch für Zeiten gewesen, als ich mein
Dejeuner im Hotel des Bergues einnahm, stundenlang Zeitung las und nach den Damen mit dem gewissen Etwas
suchte, um mit ihnen zu flirten. War ich indisponiert,
begab ich mich in den Rauchersalon, wo ich mir nach alter
Väter Sitte eine Havanna genehmigte und den da droben
einen guten Mann sein ließ. Das mag snobistisch klingen,
aber ich stehe dazu. Das Savoir-vivre kam für mich stets
an erster Stelle, auch ohne das nötige Kleingeld, über das
ich, wenn überhaupt, nur in bescheidenem Maß verfügte.

Doch zurück zum Morgen des 11. Septembers 1898,
einem Tag, der mir auf ewig im Gedächtnis bleiben wird.
Wie war das doch gleich? »Sechs Tage sollst du arbeiten,

am siebten Tag sollst du ruhen.« Dass ich nicht lache. Um es vorwegzunehmen, von Ruhe konnte weiterhin keine Rede sein. Auf einmal war nichts mehr so gewesen, wie es früher war, und was mit einem Ausflug ins Café de la Paix begonnen hatte, war in eine nächtliche Flucht ausgeartet.

An der Tatsache, dass ich meinen Freund niemals im Stich lassen würde, änderte dies jedoch nichts. Was das betrifft, habe ich mir nichts vorzuwerfen, hätte ich zu wählen, ich würde alles wieder genauso machen. Auch auf die Gefahr hin, wiederholt mit dem Gesetz in Konflikt zu geraten. Mais mon Dieu, was heißt hier überhaupt ›Gesetz‹! Dass Lupin im Trüben fischte, war weiß Gott nichts Neues gewesen, insofern stellte sein Verhalten keine Überraschung dar. Was hingegen das Ausmaß seiner kriminellen Energie betraf, nun ja, in diesem Punkt hatte ich ihn unterschätzt.

Pech für ihn, dass Cesare genau im richtigen Moment auf den Auslöser gedrückt hatte. Hätte er dies nicht getan, Inspektor Lupin wäre fein raus gewesen. Kein Mensch hätte von der Begegnung mit dem Attentäter erfahren, auch Cesare nicht. Da dem aber nicht so war, gab es nur eins, nämlich die Spuren seines Missgeschicks zu verwischen. Dumm nur, dass er bei Cesare an die falsche Adresse geraten und mit seinen Drohgebärden auf taube Ohren gestoßen war. Um Schlimmeres zu verhindern, das heißt, um nur ja nicht in die Schlagzeilen zu geraten, war es quasi ans Eingemachte gegangen. Cesare musste von der Bildfläche verschwinden – für immer. Dass sein Plan durchkreuzt werden würde, damit hatte Lupin nicht gerechnet.

Doch wer ihn kannte, wusste, mein Intimfeind würde den Bettel nicht ins Korn werfen. Hing doch viel, wenn nicht gar alles, vom Besitz der kompromittierenden Fotos ab. Und auch davon, dass sowohl Cesare als auch ich zum Schweigen gebracht werden konnten.

Egal wie und mit welchen Mitteln.

Blieb die Frage, mit wessen Billigung und in wessen Auftrag Lupin seine verbrecherischen Aktivitäten hatte ausführen können. »Finden Sie es heraus, Auguste.« So weit der Kommentar von Madame Passepartout. Noch Fragen, Monsieur Beaulieu? Aber gewiss doch, jede Menge. Wäre da nicht unser Gegenspieler gewesen, der jeden verfügbaren Gendarmen aufbieten würde, um mir an den Karren zu fahren.

Vertrackte Situation, keine Frage. Lupin brauchte den Spieß nur umzudrehen, und schon hatte er einen Verdächtigen parat gehabt. Wie er es fertigbringen würde, den Tathergang zu verschleiern, war im Grunde zweitrangig. Fakt war, ein Polizist namens Villefranche war auf ungeklärte Weise ums Leben gekommen, der mutmaßliche Täter über alle Berge. Das reichte, um jeden verfügbaren Beamten zu mobilisieren und um den ebenfalls flüchtigen Komplizen – nämlich meine Wenigkeit – zur Fahndung auszuschreiben.

Kurzum, Cesare und ich steckten in der Klemme. So tief, dass es schlimmer nicht mehr ging.

Auch und gerade deshalb war dem Zufall Tür und Tor geöffnet. Vorausgesetzt, Inès hatte die Wahrheit gesagt, wovon anscheinend auszugehen war, dann hatte der Herr Inspektor ein Problem. So weit, so gut. Aber was, wenn sie ihre Aussage widerrufen würde? Um ganz ehrlich zu sein, daran wagte ich nicht zu denken.

Momentan ging es nämlich nur um eins: ums nackte Überleben.

Und darum, meinen Kater in den Griff zu bekommen.

Jetzt ist es heraus, wie ungeschickt von mir. Na schön, ich gebe es zu. In meinem Unterschlupf angelangt, wo es weder an geistigen Getränken noch an einem behaglichen Ambiente mangelte, hatte ich den Verlockungen des Leibhaftigen nichts entgegenzusetzen gehabt. Bot Adèles Refugium für gewisse Stunden doch alles, was das Herz des Connaisseurs höher schlagen ließ. An Schlaf war ohnehin nicht zu denken gewesen, dazu gingen mir viel zu viele Dinge durch den Kopf. Und so begab ich mich in den Salon, goss mir einen Côtes du Rhône nach dem andern ein und ließ die Ereignisse des Tages Revue passieren. Wann genau ich mich zur Ruhe begab, wissen die Götter, meinem Brummschädel nach zu urteilen, muss es kurz vor Tagesanbruch gewesen sein.

Als ich erwachte, fühlte ich mich wie gerädert. Ein Albtraum hatte den anderen gejagt, nicht weiter verwunderlich, wenn sich alles gegen einen verschworen zu haben schien. Und außerdem war da noch mein Freund Cesare, in dessen Haut ich weiß Gott nicht stecken wollte. Ergo: Um Lupin in die Enge zu treiben, mussten wir sämtliche Register ziehen. Noch war er deutlich im Vorteil – und ein Ausweg aus dem Dilemma nicht in Sicht.

Denn selbst wenn es mir gelänge, der abgefeimten Kanaille das Handwerk zu legen, wäre es damit nicht getan. Angenommen, der Inspektor würde überführt, was dann? Na, was wohl. Dann würden die Drahtzieher im Hintergrund auf Tauchstation gehen. »Finden Sie es heraus, Auguste.« Leichter gesagt als getan, meine liebe Adèle. Sie hätten Orakelpriesterin werden sollen. Ihr Beistand in allen Ehren, aber aus der Antwort konnte kein Mensch schlau werden.

Eins freilich war während des Gesprächs mit meiner Gönnerin klar geworden, nämlich dass der Drahtzieher den gehobenen Kreisen angehörte. Doch damit, so stand zu befürchten, war ich mit meinem Latein am Ende. Man konnte es drehen und wenden, wie man wollte: Mit Mutmaßungen allein war der Misere nicht beizukommen, was zählte, waren allein die Fakten.

Und an denen herrschte bekanntlich Mangelware.

Was also tun? Na, was denn wohl – aufstehen.

Schon kurz nach eins, ich fasste es nicht. Ein klarer Kopf musste her, je schneller, desto besser. Also nichts wie raus aus dem goldfarbenen Messingbett, das von einem Vorhang aus bestickter Gaze umgeben war, hinein in die achtlos abgestreiften Kleidungsstücke und ab ins luxuriöse Badezimmer, um den Brummschädel unters eiskalte Leitungswasser zu halten. Eine Alternative zu der Rosskur gab es nicht.

Wieder einigermaßen bei Sinnen, trottete ich in die Küche, um mich nach Essbarem umzuschauen. Eingelegte Auberginen, und das gleich im Dutzend, dazu ein angebrochenes Glas Kaviar, Oliven, Sardellen, Hartkäse aus der Waadt sowie eine vertrocknete Scheibe Weißbrot. Und ein halbvolles Glas Rotwein vom Vorabend – damit der Bohemien in mir nicht zu kurz kam. Nun ja, besser als nichts. Fürs Erste musste der frugale Imbiss reichen.

Weiter ging es in den Salon, mit Seidentapeten bestückt, auf denen Szenen aus dem Leben antiker Heroen abgebildet waren. An der Stuckdecke, auch sie mit historischen Reminiszenzen versehen, dann die – gänzlich unwillkommene – Überraschung: Gaius Julius Cäsar, umgeben von seinen Häschern, die im Begriff stehen, ihm den Garaus zu machen. Treffender hätte man die Situation, in die wir uns hineinlaviert hatten, beim besten Willen nicht darstellen können.

Lamentieren half jedoch nicht, deshalb begab ich mich ans Fenster, um die Lage zu peilen. Anders als sonst konnte man die Passanten auf der Place de Molard an den Fingern einer Hand abzählen, trotz Sonnenschein und milder Luft, die mir einen Hauch von Normalität vorgaukelten. Doch der Schein trog, da machte ich mir nichts vor. Selbst wenn ich es gewollt hätte, auf Dauer konnte ich hier nicht bleiben.

Die Hände auf dem Sims, ließ ich die angestaute Atemluft entweichen. Für den Moment hatte ich nichts zu befürchten, das war immerhin etwas. An der Klemme, in der ich steckte, würde dies jedoch nicht das Geringste ändern. Besser handeln als untätig herumsitzen, das war seit jeher meine Devise gewesen. Deshalb würde ich abwarten, bis mein Denkapparat wieder intakt war, würde meine Pistole einstecken, den Wohnungsschlüssel wie angekündigt in den Briefkasten werfen – und mich so rasch wie möglich aus dem Staub machen. Die Frage nach dem Wohin schob ich geflissentlich beiseite, das hatte Zeit, bis es so weit war.

Halb zwei, auf die Minute genau. Irgendwie ungewöhnlich, wenn man die Szenerie beobachtete. Respektive beunruhigend. An den Tischen der Cafés herrschte gähnende Leere, und wer auf die Trambahn wartete, welche auf der Rue de la Croix d'Or verkehrte, der wartete vergebens.

Mit einem Wort, Tristesse so weit das Auge reichte. Die Haltestelle auf der gegenüberliegenden Seite verwaist, der Zeitungskiosk geschlossen, die Place du Molard wie leergefegt.

Über den Grund für die beklemmende Stille musste man nicht nachdenken. Aufgrund des Attentats, so wurde bereits am Vorabend kolportiert, würden Cafés, Kneipen und Restaurants geschlossen bleiben. Eine Maßnahme, die bei der Bevölkerung auf Verständnis stieß. Von Normalität konnte nämlich keine Rede sein, zumindest nicht jetzt. Bevor nicht geklärt war, wer das Desaster zu verantworten hatte, würde es keine Rückkehr zur Normalität geben. Denn wohin man auch blickte, die Schockstarre wirkte noch nach, von der Frage nach den Konsequenzen nicht zu reden.

Eins freilich stand von vornherein fest. Der Attentäter würde seines Lebens nicht mehr froh werden, egal wo und vor wem er sich zu verantworten haben würde.

Und die Fotos, was war damit? Das Einfachste wäre gewesen, das Beweismaterial den Behörden zuzuspielen. Ob damit die Probleme aus der Welt geschafft und Lupin und Konsorten schachmatt gesetzt worden wären, wagte ich indes zu bezweifeln. Im Grunde war die Sache ganz einfach. Wie so oft im Leben musste man ein Gespür besitzen, auf wen man sich im Notfall verlassen konnte – und um wen man demgegenüber einen Bogen machen musste. Um es mit den Worten des Volksmundes zu formulieren: Vorsicht war die Mutter der Porzellankiste, sonst würde ich hinter schwedischen Gardinen landen.

Dann doch lieber angebrochenen Kaviar, oder?

Im Begriff, mich abzuwenden, fiel mein Blick auf zwei Passanten, die, so schien es, in einen harmlosen Plausch unter Bekannten vertieft waren. Der ältere der beiden, mittelgroß, leicht gebeugt und mit wallender eisgrauer Mähne, stand mit dem Rücken zu mir und fütterte die Tauben, die ihn aufgeregt gurrend umlagerten. Der Mann zu seiner Rechten, ungleich jünger, mit hagerem Profil und reichlich Pomade im glatt gekämmten Haar, gab sich betont lässig, einen Zigarrenstummel im Mund, der nahezu erloschen war. Im Gegensatz dazu nahm sich sein Konversationspartner geradezu bieder, wenn nicht gar großväterlich aus. An Gesprächsstoff mangelte es anscheinend nicht, was die Vermutung nahelegte, dass die beiden miteinander bekannt waren. Doch dann, nachdem die Tauben durch eine herannahende Droschke aufgeschreckt worden waren, nahm das Gespräch zwischen dem ungleichen Paar ein jähes Ende. Das Gefährt war noch nicht verschwunden, da tat es ihm der vermeintliche Tierfreund gleich, steckte die Futtertüte ein und spazierte davon, als sei nichts gewesen. Nicht so der Mann mit der Pomadefrisur, der offenbar nicht wusste, was er als Nächstes tun sollte. Doch dann, nach minutenlangem Grübeln, gab er sich einen Ruck, schnippte die Kippe in den nächstbesten Gully, zurrte die schreiend bunte Krawatte zurecht, betätschelte seine Schläfen – und blickte sich nach allen Seiten um.

Auf einen Schlag ausgenüchtert, prallte ich zurück. Der Mann mit dem fettigen Haar war kein Unbekannter für mich. Daran bestand kein Zweifel. Bei der Frage, wo genau wir uns über den Weg gelaufen waren, musste ich jedoch passen. Fakt war, der Unbekannte hatte weder etwas mit meinen Mandanten noch mit dem Ensemble am Theater oder mit Lupin und seinen Handlangern bei der Gendarmerie zu tun.

Punktum.

Doch ganz gleich, um wen es sich handelte, mein Entschluss stand unverrückbar fest. Ich würde aufs Ganze gehen, koste es, was es wolle.

Und das bedeutete: Ich würde meine Zelte abbrechen.

Jetzt gleich.

Blieb mir nur, mich zu rasieren, den Kopf unter den vergoldeten Wasserhahn zu halten und das reichhaltige Sortiment an Männerbekleidung zu sichten, das Adèle für den Fall der Fälle zusammengetragen hatte.

Die Frau dachte wirklich an alles, das musste ihr der Neid lassen.

263

Und ich? Hatte auch ich alles in meiner Macht Stehende getan, um meine Spuren zu verwischen?

Nun ja, das würde sich zeigen. Faites votre jeu, Monsieur Beaulieu, wer nicht wagt, der nicht gewinnt. Oder anders ausgedrückt: Vor den Erfolg haben die Götter den Schweiß gesetzt.

An der Haustür angelangt, lugte ich mit angehaltenem Atem nach draußen. »Na, wer sagt's denn!«, murmelte ich vor mich hin, als sich die Befürchtungen, die ich hegte, scheinbar in Wohlgefallen auflösten. Die Szenerie war immer noch die Gleiche, Passanten weiterhin Mangelware. Eine Dame im fortgeschrittenen Alter hechelte ihrem Hund hinterher, nahm den Kläffer an die Leine und kläffte indigniert zurück.

Das war alles.

Kurz vor zwei, höchste Zeit, die Beine in die Hand zu nehmen.

Gesagt, getan.

᠁

Sehr weit sollte ich indes nicht kommen. Unweit meines Domizils, nur einen Steinwurf von der Place de la Fusterie entfernt, hörte ich, wie jemand meinen Namen rief. Die Stimme kam mir bekannt vor, wenngleich ich nicht wusste, wer der Urheber war: »Auguste Beaulieu, ja, ist es denn die Möglichkeit! Bist du's oder bist du's nicht?«

»Verzeihung, der Herr, aber sind wir uns schon mal be…«, setzte ich zu einer Erwiderung an, nur um mitten im Satz zu verstummen. »Onkel Max, na so was! Ich … Ich muss gestehen, mir fehlen die Worte.«

»Du und sprachlos – das wäre ja was Neues!«, kam es

lachend aus dem Mund des Mannes, den ich seit frühester Jugend kannte. »Ich kann mir so ziemlich alles vorstellen, aber das übersteigt meine Fantasie.«

»Wohin des Wegs, wenn man fragen darf?«

»Das Gleiche könnte ich dich fragen, mein Junge«, erwiderte der Grandseigneur, der dem Wunschbild, das man sich von einem Großvater machte, perfekt entsprach. Silbergraues, wallendes und ungewöhnlich dichtes Haar, dazu passend ein Oberlippenbart von gleicher Farbe, bei dem jedes Haar an der richtigen Stelle zu sitzen schien. Der Blick freundlich und warmherzig, die Augen hellblau schimmernd, die Stimme weich und wohltönend – und die Haut so glatt wie nach einer Rasur. Das war Onkel Max, wie er leibte und lebte. »Lass mich raten: Du bist unterwegs zu einem Rendezvous.«

»Schön wär's«, gab ich laut aufseufzend zurück, blickte mich nach allen Seiten um und ergänzte: »Schwamm drüber, Onkel Max – ist nicht so wichtig.«

»Wenn du meinst.«

»Bitte nimm es nicht persönlich, aber ich möchte nicht darüber sprechen.«

»Jetzt komm schon, Auguste – mir kannst du es doch sagen«, beharrte der Mann, den ich gerade eben noch beim Taubenfüttern beobachtet hatte. »Ich muss dir nicht sagen, wie lange wir uns kennen, oder?«

Nein, das musste der Mann, der zu den Duzfreunden meines Vaters zählte, nicht eigens betonen. Max Burgstaller, von jedermann nur ›Onkel Max‹ genannt, war mir von Geburt an bekannt und so vertraut gewesen, dass ich ihn zur Familie gezählt hatte. Für uns Kinder, und speziell für mich, hatte der promovierte Jurist und Inhaber einer renommierten Kanzlei viel übrig gehabt und im Gegensatz zu Vater mit Zuwendung nicht gegeizt. Mag sein, dies lag daran, dass er selbst keine Familie hatte, meinen Geschwistern und mir war es herzlich egal. Onkel Max war immer da, wenn man ihn gebraucht hatte – und für mich so etwas wie ein Ersatzvater gewesen. Im Dauerstreit mit Beaulieu senior hatte er mir den Rücken gestärkt und nicht selten sogar Partei für mich ergriffen. An der Tatsache, dass zwischen meinem Vater und mir Funkstille herrschte, hatte das zwar nichts geändert, aber zum Glück gab es ja noch Onkel Max, und das war für mich die Hauptsache gewesen.

Max Burgstaller, leibhaftig und in voller Größe. Auch nach all den Jahren war er immer noch eine Vaterfigur für mich – und ein Mann, zu dem man aufschauen konnte. Integer, loyal, diskret – Leute wie ihn musste man mit der Lupe suchen. Und das ziemlich lange, wenn mich mein vorgefasstes Menschenbild nicht getäuscht hatte. »Wie lange wir uns kennen, willst du wissen? Solange ich denken kann, schätze ich.«

»Na siehst du – und wo liegt dann das Problem?«, gab Onkel Max beschwichtigend zurück und wich fortan nicht mehr von meiner Seite. An der Place de la Fusterie angekommen, bogen wir nach rechts, vorbei an der schmucken Barockkirche, wo meine Vorfahren um himmlischen Beistand bei ihren Geschäften nachgesucht hatten. Was das betraf, hatte für den hugenottischen Zweig der Familie kein Anlass zur Klage bestanden – anders als bei mir, der ich von einer Pleite in die nächste taumelte. »Du weißt doch, bei mir ist dein Geheimnis gut aufgehoben.«

»Darum geht es nicht, Onkel Max«, hielt ich höflich, aber bestimmt dagegen, auf der Hut vor möglichen Verfolgern, weshalb ich mich in immer kürzeren Abständen umdrehte. Auch hier, beim Überqueren der Place du

Rhône, das gleiche triste Bild: kaum Menschen auf den Straßen, die Cafés geschlossen, Trauerbeflaggung an den öffentlichen Gebäuden. Mir war, als wandele ich durch eine fremde Welt, als sei die Stadt, in der ich lebte, über Nacht eine andere geworden. »Versteh mich doch, Onkel Max: Ich möchte dich da nicht hineinziehen.«

»Anders ausgedrückt, du steckst in Schwierigkeiten.«

»Du kannst ganz schön penetrant sein, weißt du das?«, gab ich mit angespannter Miene zurück, am Südufer angelangt, um die Pont de Bergues zu überqueren. »Na schön, weil du es bist. Aber zu niemandem ein Wort. Sonst …«

»Du machst mich neugierig, Auguste – lass hören.«

»Sagen wir mal so: sonst wird es dir möglicherweise leidtun.«

Der Mann an meiner Seite hielt abrupt inne. »Falls du etwas ausgefressen hast, lass es mich wissen. Je früher du reinen Tisch machst, desto besser.«

»Das sagt sich so leicht, Onkel Max«, fügte ich nach kurzem Nachdenken hinzu, von einer Bö erfasst, die wie aus dem Nichts über die verwaiste Fußgängerbrücke fegte. Die Baumwipfel auf der Île Rousseau bogen sich im Wind, doch dann, wenige Sekunden später, war der Spuk auch schon vorüber. »Ausgefressen ist vielleicht das falsche Wort, aber …«

»Jetzt sag schon, Auguste, wo drückt der Schuh?«

»Überall, falls du es genau wissen willst«, erwiderte ich lapidar, die Hände in den Taschen, da mir plötzlich kalt geworden war. »Mal was anderes: Was hältst du davon, wenn ich dich auf einen Drink einlade? Im Sitzen redet es sich viel besser.«

Schon merkwürdig, wie leicht wir Menschen doch zu beeinflussen sind. Auf einmal war ich wieder der 16-jährige Lümmel, der jemanden brauchte, um sein Herz auszuschütten. Onkel Max war für mich die Vertrauensperson par excellence gewesen, und ich wäre gut damit gefahren, wenn er mein Vater gewesen wäre. Ich weiß, es gehört sich nicht, wenn ich mich derart unverblümt zu Wort melde. Doch so leid es mir tut, ich spreche die Wahrheit, ob es mich in ein schlechtes Licht rückt oder nicht.

Da saßen wir nun, Seite an Seite, genau wie früher. Dort Onkel Max, in Ehren ergraut, weithin respektiert und vom Maître im Hotel de Bergues wie ein Staatsgast begrüßt. Und hier ich, wieder einmal völlig abgebrannt, als Bruder Leichtfuß wohlgelitten und einen Premier Cru in der Hand, um den Mann von Welt zu geben.

Und siehe da – es funktionierte. Ich begann, mir die Nöte von der Seele zu reden, anfangs mehr schlecht als recht, aber dann, nach zweimaligem Nachschenken, ohne Punkt und Kommata. Kurz und gut, bei der nun folgenden Tour d'Horizon wurde nichts ausgespart, angefangen beim Freitagabend, als ich Tischnachbar der Kaiserin von Österreich war, bis hin zu meinem Abstecher ins Bordell, wo es Adèle gewesen war, die mich auf die richtige Spur brachte. Auch nicht die geringste Kleinigkeit blieb unerwähnt, weder meine Beobachtungen vor dem Attentat noch die Konsequenzen, die sich aus dem Malheur ergeben hatten. Einmal in Fahrt, gab es für mich kein Halten mehr, je länger die Schilderung, desto mehr redete ich mich in Rage. »Kurzum: Lupin ist nur die Spitze des Eisbergs. Daran besteht kein Zweifel.«

»Und wenn doch?« Der Blick fahrig und stumpf, blickte Onkel Max ins Leere. Die Jovialität, mit der er mir begegnet war, hatte sich in Luft aufgelöst, und das binnen kürzester Zeit. Zum ersten Mal an jenem Tag erschien er mir als das, was er war, nämlich als ein Mann, an dem das Alter seine Spuren hinterlassen hatte. Ich erschrak nicht wenig, tröstete mich indes damit, dass wir alle, meine Wenigkeit inbegriffen, so wie er irgendwann alt werden würden.

Ich Idiot.

Wie konnte ich nur so blauäugig sein.

»Bitte versteh mich nicht falsch, Auguste: Glaubst du wirklich, auf die beiden Huren ist Verlass?«

Offen gestanden weiß ich nicht, was mich in diesem Moment mehr bestürzte: der kalte, messerscharfe Ton, mit dem Onkel Max das Wort an mich richtete, oder sein Mienenspiel, das mich glauben machte, ich habe es mit einem Menschenverächter zu tun.

»Wie meinst du das, Onkel … Wie darf ich das verstehen?«

Max Burgstaller, promovierter Jurist, Inhaber einer ertragreichen Kanzlei und Ratsmitglied der Reformierten Kirche zu Genf, stieß einen angespannten Seufzer aus. »Wie ich das meine, willst du wissen? Seien wir realistisch, Max. Vor Gericht werden die Aussagen der Amüsierdamen auf Skepsis stoßen. Darauf gebe ich dir Brief und Siegel. Lupin ist nicht auf den Kopf gefallen, das hast du vorhin selbst gesagt. Um Leute dieser Couleur zu Fall zu bringen, musst du andere Geschütze auffahren. Apropos: Hat diese Hu… Verdammt, wie hieß die Besitzerin von diesem Salon doch gleich?«

»Passepartout.«

»Ein Pseudonym, nehme ich an?«

Der Ton macht bekanntlich die Musik, niemand weiß dies besser als ich. Von daher auch die Verblüffung, mit

der ich das harsche Timbre goutierte: »Und selbst wenn –
würde dies etwas ändern?«

»Und ob dies etwas ändern würde.«

»Nämlich?«

»Ach nichts, vergiss es.« Jetzt war die Reihe an Onkel
Max, nach Hochprozentigem zu greifen, und wie sich herausstellte, schien er Übung darin zu besitzen. »Tust du mir
einen Gefallen, Auguste?«

»Kommt drauf an, welchen.«

»Das Beste ist, du hältst dich aus allem raus.«

»Und wenn nicht?«

»Glaub mir, mein Junge: Es ist nur zu deinem Besten.«
Burgstaller richtete sich zu voller Größe auf, beugte sich
über den Tisch und raunte: »Und was diesen Lupin betrifft,
den überlasse getrost mir. Ich weiß, wie ich mit Leuten
seines Schlages umzugehen habe.«

»Sicher?«

»Ganz sicher«, ließ mein Gegenüber mit hintergründi-
gem Lächeln verlauten, lehnte sich zurück und tat so, als
sei das Thema ein für alle Mal beendet. »Reden wir lieber über dich, mein Junge, wie ist es dir in all den Jahren
ergangen?«

»Ich fürchte, da gibt es nicht viel zu erzählen.«

»Wirklich nicht?«

»Milde ausgedrückt, es ging mir schon mal besser.«

»Und dein Traum von einer Karriere als Pianist, den
verfolgst du doch weiter, oder?«

»Das schon«, antwortete ich und lehnte höflich, aber
bestimmt ab, als der Kellner erneut nachschenken wollte.
Ich musste einen klaren Kopf behalten, wenn schon nicht
um meinetwillen, dann wenigstens meinem Freund zuliebe.
»Aber ich lasse mich nicht unterkriegen, keine Sorge.«

»Wenn ich dir unter die Arme greifen kann, lass es mich wissen. Geld ist ja wohl das geringste Problem.«

»Aber nur, wenn man genug davon hat«, knurrte ich mit bissiger Miene, in Hörweite unserer Tischnachbarn, die mit Banknoten nur so um sich warfen. Hier war man Kapitalist – und durfte es auch sein. Alles, was Rang und Namen hatte, schien die im viktorianischen Stil eingerichtete Bar zum Treffpunkt auserkoren zu haben, und je länger ich die illustre Gesellschaft musterte, desto deplatzierter kam ich mir vor. »Schwamm drüber, reden wir über etwas anderes.«

»Ich weiß, wie schwer du dich mit dieser Erkenntnis tust. Aber es ist nun mal leider so: Geld regiert die Welt.«

»Was du nicht sagst, darauf wäre ich nie gekommen.« Ich konnte mir nicht helfen, aber irgendwie wurde ich den Eindruck nicht los, als ob der Beschützer von einst mit gezinkten Karten spielte. »Auf was wollen Sie … Ich meine: Auf was willst du eigentlich hinaus, Onkel Max?«

Die Antwort, die mir zuteilwurde, werde ich zeitlebens nicht vergessen: »Du weißt ja, eine Hand wäscht die andere.«

»Ich fürchte, ich verstehe dich nicht ganz.«

»Und ob du mich verstehst, mein Junge«, gab der Mann, der zeitlebens Vaterstelle für mich eingenommen hatte, mit höhnischem Tonfall zurück, ließ sich seinen Mantel bringen und rüstete zum Aufbruch, ehe ich zu einer Erwiderung ansetzen konnte. »Du kannst es dir ja überlegen, Auguste, wenn ja, dann aber bitte nicht zu lange. Ich gebe dir einen Tag Bedenkzeit, aber nur, weil du es bist.« Burgstaller zog seine Taschenuhr hervor, blickte mich scharf an und sagte: »Alles klar, junger Mann? Bedenkzeit bis morgen Abend, das genügt vollauf. Punkt sechs im Jardin

Anglais, und keine Minute später. Spätestens dann möchte ich eine Antwort von dir, so oder so. Falls ich dir einen Rat geben darf, mein Bester: Das Wichtigste im Leben ist, dass man auf der richtigen Seite steht. Ein intelligenter Mensch wie du sollte das beherzigen – und danach handeln, falls die Situation es erfordert. Nur Narren wollen mit dem Kopf durch die Wand, schreib dir das hinter die Ohren. Dann bis bald, mein Junge – Adieu et bonne nuit!«

⤙⊛⤚

Ganz ehrlich, ich hatte die Nase voll. Wäre Cesare nicht gewesen, den ich nicht im Stich lassen wollte, ich wäre dem Rat von Burgstaller gefolgt. An der Tatsache, dass Lupin ungestraft davonkommen würde, war ohnehin nichts zu ändern. Solange er sich der Protektion von höchster Stelle sicher sein konnte, würde der Plan, ihn vor Gericht zu bringen, zum Scheitern verurteilt sein. Das war so sicher wie das sprichwörtliche Amen in der Kirche.

Fazit: Ich konnte froh sein, wenn ich mit heiler Haut davonkam.

Falls überhaupt.

»Noch einen Premier Cru, der Herr? Oder einen Imbiss à la carte?«

»Weder das eine noch das andere«, wehrte ich dankend ab, mein Portemonnaie griffbereit, was der Kellner mit einer begütigenden Geste quittierte. Der Herr Doktor habe bereits bezahlt, ließ er mich wissen, lächelte wie ein chinesischer Mandarin und verschwand.

In der Lobby angelangt, wo in Grüppchen über die Konsequenzen aus dem Attentat diskutiert wurde, warf ich einen Blick auf die Uhr. Viertel nach sechs, das hatte ich jetzt davon. Anstatt das einzig Richtige zu tun, nämlich mich mit Cesare zu beraten, hatte ich mich unter die Hautevolee gemischt und erheblich mehr Zeit mit Reden als mit Ermittlungen verbracht.

Nicht reden, handeln! Also halt dich ran, Auguste, die Zeit arbeitet gegen dich.

Wieder im Freien, überquerte ich den Quai des Bergues, wandte mich nach links und beschleunigte das Tempo, um auf schnellstmöglichem Wege in die Rue de Monthoux zu gelangen. Die Dämmerung warf bereits lange Schatten, und so verschwendete ich keinen Blick auf die Droschkenkutscher, die vor dem Hotel de la Paix auf Kundschaft warteten, nahm die Beine in die Hand und blickte stur geradeaus. Auf Konversation, egal mit wem, konnte ich verzichten, und das Gleiche galt für die Anwesenheit von Gendarmen, welche die Gewohnheit besaßen, unangenehme Fragen zu stellen. Je schneller ich mit Cesare Kontakt aufnahm, desto besser – und desto größer die Chance, den Kopf aus der Schlinge zu ziehen.

Allein, daraus wurde nichts – wieder einmal.

»Warum so eilig, Auguste – drückt dich dein Gewissen?« Im Begriff, das Beau Rivage zu passieren, wo Dutzende Schaulustige versammelt waren, blieb ich wie angewurzelt stehen. Um zu erkennen, wer da lauthals meinen Namen gerufen hatte, brauchte ich mich nicht umzudrehen. Die Ruferin war keine Unbekannte für mich, wenngleich ich mit allem gerechnet hatte, nur nicht mit ihr. »Wie wär's, schöner Mann – Lust auf ein abendliches Stelldichein?«

»Werd jetzt nicht geschmacklos, Inès. Du weißt genau, dass ich das nicht ausstehen kann.«

»Aber, aber, wer wird denn gleich so ungehalten sein«, tändelte die ganz in Schwarz gekleidete Gestalt, löste sich aus der Menge der Schaulustigen, von wo aus ihr etliche Blicke folgten, und überquerte mit wiegendem Schritt die Straße, um mich mit gekünsteltem Lächeln zu begrüßen. »Wie wär's, wenn wir die alten Zeiten wieder aufleben ließen? Gib dir einen Ruck, Auguste – so schlimm, wie du tust, kann es nicht gewesen sein.«

Ausladender Federhut, das pechschwarze Haar sorgsam gescheitelt, der Stehkragen sittsam zugeknöpft, knöchellanges Spitzenkleid aus dunklem Samt – Inès alias Schneewittchen schien für die Rolle, die ihr zugedacht wurde, wie geschaffen. »Darf man fragen, was du hier zu suchen hast?«

»Und du, wie steht es mit dir?«

»Lenk nicht ab, Inès – und gib Antwort.«

»Mit Verlaub, Auguste, aber ich wüsste nicht, was dich das angeht!«, giftete mein Gegenüber, binnen Sekunden zur rachsüchtigen Furie mutiert. »Na, bist du jetzt zufrieden? Was für eine Genugtuung für dich, als die alte Hure mir die Hölle heißgemacht hat! Da capo, Monsieur Beaulieu, die Runde geht an dich. Aber glaub bloß nicht, damit sei die Angelegenheit erledigt. So leicht, wie ihr beide denkt, werde ich es euch nicht machen. Das kannst du deiner Ersatzmutter ausrichten. Die dämliche alte Kuh wird Augen machen, darauf gebe ich dir Brief und Siegel.«

»Ich hoffe, du bist dir über die Konsequenzen im Klaren.«

Inès antwortete mit einem schrillen Lachen. »Und ob ich mir darüber klar bin, Liebster. Du weißt doch, alles im Leben hat seinen Preis, Aussagen vor Gericht mit inbegriffen.«

»Du spielst mit dem Feuer, ist dir das klar?«

»Und du bist dabei, einen großen Fehler zu begehen«, zischelte Inès, drohte mit dem Zeigefinger und schob sich bis auf Armlänge an mich heran. Ihr Parfüm verströmte den Duft von weißem Moschus, ein sicheres Indiz, dass sie sich auf Kundenfang befand. »Du bist dabei, dich in etwas zu verrennen, mein Lieber, wenn ich du wäre, würde ich die Situation überdenken.«

»Und wenn *ich* du wäre, würde ich mir überlegen, mit wem ich es mir nicht verderben darf.«

»Schau mal, Auguste. Du bist doch bestimmt nicht auf den Kopf gefallen, oder?« Inès lächelte maliziös. »Was für eine Frage, natürlich bist du das nicht. Und darum ein guter Rat: Kümmere dich nicht um Dinge, die dich nichts angehen, sondern tu, was man dir sagt. Es lohnt nicht, sich in die Angelegenheiten anderer Leute einzumischen, der Preis, den man dafür zahlt, ist hoch. *Entschieden* zu hoch, falls du verstehst, was ich meine.«

»Gesetzt den Fall, dem wäre so: weshalb die Kungelei mit Lupin?«

»Geld stinkt nicht, Auguste. Das allein war der Grund dafür.« Inès warf mir einen mitleidigen Blick zu. »Habt ihr wirklich geglaubt, ihr könntet mich ins Bockshorn jagen? Wenn ja, war es ein Fehler. Und was diesen alten Schnüffler betrifft, den werde ich mir bei Gelegenheit vorknöpfen. Und zwar so, dass ihm Hören und Sehen …«

»Schnüffler? Wen meinst du damit?«

»Und so was nennt sich Privatermittler, das darf ja wohl nicht wahr sein.« Inès brach in höhnisches Gelächter aus, so schrill, dass es in den Ohren schmerzte. »Du musst noch viel dazulernen, mein Lieber, sonst gehen dir die Klienten aus. Aber jetzt mal im Ernst: Schon mal was von Pomaden-Jacques gehört?«

»Moment mal, das ist doch …«

»Der verlängerte Arm von Madame, um es diskret auszudrücken. Hat die Augen überall, wo es etwas auszu-

275

kundschaften gibt – und die Ohren natürlich auch.« Von einem Geräusch aufgeschreckt, das sich wie das Klicken eines Schnappverschlusses anhörte, wirbelte Inès herum.

Doch da war nichts, zumindest nicht innerhalb unserer Sichtweite.

Ein Trugschluss, wie sich bald herausstellen würde.

»Nervös, Mademoiselle?« Heute weiß ich, wie deplatziert meine Frotzeleien waren, und es gibt Momente, in denen ich mich dafür schäme. Hätte ich geahnt, in welcher Gefahr Inès schwebte, meine Wortwahl wäre eine andere gewesen. »Lass dich nicht unterbrechen, ma chère – ich hänge an deinen Lippen!«

»Immer noch der Alte, wie könnte es anders sein.« Feuerrot vor Zorn, wirbelte Inès herum. »Warte nur, Freundchen«, schnaubte sie, das sorgsam geschminkte Gesicht zu einer wutentbrannten Fratze verzerrt, während die Augen beinahe aus den Höhlen sprangen, »auch dir wird das Lachen bald vergehen.«

»Ist es bereits, stell dir vor.« Die Erinnerung kam plötzlich, wie der Blitz aus heiterem Himmel. Gefolgt von Bildern, die sich im Eiltempo zusammenfügten. »Kleiner Tipp gefällig? Humor ist, wenn man trotzdem lacht.«

Pomaden-Jacques, und ob ich den Ganoven kannte.

Schließlich hatte mich der Kerl nach Hause begleitet. Auf Wunsch von Adèle, wie mir schlagartig klar wurde.

Das kommt davon, wenn man zu viel intus hat, Auguste. Weniger wäre in der Tat mehr gewesen.

Wie wahr.

Vorname Jacques, Familienname unbekannt. Schätzungsweise 40 Jahre alt, vielleicht auch jünger. Hagere, wie ausgezehrt wirkende Züge, vermutlich Kettenraucher. Entschieden zu viel Pomade im Haar, von daher auch der Spitzname. Circa 1,80 Meter groß, saloppe Kleidung. Schreiend bunte Krawatte, zerknittertes Hemd, dunkler Anzug, Schuhe aus Krokodilleder.

Na also, Auguste. Geht doch.

Hätte dir auch früher einfallen können, findest du nicht? Wie wahr.

Aber nicht zu ändern. »Träumst du, oder was ist mit dir los?«

»Wenn du gestattest: Ich denke nach!«

So weit also Pomaden-Jacques, Türsteher, Rausschmeißer, Spitzel der Geschäftsleitung sowie Mädchen für alles im mondänsten Bordell weit und breit.

Und mein Bewacher – respektive Beschatter.

In Diensten von Burgstaller, falls du es immer noch nicht kapiert haben solltest.

»Ja, wenn das so ist, kann ich ja wieder gehen.«

»Dann geh!«, herrschte ich meine Gesprächspartnerin an, in Gedanken bei der Szene, als das Wunschbild eines Großvaters die Tauben gefüttert hatte. »Und sieh zu, dass sich unsere Pfade nicht mehr …«

Erst jetzt, als ein Schuss den Wortwechsel jäh beendete, wurde ich mir dessen bewusst, was ich mit meinem Verhalten angerichtet hatte. Ich blickte auf, erkannte die Gefahr, welche Inès drohte, zückte den Revolver, stieß einen halblauten Warnruf aus, sprang zur Seite, strauchelte – und schlug mit verstauchtem Knöchel auf dem Boden auf.

Nicht so Inès, die sich ruckartig aufbäumte, wie erstarrt auf der Stelle verharrte und bald in die eine, bald in die andere Richtung taumelte.

Um sie zu Fall zu bringen, waren vier Schüsse nötig, abgefeuert aus kurzer Distanz, im Abstand von mehreren Sekunden. Woher sie kamen, konnte ich allenfalls erahnen, und so umklammerte ich den Griff meiner Smith & Wesson, riss die Schusshand hoch und feuerte aufs Geratewohl in die Dunkelheit.

Dann sprang ich auf und spurtete los.

Die hagere Gestalt, die in Richtung Pont du Mont-Blanc davoneilte, bekam ich aufgrund meiner Blessuren nicht zu fassen. Aber da war dieser Geruch in der Luft, kaum wahrnehmbar zwar, doch so aussagekräftig, dass alle weiteren Fragen überflüssig waren.

Zigarettenduft, überlagert von einem ungleich penetranteren, wiewohl leicht zu identifizierenden Aroma.

Pomade.

Alle Fragen beseitigt?

Ich denke schon.

Rette sich, wer kann, lautete somit die Devise. Alles, nur keine Polizei, schoss es mir durch den Kopf, nachdem ich die Waffe in hohem Bogen in den See geschleudert und mit zusammengebissenen Zähnen von dannen gehumpelt war.

Alles, nur nicht das.

GENF, 12. SEPTEMBER 1898

ACHT

25

Irma Gräfin Sztáray, 34, Hofdame und Vertraute der Kaiserin Elisabeth, an ihre Mutter

Am darauffolgenden Tag, es war der Zwölfte im Monat September, erwies ich meiner Kaiserin den letzten Dienst. Ich legte ihr das Kleid an, welches sie in ihrer Todesstunde trug, streifte ihr eine schwarze Spitzenbluse über und bettete sie mithilfe des Arztes in den Sarg, wo ihr Leib, so Gott will, in Frieden ruhen möge.

Wie schön sie doch immer noch war. Das Haar voll wie ehedem, die Stirn weiß wie frisch gebrochener Alabaster. In den Händen das Kruzifix aus Perlmutt, umschlungen von einem Rosenkranz. Auf der Brust ein Strauß weißer Orchideen, just dort, wo ihr Herz vom Stilett des Meuchelmörders durchbohrt wurde.

Nebenbei bemerkt, der Vorwurf, ich hätte meine Pflicht nicht getan, blieb mir erspart. Sogar durch den Kaiser, wie er mir bei einer Audienz in Schönbrunn mitzuteilen geruhte: »Ich danke Ihnen für alles, was Sie für meine geliebte Frau getan haben.« Das waren seine Worte gewesen. Was blieb, war die traurige Pflicht, mich den Fragen Seiner Majestät zu stellen. Das tat ich denn auch in aller Ausführlichkeit – und unter nicht enden wollenden Tränen. Eine Frage konnte ich freilich nicht beantworten, nämlich diejenige nach dem Warum. Aber wer kann das schon, noch dazu bei einer Tat, die an Sinnlosigkeit unschwer zu überbieten ist. Wenn nicht einmal der Attentäter dazu imstande ist, wer dann? Bleibt zu hoffen, dass er für seine Missetaten büßen wird, in vollem Umfang, bis ans Ende seiner Tage.

Sodann übergab ich dem Kaiser die Gegenstände, welche die Entschlafene bei ihrem Heimgang bei sich trug. Anders als sonst, wo er seine Emotionen unter Verschluss hielt, kämpfte Seine Majestät mit den Tränen. Die Objekte waren seiner Frau lieb und teuer gewesen, und so wirkte ihr Anblick wie ein Signal für ihn. Besonders hervorzuheben sei diesbezüglich ihre Uhr, die – man glaubt es nicht – um 13.40 Uhr stehen geblieben war. Das Marienmedaillon gehörte natürlich auch dazu, ein Requisit, das zum Schönsten zählte, was meine zu Gott berufene Herrin ihr Eigen nannte.

Nachdem ich geendet hatte, herrschte tiefes Schweigen. Der Kaiser war in Gedanken versunken, und wer war ich, dass es mir zustünde, die Kreise Seiner Majestät zu stören.

»Haben Sie etwas von ihrem Haar abgeschnitten?«, wollte mein Souverän am Ende der Audienz wissen.

Ich verneinte.

Und zog mich tief betrübt zurück.

Requiescat in pace – möge meine Herrin in Frieden ruhen. Und möge die Welt sie stets als das in Erinnerung behalten, was sie war: ein gütiger, rücksichtsvoller und ihren Nächsten in Liebe zugetaner Mensch.

Ein Mensch, der niemandem je etwas zuleide tat.

Doch genug davon, der Schmerz sitzt noch zu tief. Wo ich auch bin, es vergeht kein Tag, an dem ich davon verschont bleibe. Die leiseste Andeutung, und die Erinnerung überkommt mich von Neuem, mit aller Macht, ohne dass ich mich zur Wehr setzen kann. Ich weiß, Ihr schüttelt jetzt den Kopf, aber es ist nun einmal so, dass mich die Vergangenheit nie mehr loslassen wird. Darüber zu sprechen fiel mir schwer, sowohl mit Euch, liebe Mutter, als auch mit irgendeinem anderen Menschen auf der Welt. Der Letzte, mit ich meine Erinnerungen austauschen konnte, war der Kaiser, ansonsten habe ich geschwiegen.

Und tue es immer noch.

Exakt 15 Monate, eine Woche und vier Tage sind seither vergangen. Wie Ihr wisst, war ich nicht imstande, über meine Erlebnisse zu sprechen, was ich, allein schon aus Respekt gegenüber der Kaiserin, auch eingehalten habe. Ihr, liebe Mutter, seid die Erste, der ich meine Erinnerungen anvertrauen möchte, weiß ich doch gewiss, dass sie nirgendwo sicherer aufgehoben sind als bei Euch.

Und nun, liebe Mutter, will ich Euch nicht länger aufhalten. Ich habe mir den Kummer vom Herzen geschrieben, und ich hoffe, die Mühe war nicht vergebens. Habt Dank für die Geduld, die Ihr um meinetwillen aufbringen musstet – und für den Trost, den Ihr mir gespendet habt. Ich weiß noch genau, wie Ihr mich nach der Audienz beim Kaiser in die Arme geschlossen und alles Menschenmögliche getan habt, um meiner Seele Linderung zu verschaffen. Das und vieles andere mehr, was ich an Wohltaten erfahren durfte, werde ich Euch nie vergessen.

Auf ein baldiges Wiedersehen

Wien, 1. Januar 1900

Eure Euch auf ewig verbundene Tochter Irma

26

TAGEBUCH (VII)

Aus den Tagebuchaufzeichnungen von Cesare Monteverdi, 28, Redakteur bei der ›Tribune de Genève‹

»Den wären wir los, Friede seiner Asche!«, gab sich Auguste ungewohnt sarkastisch, blickte kurz auf und vertiefte sich wieder in den Artikel, auf den er im Journal gestoßen war. Clodile und ich sahen uns verdutzt an, verkniffen uns aber jeden Kommentar. »Wenigstens ein Lichtblick, wenngleich kein allzu großer.«

»Dürfte man erfahren, wovon du sprichst?«, warf ich geraume Zeit später ein, was mir ein Stirnrunzeln vonseiten des übernächtigten Freundes bescherte. »Sprich, großer Meister, auf dass wir an deiner Weisheit teilhaben mögen.«

Immer für einen Scherz zu haben, zuckte Auguste nicht einmal mit den Mundwinkeln. »Hier, lies selbst«, murmelte er verdrossen vor sich hin, reichte die Zeitung über den Tisch und verfiel in dumpfes Schweigen. »Aber halt dich fest, sonst haut es dich vom Stuhl.«

»Und wenn schon, mich kann ohnehin nichts mehr erschüttern«, konterte ich und überflog die Schlagzeilen, mit denen das Journal um Aufmerksamkeit buhlte. Ohne Clodile, die als morgendlicher Spähtrupp fungiert hatte, wäre dies nicht möglich gewesen, auch dafür gebührte ihr großes Lob. Um keinen Argwohn zu erregen, war sie wie gewohnt um halb acht aus dem Haus gegangen und hatte sich auf den Weg in die Redaktion gemacht. Niemand hatte Verdacht geschöpft, am allerwenigsten Lienhard, der es nicht einmal für nötig hielt, ihr einen guten Morgen zu wünschen. Im Stil eines Sherlock Holmes zu kombinieren war seine Sache nicht, und so hatte er auch keine Einwände erhoben, als Clodile Migräne vorschützte, um sich vorzeitig aus dem Staub machen zu können. Unterwegs hatte sie dann einen kleinen Umweg gemacht, um ein paar Einkäufe zu tätigen, unter anderem die Morgenausgabe des Journal, in die sich Auguste mit Feuereifer vertieft hatte.

Neuigkeiten gab es zuhauf, mehr als allen Beteiligten lieb gewesen wäre. Dass an Hiobsbotschaften kein Mangel herrschen würde, konnten wir uns an fünf Fingern abzählen, was das betraf, machten wir uns keine Illusionen. Allein, unsere Befürchtungen wurden noch übertroffen, und zwar um Längen, um es moderat zu formulieren.

Ein – wenngleich schwacher – Trost bestand freilich darin, dass die Berichterstattung über das Attentat im Vordergrund stand. Auch jetzt, knapp zwei Tage später, war der Meuchelmord immer noch in aller Munde, und die Wogen der Empörung gingen hoch. Egal, welche Zeitung man in die Hand nahm, die Kommentare waren stets die gleichen. Davon abgesehen hagelte es geradezu an Spekulationen, die einen behaupteten, die Kaiserin sei einem Komplott zum Opfer gefallen, die anderen, der Verhaftete sei ein Einzeltäter mit Verbindungen zu anarchistischen Kreisen gewesen. Fast schien es, als geriete die Berichterstattung über das Opfer zur Nebensache, ungeachtet der Fotos, auf denen der blumenbekränzte Sarg abgelichtet war. Was den weiteren Gang der Ereignisse betraf, herrschte indes Klarheit. Am Dienstag, also morgen, würde eine Kundgebung zu Ehren der getöteten Monarchin stattfinden, mit anschließendem

Trauerzug zum Beau Rivage, um der Kaiserin die letzte Ehre zu erweisen. Für Mittwoch, so war zu lesen, sei die Überführung des Leichnams nach Wien geplant. Um der Bevölkerung Gelegenheit zum Abschiednehmen zu geben, seien auf der Fahrt dorthin mehrere Aufenthalte vorgesehen, so zum Beispiel in Lausanne, Bern und im schweizerischen Buchs, wo der Zug um halb acht am darauffolgenden Tag eintreffen werde. Spätabends dann, vermutlich gegen 22 Uhr, werde er auf dem Wiener Westbahnhof erwartet, von wo aus der Kondukt den Weg zur Hofburg nähme. Aufgrund der Menschenmassen, die der Toten entlang der Ringstraße das Geleit geben würden, seien Zwischenfälle geradezu vorprogrammiert, was bedeute, dass ein nie dagewesenes Aufgebot an Sicherheitskräften nötig sei. Um halb elf, wenn nicht gar später, werde der Trauerzug dann sein Ziel erreichen. Die eigentliche Bestattung werde genau eine Woche nach dem Attentat in der Kapuzinergruft stattfinden, unter Ausschluss der Öffentlichkeit, wie seit jeher üblich.

Eins machte mich indes stutzig, so banal es sich für Außenstehende auch anhören mochte. Mit der Frage, ob das Brimborium im Sinn der Toten sei, schien sich niemand ernsthaft auseinandergesetzt zu haben, und falls doch, hegte ich Zweifel, dass der Betreffende Gehör gefunden hatte.

»Na, was sagst du dazu?«

»Zu was denn?«

Auguste verdrehte indigniert die Augen. Die Nacht auf dem Sofa hatte ihm nicht gutgetan, von den Schmerzen im bandagierten Knöchel nicht zu reden. »Na, zu dem Artikel auf Seite drei, was hast du denn gedacht!«

»Ach so, *den* meinst du«, erwiderte ich und lenkte den Blick auf die fragliche Stelle, und sei es nur, um den Unmut des Freundes zu besänftigen. »Und was ist daran so Be…?«

Weiter kam ich nicht.

Und das aus gutem Grund.

Allein schon der Titel des Artikels ließ Böses erahnen. ›Rätselhafte Mordserie geht weiter‹, stand da in fetten Lettern zu lesen, durchaus ungewöhnlich, wenn man die hiesigen Verhältnisse kannte.

Aber es sollte noch schlimmer kommen.

Viel schlimmer.

»Was ist denn, ihr beiden?«, wollte Clodile wissen, deren Blick zwischen Auguste und mir hin und her wechselte. »Ihr habt doch nicht etwa vor, den Kopf in den Sand zu stecken?«

»Sagen wir mal so: Ich hätte nicht übel Lust dazu«, gestand Auguste, an dem Clodile gottlob nichts auszusetzen gehabt hatte. Die Art, wie er sich gab, war schließlich nicht jedermanns Sache, umso besser, dass sie gut miteinander auszukommen schienen. Seine Frauengeschichten hatte ich natürlich ausgespart, und das aus gutem Grund. In puncto Unmoral verstand Clodile keinen Spaß, und wenn sie etwas missbilligte, dann war es der Lebenswandel à la Beaulieu. »Ich muss schon sagen: Da haben wir uns ja in was reingeritten. Passiert auch nur uns, was, Cesare?«

»Das kannst du aber laut sagen.«

Clodile ließ sich nicht beirren. »Jetzt kommt schon, ihr zwei Meisterdetektive«, forderte sie den mir gegenübersitzenden Gefährten auf, augenscheinlich nicht geneigt, uns das Feld zu überlassen. »Was gibt es denn Interessantes zu berichten?«

»Eine Menge«, murmelte ich, schenkte Tee nach und begann damit, den Artikel vorzulesen. Clodile hörte gespannt zu, wenngleich mit besorgter Miene, nur zu verständlich angesichts der prekären Lage. »Na, dann wollen wir dich mal nicht länger auf die Folter spannen.«

»Ich bitte darum, mein Herz.«

Also wirklich, so konnte das nicht weitergehen. Ein Wort von dieser Frau genügte, und schon geriet ich aus dem Konzept. »Wo waren wir gerade stehen... genau! Ich darf dann mal zitieren: ›Wie aus gut unterrichteten Kreisen verlautet, hat die Mordserie, welche unsere Stadt seit zwei Tagen in Atem hält, ein weiteres Opfer gefordert. Insgesamt beläuft sich die Anzahl der Getöteten somit auf ... Moment mal, da stimmt was nicht.«

»Anscheinend doch. Lies weiter, Cesare.«

»Zu gütig von dir, Auguste. Dann eben noch mal von vorn. ›Insgesamt beläuft sich die Anzahl der Getöteten somit auf drei, davon allein zwei Polizisten. Im Falle des dritten Opfers handelt es sich um eine 24-jährige Frau, die am gestrigen Abend unter noch ungeklärten Umständen zu Tode kam. Laut Polizei handelt es sich bei der Toten um eine gewisse Inès M., die ihren Lebensunterhalt mithilfe von Zuwendungen zahlungskräftiger Kavaliere bestritt.‹ Zuwendungen durch Kavaliere – so kann man es natürlich auch sagen.«

»Regel Nummer eins: Nur ja nicht das Kind beim Namen nennen. Sonst könnte sich jemand auf den Schlips getreten fühlen.« Auguste warf mir einen herausfordernden Blick zu. »Du weißt doch, wie das bei uns läuft, oder?«

»Was für eine Frage. Natürlich weiß ich das.«

»Dann lass dich nicht unterbrechen. Das Beste kommt noch, wirst schon sehen.«

»Du meinst das mit den zwei Polizisten?«

»Exactement.‹

»›Was die eingangs erwähnten Polizeibeamten betrifft, handelt es sich beim Jüngeren der beiden um Gendarmerie-Obermeister Hugo Villefranche (37), der bereits am Vorabend bei einer Routinekontrolle an der Place de Saint-Gervais durch gezielte Messerstiche …‹ Moment mal, das … das passt aber nicht zusammen.«

»Wir beide reden über das Gleiche, nehme ich an?«

»Falls du auf den Gebrauch des Plurals anspielst, natürlich. Wie du weißt, habe ich in Notwehr gehandelt – sonst läge ich jetzt einsachtzig tiefer.«

»Und nur ein einziges Mal zugestochen, hab ich recht?«

»Ausnahmsweise.«

»Was lernen wir daraus, Signore?«

»Du glaubst doch nicht etwa, dass Lupin … Ich bitte dich, Auguste, warum sollte er das tun?«

»Je weniger Mitwisser, desto besser. Um es mit den Worten von Friedrich Schiller zu sagen: ›Der Mohr hat seine Arbeit getan, der Mohr kann gehen.‹«

»Alles, was recht ist, aber das kann ich mir nicht vorstellen.«

»Schade, dass wir ihn nicht mehr fragen können – wäre ein interessantes Gespräch geworden.«

»Deinen Humor wollte ich haben, Auguste. Findest du nicht auch, das geht ein bisschen zu weit?«

»Lies weiter, mon ami. An Streit ist mir nun wirklich nicht gelegen.«

»Du wirst lachen: Mir auch nicht.« Die Zeitung im Visier, atmete ich laut und vernehmlich durch. »Auf ein Neues. Bla, bla, bla … Genau. Der bereits am Vorabend bei einer Routinekontrolle an der Place de Saint-Gervais durch gezielte Messerstiche ums Leben kam. Der Tat dringend verdächtigt wird ein gewisser Cesare M. (28), Schweizer Staatsbürger und bis vor kurzem Redakteur bei der Tribune de Genève.«

»Das zum Thema Seitenhieb auf die ungeliebte Konkurrenz. Klar, dass die sich das nicht entgehen lassen würden.«

»›Für Hinweise, die zur Ergreifung des mutmaßlichen Täters führen, ist eine Belohnung von 500 Franc ausgesetzt.‹«

»Reichlich übertrieben, findest du nicht auch?«

»Sehr witzig, wenn ich Zeit habe, lache ich darüber.«

»Ich fürchte, Letzteres wird dir gleich vergehen. Allez-vite, bringen wir es zu Ende.«

»Nichts lieber als das. Alsdann: ›Kurz nach Mitternacht kam es dann vor dem in Bahnhofsnähe gelegenen Bistro ›Moulin Rouge‹ zu einer weiteren Messerstecherei, bei der Kommissar Maurice L. von der Kripo Genf auf bislang ungeklärte Weise zu Tode kam. Augenzeugen zufolge soll es sich beim Täter um einen ungewöhnlich hageren Mann mittleren Alters mit auffallend stark pomadisiertem Haar gehandelt haben. Auch hier ist eine hohe Belohnung ausgesetzt, sachdienliche Hinweise nimmt jeder Gendarmerieposten entgegen.‹ Lupin tot, jetzt haut es mich aber gleich vom Stuhl. Kann es sein, wir beide denken gerade das Gleiche?«

»Weiter im Text, das Crescendo steht kurz bevor.«

»›Das Gleiche gilt für den ebenfalls flüchtigen Unbekannten, der im Verdacht steht, die am Vorabend in unmittelbarer Nähe des Hotels Beau Rivage durch mehrere Pistolenschüsse aus nächster Nähe getötete Inès M. auf dem Gewissen zu haben. Wie aus Polizeikreisen verlautet, ist der entscheidende Tipp einem anonymen Anrufer zu verdanken, der sich kurz nach der Tat beim Gendarmerieposten in Pâquis meldete und dringend darum bat, anonym bleiben zu dürfen. Zum fraglichen Zeitpunkt habe er sich in der Nähe des Hotels Beau Rivage aufgehalten und sich unter die dort Ausharrenden gemischt. Rein zufällig habe er bemerkt, wie besagte Inès M. und der mutmaßliche Täter in einen heftigen Streit gerieten. Allem Anschein nach seien die beiden miteinander bekannt gewesen, wobei zu vermuten ist, dass es sich um einen Kunden der einschlägig bekannten und mit Gunstbezeugungen nicht geizenden Dame gehandelt haben könnte. Irgendwann im Verlauf der lautstarken Auseinandersetzung habe der aufgebrachte Freier eine Waffe gezogen und sein Opfer aus nächster Nähe erschossen. Der Flüchtige wird wie folgt beschrieben: Mitte 20 bis Anfang 30, circa …«

»Anfang 30, das ist ja wohl die Höhe.«

»Lässt du mich bitte ausreden? Na dann wollen wir mal sehen: ›*Anfang 30*, circa 1,80 Meter groß, gepflegtes Äußeres, dunkle Haare, sorgfältige Rasur, Oberlippenbart, Strohhut mit breiter Krempe, schwarzweiß gestreiftes Jackett, Fliege aus dunklem Samt, dazu passende dunkle Hose, Lackschuhe.‹ Gut getroffen, findest du nicht auch?«

»Hüte deine Zunge, Lästermaul – sonst kann ich für nichts garantieren.« Auguste wedelte scherzhaft mit dem Zeigefinger. »Und – wie lautet dein Fazit?«

»Dass wir es mit einem äußerst gefährlichen, weil durchtriebenen Kontrahenten zu tun haben«, erwiderte ich mit Blick auf Clodile, die dem Gespräch mit wachsender Besorgnis gefolgt war. »Oder was meinst du?«

Clodile ließ sich mit ihrer Antwort Zeit. »Was ich dazu meine? Ich frage mich, wie man so tief sinken kann«, brach sie schließlich das Schweigen. Sie nahm einen Schluck Tee und ergänzte aufgebracht: »Ein Attentäter, der eine wehrlose alte Frau niedersticht, und zwar nur, weil sie von Adel ist, Polizisten, die sich krimineller Praktiken bedienen, ein renommierter Anwalt, der sich nicht scheut, unliebsame Kontrahenten aus dem Weg räumen zu lassen – in was für einer Welt leben wir eigentlich?«

»In keiner sehr guten, fürchte ich«, erwiderte Auguste, atmete laut aufseufzend aus und klopfte mit der Handfläche auf den Tisch. Dann richtete er sich auf und verkündete:»Verehrte Anwesende, ziehen wir Bilanz. Um in den Besitz der kompromittierenden Fotografien zu kommen, unternimmt Lupin den Versuch, die als Pros... die als Animierdame tätige Inès Mirabeau für seine Zwecke einzuspannen.«

»Sprechen Sie sich ruhig aus, Auguste. Ich bin nicht so zart besaitet, wie Sie denken.«

»Mit Vergnügen, Mademoiselle – wenn's weiter nichts ist.« Auguste deutete ein entschuldigendes Nicken an. »Als diese ablehnt, hält er sich an seinen Kollegen, in einschlägigen Kreisen als ›Der Schlächter‹ bekannt. Lupins Mann fürs Grobe willigt ein und geht seinem Mentor bei der Durchsuchung der Lasterhöhle eines mir persönlich bekannten Journalisten zur Hand. Effekt: gleich null. Problem: Die beiden werden in flagranti ertappt. Ein Fauxpas mit Folgen, sind sie doch gezwungen, weder Spuren noch Zeugen ihrer kriminellen Aktivitäten zu hinterlassen. Bleibt also nur, Signore Monteverdi in Pension zu schicken.«

»Falls das ein Witz gewesen sein soll, ich kann nicht darüber lachen.«

»Ehrlich gesagt, ich auch nicht.« Auguste kratzte sich nachdenklich hinterm Ohr. »Soll nicht wieder vorkommen, mon ami. Wie dem auch sei, Lupin lässt einfach nicht locker. Um die Scharte auszuwetzen, heftet er sich an deine Spuren, als du den begnadetsten Pianisten seit Chopin um Hilfe bittest.«

»Humor ist, wenn man trotzdem lacht.«

»Besser, als den Kopf in den Sand zu stecken, oder? Lange Rede, kurzer Sinn: Dank eines gelungenen Täuschungsmanövers gelingt es dem vermeintlichen Täter, sich mitsamt den Fotos in Sicherheit zu bringen. Apropos: Du trägst sie immer noch bei dir, oder?«

»Natürlich, was hast du denn gedacht.«

»Guter Mann.« Auguste klopfte mir augenzwinkernd auf die Schulter. »Wie die nun folgenden Recherchen ergeben, stellt Lupin alles bisher Dagewesene in den Schatten, will heißen: Er ist korrupter, als die Gerüchte glauben machen wollen. Um seine Taschen zu füllen, ist ihm jedes Mittel recht, so erpresst er Schutzgelder, setzt seine Widersacher unter Druck, schreckt selbst vor Gewaltanwendung nicht zurück. Um auf dem Laufenden zu sein, platziert er sogar Spitzel, unter anderem Inès Mirabeau. Sieht nach einem ausgeklügelten System aus, ist es aber nicht. Gibt es doch Leute, die ihm an Raffinesse überlegen sind.«

»Unter anderem ein gewisser Doktor Burgstaller.«

»Du sagst es, Cesare.«

»Tja, so ist das nun mal in diesen Kreisen. Einer will den anderen über den Tisch ziehen.«

»Also wenn du mich fragst, ich glaube nicht, dass die beiden Konkurrenten waren.«

»Sondern?«

»Burgstaller war die treibende Kraft, da bin ich mir so gut wie sicher. Wie geschaffen, um im Hintergrund die Fäden zu ziehen.«

»Und die Beweise? Wie steht es mit denen?«

»Genau das ist das Problem, mein Lieber.« Auguste rieb sich nachdenklich das Kinn. »Was das betrifft, bitte ich um Geduld. Eins ist auf jeden Fall sicher: Die Begegnung mit ihm war kein Zufall. Spricht doch einiges, wenn nicht gar alles, dafür, dass Madame Passepartouts Faktotum ein doppeltes Spiel betrieb und Burgstaller über die Vorgänge im Milieu auf dem Laufenden hielt. Du weißt doch, wenn man es dort zu etwas bringen will, darf man niemandem über den Weg trauen. Vertrauen ist gut, Kontrolle allemal besser.«

»Bedeutet: Burgstaller zieht die Fäden …«

»Und Lupin kassiert für ihn ab, du sagst es. Das Dumme dabei: Einer traut dem andern nicht über den Weg.« Auguste lachte verächtlich auf. »Ich weiß zwar nicht, wie groß der Reibach war, den die beiden Kanaillen gemacht haben. Aber ich nehme an, dass er das Risiko allemal wert gewesen sein muss. Wie dem auch sei, für Lupin blieb genug übrig.«

»Ergo: Wäre er mir nicht vor die Linse gelaufen, hätte Burgstaller in Ruhe ein Vermögen scheffeln können.«

Auguste spendete demonstrativ Applaus. »Eben. Doch dann kommen diese beiden Jungspunde daher und beginnen, ihre Nase in anderer Leute Angelegenheiten zu stecken. Sprich, wenn Burgstaller nicht riskieren will, dass ihm die Felle davonschwimmen, muss er sich etwas einfallen lassen. Was er denn auch tut, wenngleich auf dilettantische Art und Weise.« Auguste nahm sich ein Croissant, brach es in zwei Teile und sagte: »Denkt doch tatsächlich, er könne mich bestechen. Widerwärtiger geht es ja wohl nicht mehr.«

»Was soll ich sagen, der Mann schreckt anscheinend vor nichts zurück.«

»Auch nicht vor Mord, falls es das ist, was du damit sagen wolltest.«

»Du glaubst doch nicht ernsthaft, er …«

»Nein, so weit würde er es nicht kommen lassen. Einer wie Burgstaller mordet nicht, er lässt morden.«

»Pomaden-Jacques?«

»Genau der. Bien fait, Onkel Max. Boucher in Notwehr erstochen, Inès aus dem Hinterhalt erschossen, Lupin kurzerhand aus dem Weg geräumt. Keiner mehr am Leben, der dir gefährlich werden könnte.«

»Außer dir.«

Auguste pflichtete mir lächelnd bei. »Außer mir, du hast es erfasst.«

»Und seinem Handlanger.«

»Dessen Tage ebenfalls gezählt sind, darauf kannst du wetten. Fehlen nur noch die Fotos – und dem Traum vom Millionenvermögen steht nichts und niemand mehr im Wege.«

»Und was jetzt?«

»Gute Frage.« Auguste biss in sein Croissant, nahm einen Schluck Tee, was ihm sichtlich Unbehagen bereitete, und blickte nachdenklich vor sich hin. »Es muss etwas passieren, ich denke, in dem Punkt sind wir uns einig.«

»Die Frage ist nur, was.«

»Schon irgendeine Idee, Cesare?«

Die Antwort auf die Frage kam prompt. »Negativ.«

»Und Sie, Mademoiselle Clodile?«

»Sagen wir mal so: Untertauchen kommt nicht infrage. Und Flucht ja wohl auch nicht. Was auch geschieht, ich finde, den Gefallen sollten wir Burgstaller nicht tun.«

»Auf die Gefahr, mich zu wiederholen: Und was nun?«

Auguste verzehrte den Rest seines Hörnchens, reckte die Arme in die Höhe und sagte: »Nur nicht verzagen, noch ist nicht aller Tage Abend.«

»Woher du deinen Optimismus nimmst, ist mir ein Rätsel, alter Junge.«

»Egal, wie tief du im Morast steckst, es gibt immer einen Ausweg.«

»Deine Lebensweisheiten in Ehren, aber ich wüsste nicht, wie wir uns aus der Bredouille befreien sollten.«

»Ich schon!«, erwiderte Auguste und setzte ein Lächeln auf, das Clodile und mir wie ein Ausbund an Überheblichkeit erschien. »Vertraut mir, die Lage ist längst nicht so aussichtslos, wie ihr denkt!«

27

TESTAMENT (VII)

*Aus der eidesstattlichen Erklärung von Auguste Beaulieu,
27 Jahre alt, ledig und von Beruf Konzertpianist, wohnhaft in der Rue des Alpes 10 in Genf (Anlage: handschriftliches Testament des Unterzeichneten, hinterlegt bei der
Anwaltskanzlei Biasini & Söhne)*

Was für ein Tag, und welch ein Abend. Und welch ein Panorama, das mir selbst jetzt, da ich dies niederschreibe, in
allen Details vor Augen steht. Der Montblanc in gleißend
rotes Licht getaucht, die Abhänge von Villen und fein gezir-
kelten Beeten gesäumt, die kristallklare Luft von Herbst-
gerüchen durchtränkt und der See, welcher sich mit den
Schatten der Dämmerung vermengte, von smaragdgrüner,
bisweilen aber auch azurblauer Farbe, durchpflügt von
Booten mit geblähten Segeln, die wie schwerelos über die
sanft gekräuselten Fluten glitten. Wahrhaftig, stimmungs-
voller hätte man den Tag nicht ausklingen lassen können.

Wären da nur nicht die Fotografien gewesen, die in der
Brusttasche meines Jacketts steckten.

Kein Wunder also, dass ich die Szenerie mit gemischten
Gefühlen betrachtete. Hätte es das Attentat nicht gegeben, alles wäre vermutlich beim Alten geblieben. Das Geld
rann mir nur so durch die Finger, schön und gut. Aber
was machte das schon. Personne n'est parfait, wie man
so schön sagt.

Verglichen mit der Bredouille, in der ich steckte, hatte das Leben, das ich bis vor drei Tagen geführt hatte, deutliche Vorteile gehabt. Mitunter lebte ich zwar von der Hand in den Mund, aber wenigstens konnte ich tun und lassen, was ich wollte, aufstehen und zu Bett gehen, wann ich wollte, und mit Damen meiner Wahl soupieren, wenn mir danach war. Oder mich von ihnen aushalten lassen, je nach Kontostand. Kurzum, bis vor wenigen Tagen war ich mein eigener Herr gewesen, von Madame Filigran, die mir am Ersten des Monats die Hölle heißmachte, einmal abgesehen. Glückliche Zeiten, kann ich da nur sagen. Kein Mensch scherte sich darum, was ich tat, gelegentliche Liebschaften hin oder her. Mittellos, aber glücklich. Auf diesen Nenner hätte man das Befinden von Auguste Beaulieu bringen können.

Hätte, wäre, könnte. Die Zeiten, in denen ich in den Tag hinein gelebt hatte, waren vorbei. Der Bohemien in mir hatte ausgedient, und ich tat gut daran, die Realität zu akzeptieren. Jetzt gab es nur noch eins, nämlich nach vorn zu blicken. Die Situation, die es zu meistern galt, war auch so schon schwierig genug.

Nun ja, »schwierig« war nicht unbedingt das richtige Wort. In meinem nunmehr 27 Jahre währenden Leben hatte ich auch nicht annähernd so viel riskieren müssen wie heute, aber dies nur am Rande. Ein kühler Kopf, Beherztheit und das nötige Quäntchen Glück: Das war es, was ich in der nächsten halben Stunde benötigte. Je mehr davon, desto größer die Chance, Burgstaller & Partner das Handwerk zu legen.

Wie atemberaubend das Panorama doch war – und wie idyllisch das Ambiente, welches mich umgab. Auch jetzt, kurz vor dem alles entscheidenden Duell, wirkte der Jardin

Anglais wie Balsam auf mich, und so warf ich einen Blick in die Runde, ließ mich auf einer Bank in Sichtweite des Musikpavillons nieder und harrte der Dinge, die da kamen.

Die *nicht* kamen, sollte ich vielleicht sagen.

Kurz vor sieben, und von Burgstaller keine Spur. Allmählich wurde ich nervös, und ich fragte mich, warum er ausgerechnet diesen Park ausgewählt hatte. Auch jetzt noch, bei Einbruch der Dämmerung, wimmelte es von Spaziergängern, angelockt durch die milde Witterung, welche einen Hauch von mediterranem Flair verströmte. An Zeugen herrschte somit kein Mangel, wäre ich an seiner Stelle gewesen, ich hätte die Öffentlichkeit um jeden Preis gemieden.

Die Zeit schritt voran.

Doch nichts geschah.

Schon Viertel nach, nur noch vereinzelt Passanten unterwegs. Ein Paar, das eng umschlungen an der Uferpromenade entlangspazierte, ein Pensionär, der seinen Hund ausführte, und ein Vagabund, der müden Schrittes seines Weges zog, auf der Suche nach einem Ort, wo er eine Verschnaufpause einlegen konnte. Und Burgstaller, was war mit ihm?

Gute Frage.

Das hätte ich auch gern gewusst.

Und was, wenn das Ganze nur eine Finte war? Wenn er versuchte, mich in einen Hinterhalt zu locken? Wenn genau jetzt, wo es keine Zeugen gab, eine Waffe auf mich gerichtet wurde?

Was, wenn ich so enden würde wie Inès – oder wie Lupin?

Ein Mann wie Burgstaller kannte keine Skrupel, in diesem Punkt gab ich mich keinen Illusionen hin. Er würde nicht zögern, mich zu beseitigen – oder, besser noch, mich beseitigen zu lassen. Einer wie er würde sich nicht die Finger schmutzig machen, wozu auch, wenn man Leute an der Hand hatte, bei denen das Töten in Fleisch und Blut übergegangen war. Leute wie Pomaden-Jacques, der sowohl Inès als auch Lupin zum Schweigen gebracht hatte.

Und der auch mich, so ich nicht auf der Hut war, demnächst zum Schweigen bringen würde.

Die Pistole griffbereit, sprang ich unvermittelt auf. Im Sitzen würde ich ein ideales Ziel abgeben, sogar für einen Anfänger. Also nichts wie weg hier, bevor mein Name auf der Liste der Ermordeten auftauchte.

Oder unter der Rubrik ›Vermisst‹ – je nachdem.

»Warum so unstet, Auguste – du hast es dir doch nicht etwa anders überlegt?« An eine Gaslaterne gelehnt, die ihr spärliches Licht auf den Promenadenweg warf, zündete sich Burgstaller eine Zigarre an, trat an die Balustrade und schnippte das Streichholz achtlos in den See. »Was mich betrifft, würde ich das sehr bedauern.«

»Was du nicht sagst!«, gab ich in bissigem Tonfall zurück, schaute mich hastig um und gesellte mich zu dem Mann, dem ich den Vorzug vor dem eigenen Vater gegeben hatte. Damit war es jetzt vorbei, und ich ertappte mich bei dem Gedanken, ob es nicht besser sei, dem Mentor von einst eine Kugel durch den Kopf zu jagen. Wenn es jemand verdient gehabt hätte, dann er, wäre da nicht dieser zartbesaitete Teil meines Ichs gewesen. »Fragt sich, wem damit mehr gedient wäre – dir oder mir.«

Burgstaller blieb die Antwort nicht schuldig. »Na mir, oder denkst du, die Polizei würde dir glauben?«

»Wohl kaum.«

»Eben.«

»Es sei denn, ich legte Beweise vor.«

»Und was für Beweise sollten das sein?« Die Zigarre zwischen Mittel- und Zeigefinger geklemmt, ließ Burgstaller seiner Häme freien Lauf. »Bitte korrigiere mich, aber wenn mich nicht alles täuscht, hast du nichts gegen mich in der Hand.«

»Wenn Sie sich da mal nicht irren, Sie Winkeladvokat.«

»Irre ich mich, oder waren wir nicht per Du gewesen?«

»Die Zeiten sind vorbei, Burgstaller. Ein für alle Mal.« Die Hand an der Seitentasche, wich ich meinem Kontrahenten nicht von der Seite. »Also: Wie lautet Ihr Angebot?«

»Ich glaube, hier liegt ein Missverständnis vor.«

»Inwiefern?«

»Du hast hier nichts zu fordern, junger Mann«, gab mein Nebenmann im Stil eines Dorfschulmeisters zurück, der sich daran ergötzt, einen unbotmäßigen Schüler in die Schranken zu verweisen. »Wenn ich dir einen guten Rat geben darf: Groß aufzutrumpfen wäre das Falscheste, was du tun könntest. Dazu besteht nicht der geringste Anlass. Ich schlage vor, du übergibst mir jetzt die Fotos – andernfalls verschwenden wir nur unsere Zeit.«

»Und was, wenn ich es nicht tue?«

Burgstaller zwang sich zu einem Lächeln. »Dann hoffe ich für dich, dass du es dir anders überlegst. Wenn nicht, täte es mir leid. Dann sähe ich mich gezwungen, dich …«

»Mundtot zu machen, ich weiß«, fuhr ich dazwischen, die Hand in der Tasche, um für den Fall der Fälle gerüstet zu sein. »Wie heißt es doch so schön: Übung macht den Meister. Zuerst Inès, dann Lupin und zu guter Letzt, sozusagen als krönender Abschluss, die Kanaille, die den Stein ins Rollen gebracht hat. Na los doch, bringen Sie es hinter sich. Auf einen Toten mehr oder weniger kommt es ja wohl nicht an, oder?«

»Jetzt hör mir mal gut zu, du *Anfänger*!«, zischte Burgstaller, nahm die Zigarre aus dem Mund und drückte sie an der schmiedeeisernen Balustrade aus. Dann ließ er sie auf den Boden fallen, wo die Aschepartikel einen winzigen Haufen gebildet hatten. »Entweder du nimmst Vernunft an und kooperierst, oder du musst zusehen, wo du bleibst. Und bilde dir ja nicht ein, du könntest dich aus dem Staub machen. Jeder verfügbare Polizist ist auf den Beinen, das kannst du dir ja wohl denken. Fliehen ist zwecklos, du sitzt in der Falle.«

»Und Ihr Handlanger, was ist mit dem? Zwei Morde binnen kurzer Zeit, so etwas bleibt in den seltensten Fällen verborgen.«

»Ich weiß.«

Zwei Worte nur, und ich besaß Gewissheit. Knapper hätte man eine Todesnachricht nicht formulieren können. »Womit die Zahl der Getöteten, die auf Ihr Konto gehen, auf drei angestiegen wäre.«

»Das hast *du* gesagt, nicht ich«, erwiderte Burgstaller und blitzte mich aus dem Augenwinkel an, wie ein Reptil, das sich seiner Beute sicher ist. »Also was ist, willigst du in meine Bedingungen ein?«

»Die da lauten?«

»Zuerst die Fotos, dann sehen wir weiter.«

»Eine Frage noch, wenn Sie gestatten.«

Das Reptil knirschte mit den Zähnen. »Aber nur eine, weil du es bist.«

»Was ist eigentlich mit Lucheni?«

»Ich fürchte, ich verstehe dich nicht ganz.«

»Und ob Sie mich verstehen«, gab ich mit messerscharfem Tonfall zurück, kurz davor, von meiner Waffe

Gebrauch zu machen. »Nachdem alle Spuren verwischt und sämtliche Mitwisser aus dem Weg geräumt wurden, ist er der Einzige, der imstande wäre, den Finger in die Wunde …«

»Der wird sich hüten, den Mund aufzumachen. Sollte er es dennoch tun, wird das Konsequenzen haben.«

»Welcher Art?«

»Kommt drauf an, wie weit er sich aus dem Fenster lehnt«, gab Burgstaller mit tonloser Stimme zurück, drehte sich um und sah mir direkt in die Augen. »Du weißt doch, es gibt Dinge, die sollte man für sich behalten.«

»Sonst?«

»Auch wenn du es nicht glaubst, mein Arm reicht weiter, als du es dir vorstellen kannst.«

»Lucheni ist der bestbewachte Mann der Schweiz, das ist Ihnen ja wohl klar. Und außerdem: Was kann denn so wichtig sein, dass es um keinen Preis publik werden darf?«

»Du erwartest doch nicht, dass ich dir eine Antwort darauf gebe?«

»Wissen Sie, was ich glaube? Die Fotos sind überhaupt nicht das Problem. Was Lupin passiert ist, hätte jedem anderen Beamten auch passieren können. Um zu erkennen, dass Lucheni ein Attentat verüben wollte, hätte man Hellseher sein müssen. Was er tun konnte, hat er getan, Fahrlässigkeit oder Vernachlässigung der Dienstpflichten scheiden somit aus. Was ich damit zum Ausdruck bringen will, ist, selbst wenn die Fotos publik geworden wären, man hätte ihm nicht viel anhaben können. Ein kritischer Artikel, hier und da ein bisschen Hohn und Spott, die eine oder andere unbequeme Frage – viel mehr hätte er nicht zu befürchten gehabt. Die Angelegenheit wäre im Sande verlaufen, darauf gehe ich jede Wette ein.«

»Und was folgt deiner Meinung nach daraus?«

»Dass es um mehr gegangen sein muss, als eine – wiewohl peinliche – Polizeipanne zu vertuschen. Um *wesentlich* mehr sogar.«

»Du bist ein ungemein kluger Bursche, Auguste. Das habe ich immer schon gewusst.« Burgstaller seufzte theatralisch auf, warf den Kopf zurück und ließ die Hand durch das dicht gewellte Haupthaar gleiten. »Nicht auszudenken, was aus dir hätte werden können, wenn du nicht so stur gewesen wärst.«

»Danke für die Blumen. Dumm nur, dass ich mir nichts davon kaufen kann.«

Burgstaller tat so, als habe er die Bemerkung überhört. »Du hast recht, Auguste. Die Fotos sind nicht das Problem.«

»Worüber wurde zwischen Lupin und dem Attentäter gesprochen? Es war doch kein Zufall, dass sich die beiden über den Weg gelaufen sind, oder?«

»Chapeau, Auguste. Du hättest zur Kripo gehen sollen. Wer weiß, vielleicht wärst du sogar Polizeipräsident geworden.«

»Hat Lupin den Attentäter instruiert – ja oder nein? Raus mit der Sprache, oder …«

»Mit dem Kopf durch die Wand, genau wie früher.« Burgstaller schüttelte mitleidig den Kopf. »Darf ich dich etwas fragen, mein Junge?«

»Ich bin nicht Ihr Junge, merken Sie sich das.«

»Ist dir bewusst, in welcher Gefahr du schwebst? Und noch etwas. Wenn ich du wäre, würde ich den Mund nicht so voll nehmen. Merk dir eins. Die Leute, mit denen ich zusammenarbeite, schrecken vor nichts zurück.«

»Das sagt gerade der Richtige«, konterte ich mit eisiger Miene, trat bis auf Armlänge an Burgstaller heran und raunte: »War Lucheni nur eine Marionette, ja oder nein? Und wenn ja, nach wessen Pfeife hatte er zu tanzen?«

»Falls es dich beruhigt: Lupin war es, der ihn rekrutiert hat – nicht ich.«

»Und wie?«

»Gegenfrage: Was weißt du über die Kaiserin?«

»Nicht mehr als Sie, nehme ich an.«

»Wenn du dich da mal nicht irrst«, antwortete Burgstaller in überheblichem Ton, lehnte sich auf die Balustrade und grinste triumphierend. »Was das betrifft, dürfte ich im Vorteil sein.«

»Und wenn schon. Wissen Sie, auf Klatsch und Tratsch kann ich gern verzichten.«

»Du wirst lachen, ich auch«, gab Burgstaller zurück, senkte die Stimme und ergänzte in süffisantem Ton: »Sollen sich doch andere den Mund fusselig reden, mir persönlich liegt absolut nichts daran.«

»Na also, wo liegt dann das Problem?«

»Das Problem, mein lieber Auguste, besteht darin, dass sich gewisse Kreise Sorgen um das Ansehen des Kaiserhauses machen. Welche das sind, bleibt deiner Fantasie überlassen.«

»Und was, bitte schön, hat das mit der verstorbenen Kaiserin zu tun?«

»Eine Menge.«

»Nämlich?« Die Hand am Griff meiner Pistole, gab ich mir Mühe, unbeteiligt zu wirken, zupfte an meinem Hemdkragen herum und feixte: »Machen Sie es nicht so spannend. Ich habe heute noch was vor.«

»Ja wenn das so ist, machen wir es kurz«, spöttelte Burgstaller, ein hintergründiges Lächeln im Gesicht. »In Wien gibt es gewisse Kreise, die das Privatleben der Kaiserin mit Argwohn betrachteten.«

»Endlich kommen wir der Sache näher.«

»Mit anderen Worten, schenkt man meinen Gewährsleuten Glauben, dann gab der Lebenswandel der Kaiserin Anlass zu großer Sorge.« Um seine Pointe an den Mann zu bringen, hielt Burgstaller abwartend inne. Dann fügte er in herablassendem Tonfall hinzu: »Falls du verstehst, was ich meine.«

»Leider nein.«

»Na schön – dann muss ich eben deutlicher werden. Wie seit längerem zu beobachten, hatte es sich die Kaiserin zur Gewohnheit gemacht, die Welt auf jede nur erdenkliche Art zu bereisen.«

»Und was ist daran so schlimm?«

»Gar nichts – von den horrenden Kosten, die dabei anfielen, einmal abgesehen.« Burgstaller lächelte verkrampft. »Aber da der Kaiser gezahlt hat – weniger aus Überzeugung, sondern um des lieben Friedens willen –, gab es am Steckenpferd der Frau Gemahlin nicht viel auszusetzen. Die Wittelsbacher sind nun mal ein wenig exzentrisch, die Kröte musste er notgedrungen schlucken. Man denke nur an König Ludwig, der war aus dem gleichen Holz geschnitzt.«

»Exzentrisch, soso. Sind wir das nicht alle?«

»Aber natürlich«, flachste Burgstaller und warf mir einen Blick zu, der an Geringschätzigkeit nichts zu wünschen übrig ließ. »Der eine mehr, der andere weniger. Im Fall der Kaiserin lagen die Dinge jedoch anders.«

»Reden Sie nicht um den heißen Brei herum, das kann ich auf den Tod nicht ausstehen.«

»Euer Wunsch sei mir Befehl, Monsieur le Comte.« Burgstaller deutete eine spöttische Verbeugung an, kicherte in sich hinein und sagte: »Wenn ich das Wort ›exzentrisch‹ benutze, dann nur, um einen unverfänglichen Terminus zu gebrauchen.«

»Wie nobel, hätte ich Ihnen nicht zugetraut.«

»Tatsache ist, die Kaiserin zog die Gesellschaft von Frauen derjenigen von Männern bei weitem vor. An sich nichts Schlimmes, wenn …«

»Nichts Schlimmes?«, vollendete ich mit angespannter Miene, von einer Vorahnung gepackt, die denn auch prompt bestätigt werden sollte. »Moment mal, finden Sie nicht, das geht ein bisschen zu weit?«

»Wenn da nicht ihre Neigung gewesen wäre, sich mit wesentlich jüngeren Hofdamen zu umgeben«, fuhr Burgstaller ohne Rücksicht auf meine Zwischenbemerkung fort, das Gesicht zu einer missbilligenden Fratze verzerrt. »Mit Betonung auf ›Neigung‹, falls du verstehst, was ich meine.«

Und ob ich verstand, was mein ehemaliger Mentor meinte. Dennoch fehlten mir die Worte, und je länger ich über den Vorwurf nachgrübelte, desto mulmiger wurde mir zumute. »Heißt das, der Kaiser …«, begann ich, nur um mitten im Satz zu verstummen. »Alles, was recht ist, aber … Tut mir leid, aber das kann ich mir nicht vorstellen.«

»Um eins klarzustellen: Der alte Hagestolz hatte nicht die geringste Ahnung. Und selbst wenn, wäre er nicht der Typ, um dem Trei… Um seiner vergötterten Sisi Einhalt zu gebieten, wollte ich sagen.«

Außer mir vor Wut, packte ich Burgstaller am Revers. »Wer hat Ihnen den Auftrag gegeben, Burgstaller?«, brüllte ich. »Raus mit der Sprache, bevor ich mich vergesse!«

»Aber, aber, wer wird denn gleich so ungestüm sein«, höhnte der Mann, zu dem ich wie zu kaum einem anderen

Menschen aufgeblickt hatte, befreite sich aus meinem Griff und tat so, als ließe ihn der Wutausbruch kalt. »Du wolltest die Wahrheit hören, und ich habe deinem Wunsch Folge geleistet. Meine Hochachtung, Auguste, du bist wirklich nicht auf den Kopf gefallen. Du gestattest, dass ich eine rauche? Altes Laster von mir, falls du dich daran erinnerst.« Im Begriff, in die Innentasche seines Mantels zu greifen, seufzte Burgstaller theatralisch auf. »Zu dumm, ich habe keine Streichhölzer mehr! Wärst du vielleicht so gut und könntest mir Feuer …«

»Keine Bewegung!«, fuhr ich dazwischen, riss die Smith & Wesson aus der Tasche und hielt sie Burgstaller vors Gesicht. »Hände hinter den Kopf, auf die Knie und keinen Mucks, sonst schieße ich dich über den Haufen!«

»… geben?

»Du sollst die Klappe halten, hab ich gesagt. Sonst puste ich dir die Visage weg.« Selten zuvor war ich so in Rage gewesen, von daher die vulgäre Ausdrucksweise. Der Leser möge dies entschuldigen, aber ich konnte einfach nicht anders. »Schau an, was haben wir denn da? Einen Trommelrevolver. Hut ab, Sie denken wirklich an alles.«

Ich weiß, ich weiß. Es war ein Fehler, Burgstallers Waffe in hohem Bogen in den See zu werfen. Was rede ich da, es war unprofessionell.

Um nicht zu sagen dilettantisch.

Tja, so ist das nun mal, es ist eben noch kein Meisterdetektiv vom Himmel gefallen.

Doch zurück zu Burgstaller, der mich mit hasserfüllter Miene anstierte. »Jetzt drück schon ab, du Memme!«, fuhr er mich mit zusammengebissenen Zähnen an, das Gesicht zu einem dämonenhaften Grinsen verzerrt. Von Onkel Max, dereinst Helfer in der Not, war so gut wie nichts übrig geblieben, nur eine Hülle, die an längst vergangene Tage erinnerte. »Drück ab, wenn dir danach zumute ist!«

»Liebend gern, doch zuvor hätte ich noch ein paar Fragen«, gab ich zurück und drückte meine Waffe an Burgstallers Stirn. »Und keine Tricks, sonst wäre es das gewesen.«

»Und wenn du dich auf den Kopf stellst, ich weiß nicht, wer dahintersteckt!«

»Lüg mich nicht an, sonst …«

»Verdammt noch mal, wie oft soll ich das denn noch sagen!«, keuchte Burgstaller, Angstschweiß auf der zerklüfteten Stirn. »Da waren Profis am Werk, ob du es glaubst oder nicht.«

»Vom österreichisch-ungarischen Geheimdienst?«

»Wenn ich es dir doch sage, Auguste: Ich habe nicht die geringste Ahnung. Der Kontakt lief über Mittelsmänner – oder per Kurier, falls du es genau wissen willst.«

»Und Lucheni, was war mit ihm?«

»Das hat Lupin eingefädelt, nicht ich.«

»Du erwartest doch nicht, dass ich dir das glaube?«, schleuderte ich Burgstaller ins Gesicht und verstärkte den Druck meiner Waffe, wodurch sein Kopf in den von Fettringen strotzenden Nacken sackte. »Halt mich bloß nicht zum Narren, oder du lernst mich kennen.«

»Sagen wir mal so: Es war leichter als gedacht.«

»Na also, geht doch.«

»Lupin war ein alter Hase, der hatte Übung darin.«

»Sprich, er hat ihm Geld geboten.«

»Wie fantasielos, Auguste, auf die Idee wäre wirklich jeder gekommen.« Die Augen weit aufgerissen, schnappte Burgstaller nach Luft. »Mal ehrlich, Leute wie dieser Lucheni verstehen doch nur eine Sprache, nämlich die, wenn man sie mit den eigenen Waffen schlägt. Auf die sanfte Tour darfst du so einem nicht kommen, sonst tanzt er dir auf der Nase rum.«

»Etwas genauer, wenn ich bitten darf.«

»Lupin hat den Itaker unter Druck gesetzt. Einfache Methode, aber wirkungsvoll.«

»Und wie?«

»Na wie wohl! Indem er ihm etwas angehängt hat, mit dem er nichts zu tun hatte. Was schätzt du, wie hoch liegt die Strafe für versuchte Vergewaltigung?«

»Verstehe ich dich richtig: Lupin hat ihm eine Straftat vorgeworfen, die …«

»Absolut frei erfunden war, du sagst es. Und was lernen wir daraus? Du musst nur die richtigen Leute an der Hand haben, und dann läuft es wie geschmiert. Man nehme eine Dame aus dem Milieu, drücke ihr 100 Franc in die Hand und benutze sie als Köder, um das ahnungslose Opfer in die Venusfalle zu locken. Und weißt du was? Lucheni ist prompt drauf reingefallen. Fiel natürlich aus allen Wolken, als er aufs Revier gebracht wurde.«

»Und warum ausgerechnet Lucheni?«

»Ganz einfach. Weil er ein absolut unbeschriebenes Blatt war. Wanderarbeiter aus Italien, erst kurz vor dem Attentat aus Lausanne eingereist, völlig abgebrannt, kaum Bekannte, ohne Familie, ohne festen Wohnsitz, ohne Perspektive – mit Leuten wie dem kannst du alles machen, wenn du es geschickt anstellst. Und an Geschick hat es Lupin ja wohl nicht gemangelt. Wenn wir gerade dabei sind, der Tipp kam von den Kollegen in Lausanne. Sieht so aus, als sei Lucheni dort kein Unbekannter gewesen. Kleiner Fisch, soweit ich weiß. Kaum der Rede wert, was er auf dem Kerbholz hatte.«

»Kaum der Rede wert! Der Mann ist Anarchist, schon vergessen?«

»Von wegen Anarchist«, geiferte der vermeintliche Grandseigneur, während ihm der Speichel aus dem faltigen Mundwinkel rann. »Der Italiano ist ein hergelaufener Tagedieb, mehr nicht.«

»Ich merke schon, Sie sprechen aus Erfahrung.«

»Wie gesagt, es war leichter als gedacht«, würgte Burgstaller hervor, hechelte nach Luft und japste: »Lupin hat wirklich ganze Arbeit geleistet.«

»Falls das ein Versuch sein soll, die Schuld auf andere abzuwälzen – vergessen Sie's.«

»Selbst wenn ich es täte, hätte es einen Sinn?«

»Zur Sache, Burgstaller – Ihr Gewinsel wird Ihnen nichts nützen.«

»Schade um ihn, er wusste, wie man so was macht.«

»Wie man *was* macht?«

Burgstaller verdrehte die Augen. »Na, wie man es fertigbringt, dass die Leute nach deiner Pfeife tanzen«, erwiderte er, von einem Hustenanfall geschüttelt, der ihn kurzzeitig außer Gefecht setzte. »Soll ich dir was verraten, Auguste? Lucheni hätte die eigene Mutter umgebracht, damit er nicht hinter Gitter kommt. Apropos: Du hast meine Frage von vorhin noch nicht beantwortet.«

»Bringen wir es auf den Punkt: Um ihn gefügig zu machen, hat Lupin gedroht, er werde Lucheni wegen versuchter Vergewaltigung für mehrere Jahre hinter Gitter bringen.«

»Wegen versuchter Vergewaltigung in Tateinheit mit unerlaubtem Waffenbesitz, du hast das Stilett vergessen.«

»Stimmt, wenn ich Sie nicht hätte! Falls Lucheni jedoch bereit sei, ihm eine … Wie sagt man in Ihren Kreisen doch gleich – genau, jetzt fällt es mir wieder ein!« Die Pistole im Anschlag, warf ich Burgstaller einen drohenden Blick zu. »Falls er jedoch bereit sei, ihm eine Gefälligkeit zu erweisen, werde er sich die Sache noch mal überlegen. Seine Papiere müsse er natürlich konfiszieren, sozusagen als Faustpfand. So weit korrekt?«

Burgstaller nickte stumm.

»Auf die Frage, um welche Art von Gefälligkeit es sich handele, erhielt Lucheni jedoch eine – allenfalls vage – Antwort. Abermals korrekt?«

»Wie gesagt: Du bist ein überaus intelligenter junger …«

»Und du bist der größte Widerling, den kenne!«, fiel ich meinem Gegenüber ins Wort, funkelte ihn wütend an und fragte: »Kann es sein, dass Lucheni erst kurz vor dem Attentat reiner Wein eingeschenkt wurde? Gib Antwort, sonst prügele ich die Wahrheit aus dir raus!«

Schon wieder dieser vulgäre Duktus, ich weiß. Wird nicht wieder vorkommen, messieurs dames.

Versprochen.

»Natürlich, was hast du denn gedacht. Wenn etwas durchgesickert wäre, hätten wir einpacken können. Die hätten uns die Hölle heißgemacht, darauf gehe ich jede Wette ein.«

»Die, die, immer nur die!«, platzte ich heraus, mit der Geduld definitiv am Ende. »Denken Sie wirklich, Sie könnten mich zum Narren halten? Kontakt per Mittelsmann – das können Sie Ihrer Großmutter erzählen.«

»Auch wenn du mir nicht glaubst, es war so, wie ich sage.« Burgstaller rang nach Luft. »Nebenbei bemerkt, ganz so reibungslos wie erhofft ist es trotzdem nicht gelaufen.«

»Wieso nicht?«

»Weil diese Zeitungsfritzen nicht Besseres zu tun hatten, als das Inkognito der Kaiserin zu lüften. Und überall herumzuposaunen, was sie vorhat. Als ob das jemanden interessieren würde. Tja, so ist das nun mal. Wenn du denkst, es könne nichts schiefgehen, dann kommt dir jemand in die Quere.« Burgstaller lachte bitter auf. »Auf die Idee, dass der Herumtreiber Zeitung liest, wäre ich nun wirklich nicht gekommen.«

»Mit anderen Worten, Lucheni machte Schwierigkeiten.«

»Und was für welche! Lupin hatte alle Hände voll zu tun, den verlausten Vagabunden bei der Stange zu halten. Hätte nicht viel gefehlt, und die Sache wäre schiefgegangen.«

»Sprich, Lucheni hat sich geweigert, eine wehrlose alte Frau zu töten.«

Burgstaller nickte. »Kriegt dieser Itaker doch tatsächlich kalte Füße, man soll es nicht für möglich halten. Und das unmittelbar vor dem Attentat. Tja, so ist das nun mal. Da gibst du dir die größte Mühe, einen narrensicheren Plan auszuhecken, und ehe du dich's versiehst, kriegst du den Wind von vorn.«

»Mit einem Wort, die Fotos wurden genau in dem Moment aufgenommen, als Lupin und Lucheni aneinandergeraten sind.«

»Du sagst es.«

»So war das also. Jetzt wird mir einiges klar.« In Gedanken bei der Szene, die ich vom Café de la Paix aus beobachtet hatte, fiel es mir wie Schuppen von den Augen. Endlich hatte ich Gewissheit, und in dem Maße, wie ich mir den Vorgang vergegenwärtigte, fügten sich die Teile des Mosaiks zusammen. Eins musste man Lupin lassen: Er war ein Meister seines Fachs gewesen – und hintertrieben wie kaum ein Zweiter. Erst im letzten Moment, knapp zehn Minuten vor dem Attentat, hatte er die Katze aus dem Sack gelassen und seinem Handlanger reinen Wein eingeschenkt. Doch damit, so schien es, war das Blatt ausgereizt gewesen. Weder Lupin noch Burgstaller hatten damit gerechnet, dass Lucheni gegen den Plan aufbegehren würde, was einen erregten Disput nach sich gezogen hatte. »Eins würde mich interessieren: Wie hat Lupin das Kunststück fertiggebracht, Lucheni umzustimmen?«

»Indem er ihm die Pistole auf die Brust gesetzt hat, wie denn sonst.«

»Bedeutet?«

»Er hat gedroht, Lucheni wie einen räudigen Hund abzuknallen. Das hat gewirkt.«

»Und dann?«

Burgstaller grinste schief. »Der Rest ist Geschichte, wie wir alle wissen.«

»Und was, wenn Lucheni auspackt? Sie glauben doch nicht etwa, dass er dichthält?«

»Doch, und weißt du auch, warum?«

»Ich nehme an, Sie werden es mir gleich sagen.«

»Ganz einfach. Weil er die Hosen gestrichen voll hat. Und weil er sich bewusst ist, dass die Retourkutsche auf dem Fuß folgen würde.«

»Auch im Gefängnis?«

»*Gerade* im Gefängnis, mein Bester.« Selbstgefällig bis ins Extrem, kostete Burgstaller seinen Triumph in vollen Zügen aus. Dann spottete er: »Ich kann mir nicht helfen, irgendwie ist der Hohlkopf zu bedauern. Aber was soll's, so ist nun mal der Lauf der Welt.« Ein zynisches Lächeln, gefolgt von einer Grimasse, die mich ums Haar zur Weißglut getrieben hätte. Und dann die Worte: »Wie man hört, scheint der Versager seine Lektion gelernt zu haben. Lügt, dass sich die Balken biegen. Behauptet, er sei ein Einzeltäter. Setzt das Gerücht in die Welt, er habe aus Überzeugung gehandelt. Will alle Welt glauben machen, der Entschluss zur Tat sei auf seinem Mist gewachsen. Er ist zwar nicht der Hellste – aber was seinen Erfindungsreichtum betrifft, sucht Lucheni seinesgleichen. Tja, so sind sie nun mal, die Italiener. Wie heißt es in südlichen Gefilden doch gleich: ›Se non è vero, è ben trovato.‹ Wie wahr, wie wahr. Wenn es auch nicht wahr ist, dann ist es wenigstens gut erfunden. Märchenstunde auf Italienisch, öfter mal was Neues. Lebten sie noch, die Gebrüder Grimm wären blass geworden vor Neid.«

»Zum letzten Mal, Burgstaller. Wer außer Ihnen und Lupin war über das Mordkomplott im Bilde? Wenn ich Sie wäre, würde ich die Karten auf den Tisch legen. Sonst könnte es ein böses Erwachen geben.«

»Mal ehrlich: Glaubst du, ich bin so dämlich, dass ich mir die Schlinge selbst um den Hals lege? Und noch etwas. An deiner Stelle würde ich einen anderen Ton anschlagen, zur Überheblichkeit besteht kein Anlass. Ob du es wahrhaben willst oder nicht, Auguste: Du hast nichts gegen mich in der Hand. Je früher du das kapierst, desto besser.«

»Steh auf, du Ekelpaket, damit ich dir in die Augen sehen kann.«

Der Angesprochene tat, wie ihm geheißen.

»Da fühlt man sich doch gleich besser, nicht wahr?« Den Finger am Abzug, ließ ich Burgstaller keine Sekunde aus den Augen. »Sie glauben also, ich hätte nichts gegen Sie in der Hand?«

»Ich glaube es nicht nur, ich weiß es.«

»Wenn Sie sich da mal nicht irren, Burgstaller. Hochmut kommt bekanntlich vor dem Fall.«

»Ich irre mich nie, Auguste. Gerade du müsstest das eigentlich wissen.«

»Na schön, Sie wollen es offenbar nicht anders. Darf ich vorstellen – Monsieur Pelletier, Prokurist bei der Crédit de Genève. Bitte treten Sie doch näher, Raymond, der Herr hier kann es kaum erwarten.«

Kalt erwischt, fuhr Burgstallers Blick nach rechts und folgte der Richtung, in die meine Handfläche deutete. Die Gestalt auf dem Promenadenweg, die unserer Unterhaltung aus sicherer Entfernung gefolgt war, stand eine Weile reglos, nickte dann aber mit dem Kopf und kam meiner Aufforderung nach.

»Die Herren kennen sich?«

»Nicht, dass ich wüsste«, gab Burgstaller zurück, als sich der kleinwüchsige, gebeugt gehende und aufgrund eines Hüftleidens auf einen Gehstock gestützte Brillenträger zu mir gesellte und meinen Kontrahenten keines Blickes würdigte. »Mit wem habe ich die Ehre?«

»Mit Monsieur Raymond, meinem ehemaligen Ausbilder. Bekanntermaßen war ich zwar keine große Leuchte und weder fähig noch willens, in Vaters Fußstapfen zu treten, aber das hat den Herrn zu meiner Linken nicht interessiert. Monsieur Raymond hat mir geholfen, wo er nur konnte, wäre er nicht gewesen, ich wäre mit fliegenden Fahnen untergegangen. Aber das hat dich nicht zu interessieren, hier geht es nicht darum, alte Erinnerungen aufzufrischen.«

»Sondern um was?«

»Monsieur Raymond hat fast ein halbes Jahrhundert in Diensten des Hauses Beaulieu gestanden. Zunächst als

Prokurist, sehr bald auch als Mitglied des Aufsichtsrats, graue Eminenz der Crédit de Genève und verlässliche Stütze der Geschäftsleitung.«

»Schön für ihn. Und was hat das mit mir zu tun?«

»Können Sie sich das nicht denken?«

Der Mundwinkel meines Kontrahenten gab ein verräterisches Zucken von sich. »Das wird dich teuer zu stehen kommen, Auguste«, knurrte er und stierte auf die Smith & Wesson, die auf seine linke Brusthälfte gerichtet war. »So wahr ich hier stehe, dafür wirst du bezahlen.«

»Gutes Stichwort«, gab ich zurück, tauschte einen Blick mit meinem Nebenmann und fuhr mit meiner Befragung fort: »Trifft es zu, dass deine Einkünfte in den vergangenen Jahren sprunghaft angestiegen sind?«

»Und wenn schon, was geht dich das an?«

»Mehr, als du denkst«, erwiderte ich und wandte mich meinem gespannt zuhörenden Nebenmann zu. »Sie haben das Wort, Monsieur Raymond.«

Über ein Blatt Papier gebeugt, das er aus seiner Jackentasche hervorgezogen hatte, ließ sich der 64-Jährige nicht lange bitten, trat in den Lichtkegel der Laterne und begann mit brüchiger Stimme zu lesen. »Wie aus meinen Unterlagen hervorgeht, hat sich der Kontostand des Kunden innerhalb der letzten fünf Jahre nahezu versiebenfacht. Mit anderen Worten, bis zum Beginn der 90er-Jahre bewegt er sich auf annähernd gleichem Niveau, von gelegentlichen Schwankungen, die als unauffällig und konjunkturbedingt einzustufen sind, einmal abgesehen. Beginnend mit dem Jahr 1893 klettern die Einlagen jedoch in rasantem Tempo in die Höhe. Ein Umstand, der einem zu denken gibt. Und dies umso mehr, als dass die Einkünfte des Kontoinhabers nur einen Bruchteil dessen ausmachen, was Monat für

Monat auf das auf seinen Namen angelegte Festgeldkonto fließt. Davon abgesehen hat Herr Doktor Burg… hat der Kunde in den vergangenen drei Jahren circa eine halbe Million Franken in den Erwerb von Wertpapieren diverser Firmen investiert, welche ihren Sitz in Genf oder in der unmittelbaren Nachbarschaft haben. Per saldo beläuft sich das in unserem Haus angelegte Kapital somit auf über ein-einhalb Millionen Franc, Immobilien und sonstiger Besitz nicht mitgerechnet.«

»Genügt das, Burgstaller, oder wollen Sie noch mehr hören?«, fügte ich hinzu, als Pelletier eine wohlkalkulierte Verschnaufpause einlegte. »Falls es eine Erklärung gibt, lassen Sie es uns wissen.«

»Ja, die gibt es«, stieß der Adressat meiner Frage hervor, machte einen Schritt nach vorn und blaffte: »Seit wann ist es verboten, Geld zu verdienen, kannst du mir das verraten? Der Neid der Besitzlosen, sehe ich das richtig?«

»Das blanke Entsetzen, falls du es genau wissen möchtest. Wie kann man nur so tief sinken wie du, darüber komme ich nicht hinweg.«

»Spar dir die Sonntagspredigten, Auguste. Du hast es gerade nötig, mir Vorhaltungen zu machen.«

»Falls Sie es noch nicht bemerkt haben sollten, Sie scheinheiliger Halunke: Wir reden hier nicht über mich, sondern über Sie. Hier geht es um Mord, mein Lebenswandel steht nicht zur Debatte. Um dreifachen, von langer Hand geplanten und mit erschreckender Kaltblütigkeit ausgeführten Mord. Über das Komplott, dem die Kaiserin zum Opfer fiel, wollen wir gar nicht reden.«

»Ich hab's dir schon einmal gesagt, mein Bester«, hielt Burgstaller hohntriefend dagegen, klopfte den Schmutz von seiner Hose und sprach: »Behauptungen aufzustellen, ist ein Kinderspiel, Beweise vorzulegen, eine Sache für Erwachsene. Du verstehst, was ich damit sagen will? Solange du nichts gegen mich in der Hand hast, tust du gut daran, von deinem hohen Ross runterzukommen. Eins lass dir gesagt sein: Um mich aufs Glatteis zu führen, musst du schwerere Geschütze auffahren.«

»Nicht nötig. Die Mühe kann ich mir sparen.«

Burgstaller horchte verdutzt auf. »Ich fürchte, ich verstehe dich nicht ganz.«

»Und ob Sie mich verstehen, Burgstaller!«, antwortete ich mit schneidender Stimme, umklammerte den Griff meiner Waffe und bedeutete Monsieur Raymond, mit seinem Exkurs fortzufahren. »Aber hören Sie selbst.«

Pelletier ließ sich nicht lange bitten. »Fahren wir also fort«, sagte er, hob die Stimme und sah Burgstaller über die Ränder seiner Hornbrille hinweg an. »Laut Aussage eines meiner Angestellten wurde am vergangenen Montag ein auf den Namen Fouché & Fils lautendes Firmenkonto eröffnet.«

»Na und? Was, bitte schön, geht mich das …«

»Der Beschreibung zufolge, welche die Schalterbedienstete von ihrem Kunden gab, scheint es bezüglich seiner Identität keinerlei Zweifel zu geben.«

»Mit anderen Worten, Burgstaller: Sollten Sie die Absicht haben, uns weiter an der Nase herumzuführen, werde ich eine Gegenüberstellung in die Wege leiten. Die Dame, deren Dienste Sie in Anspruch genommen haben, ist sich ihrer Sache sicher – und eine eidesstattliche Aussage bloße Formsache.«

Kalkweiß im Gesicht, wollte Burgstaller etwas erwidern.

Allein, ich kam ihm zuvor. »Eins sollte ich vielleicht noch erwähnen. Auf dem Konto, das Sie unter falschem

Namen eröffnet haben, ist am heutigen Montag ein Betrag eingegangen, der in etwa 200.000 Franc hiesiger Währung entspricht. Hübsche Summe, nicht wahr? Überweisung von unbekannter Seite, eingezahlt bei einer Wiener Bank. Reicht das, oder muss ich noch deutlicher werden?«

»Chapeau, Beaulieu«, erwiderte Burgstaller mit tonloser Stimme und ließ den Blick zwischen Pelletier und mir hin und her wandern. »So viel Scharfsinn hätte ich Ihnen nicht zugetraut. Und was haben Sie jetzt vor?«

»Falls Sie nichts einzuwenden haben, wird Monsieur Raymond jetzt die Polizei verständigen.«

»Tun Sie, was Sie für richtig halten.«

»Damit kein falscher Eindruck entsteht«, gab ich zurück, während sich Pelletier auf den Weg zum nächstgelegenen Revier machte, »was ich hier tue, tue ich nicht gerne. Eins würde mich trotz allem interessieren.«

»Nämlich?«

»Auf die Gefahr hin, mich zu wiederholen: Ich frage mich, wie ein Mensch wie Sie ...«

»... so tief sinken kann?«

Die Pistole immer noch in der Hand, starrte ich nachdenklich vor mich hin. »Ausgerechnet Sie, damit hätte ich nicht im Traum gerechnet.«

»Ausgerechnet ich, wie sich das anhört.« Die Augen auf die Mündung der Smith & Wesson gerichtet, bewegte sich Burgstaller nicht von der Stelle. »Du wirst lachen, Auguste, daran verschwende ich keinen Gedanken mehr.«

»Sollten Sie aber, es ist höchste Zeit.«

»Findest du?«, gab mein Gegenüber zurück, griff in seine Westentasche und holte eine reich verzierte Tabatiere hervor, deren Deckel er mit einer lässigen Handbewegung aufklappte.

Dass sie keinen Schnupftabak, sondern ein Sammelsurium an Tabletten und darüber hinaus auch eine Giftampulle enthielt, wurde mir erst klar, als es zu spät war.

»Zeit ist nicht das Problem, Auguste«, versetzte der Mann, der wie ein Vater zu mir gewesen war, nahm die Ampulle in die Hand und führte sie zum Mund. »Dort, wo ich hingehe, spielt sie keine Rolle mehr!«

⁓ఎ⌀

So weit also das Geschehen, in welches ich im Zuge der Ereignisse vom 10. September 1898 verstrickt wurde. Innerhalb weniger Tage war mein Leben aus den Fugen geraten, ein Umstand, der mich zwang, Vorkehrungen für die nahe Zukunft zu treffen. Auch wenn ich mich scheute, darüber nachzudenken, einen Weg zurück würde es nicht geben. Das war mir von Anbeginn klar gewesen. Mein Leben hing zwar nicht mehr am seidenen Faden, aber das bedeutete nicht, dass ich aus dem Schneider war. Wie weit Burgstaller in das unsichtbare Netzwerk verstrickt war, das zu den folgenschweren Ereignissen geführt hatte, konnte ich nicht beurteilen – und wollte es auch nicht. Doch war es ein Gebot der Vorsicht, die Geschehnisse zu dokumentieren, und sei es nur, um gegen Anfeindungen aller Art gewappnet zu sein. Die vielzitierte Binsenweisheit, dass Vorsicht die Mutter der Porzellankiste sei, erwies sich einmal mehr als zutreffend, und so griff ich zur Feder, um meine Erlebnisse festzuhalten.

Schließlich wusste man ja nie, was kommen würde.

Mit einem Wort, ich traute dem Frieden nicht.

Vive la vie, et vive les femmes!

Genf, im September 1898

Gez. Auguste Beaulieu

28

TAGEBUCH (VIII)

Aus den Tagebuchaufzeichnungen von Cesare Monteverdi, 28, Redakteur bei der ›Tribune de Genève‹

»Dann mach's mal gut, alter Junge«, sagte ich, einen dicken Kloß im Hals, was ich nach Kräften zu verbergen trachtete. Dann kniff ich Auguste in die Backe, worauf sich seine Miene spürbar aufhellte. »Und lass von dir hören, wenn dir danach ist.«

Die Anspannung der letzten Stunden stand meinem Freund ins Gesicht geschrieben, und es würde nicht leicht sein, die Geschehnisse zu verarbeiten. Wie sehr ihn der Fall Burgstaller in Mitleidenschaft gezogen hatte, konnte ich nur erahnen, weshalb ich mich hütete, das Thema zu vertiefen. Wenn jemand Licht ins Dunkel um das Attentat gebracht hatte, dann war es Auguste, und niemand sonst. Ob dies zur Aufdeckung der Machenschaften führen würde, wagte ich freilich zu bezweifeln. Zu viele Fragen waren offen und weitaus zu viele Menschen getötet worden, als dass man von einem glücklichen Ende hätte sprechen können. Wenn überhaupt, wäre das Problem erst dann aus der Welt geschafft, wenn das Komplott gänzlich aufgedeckt und die wahren Schuldigen dingfest gemacht sein würden. Ob das jemals der Fall sein würde, wagte ich jedoch zu bezweifeln. Wer darin verstrickt war und wie weit das Spinnennetz reichte, in dem sich Burgstaller verfangen hatte, daran wagte ich nicht einmal zu denken. Fürs Erste freute ich mich, mit heiler Haut davongekommen zu sein und zusammen mit Clodile die Reise nach Wien antreten zu können, um meine zukünftigen Schwiegereltern zu treffen. Clodile hatte darauf bestanden, und ich hatte nichts dagegen einzuwenden gehabt. Angesichts der Ereignisse, welche mein Leben durcheinandergewirbelt hatten, war es ratsam, zumindest vorübergehend aus Genf zu verschwinden. Bis sich die Wogen geglättet hatten, würde es noch eine Weile dauern, und so kam mir der Vorschlag, per Zug nach Wien zu reisen, gerade recht.

»Pass auf dich auf, hörst du?«

»Sagen wir mal so: Ich werde mein Bestes tun«, erwiderte Auguste, küsste Clodile die Hand und wartete ab, bis die Lautsprecherdurchsage beendet war. Der Nachtzug nach Wien werde in Kürze auf Gleis zwei des Gare de Conradi eintreffen, so war zu hören. Der Moment des Abschiednehmens war gekommen. »Adieu, Mademoiselle – es war mir eine Ehre, Ihre Bekanntschaft zu machen.«

Gott sei Dank, Auguste war auf dem Weg der Besserung. Der Charmeur in ihm war offenbar nicht totzukriegen.

»Und was werden Sie mit dem angebrochenen Abend anfangen?«, fragte Clodile, nachdem der Zug laut quietschend zum Stehen gekommen war. »Geben Sie es zu, ohne uns wird Ihnen bestimmt langweilig werden.«

Auguste antwortete mit einem verschmitzten Lächeln. »Mal sehen, was sich so ergibt«, scherzte er, fast schon wieder der Alte. »Vielleicht werde ich kurz bei Madame Passe... äh ... Vielleicht werde ich noch ein Chateau de Luins trinken gehen – ideal gegen Langweile.«

»Und dann?«

»Anschließend werde ich mich aufraffen, unsere Erlebnisse zu Papier zu bringen«, erwiderte Auguste, versetzte mir einen Rippenstoß und scherzte: »Aber das hat Zeit bis morgen, meine Bedürfnisse gehen vor!«

WIEN, 15.–17. SEPTEMBER 1898

NEUN

29

HEIMKEHR

Aus einer Geheimdepesche von **Anonymus** *an seinen Verbindungsoffizier beim k. und k. Inlandsgeheimdienst (StaPo) in Wien*

Westbahnhof, kurz vor 22 Uhr. Der Hofzug mit der toten Kaiserin trifft ein. Aus seinen Fenstern dringt kein Licht, ringsum herrscht tiefes Schweigen. Und dann, Schlag zehn Uhr, ist es schließlich so weit. Der von Kränzen bedeckte Sarg kommt zum Vorschein, wird von acht Dienern in Empfang genommen und im Beisein von Lakaien, Hofbeamten und Offizieren zum Hofsalon getragen, wo die Einsegnung vorgenommen werden soll.

Mittlerweile ist an der Stirnseite des Westbahnhofs der Leichenwagen vorgefahren, auf dem Dach die Kaiserkrone und der Doppeladler, ganz in Schwarz und mit Schnitzereien verziert. Die Geduld der Wartenden, die seit Stunden vor dem Bahnhof ausharren, wird auf eine harte Probe gestellt. Aber dann, beim Herannahen des Kondukts, kommt Bewegung in die Menge, wie auf Kommando entblößen die Wartenden die Häupter. Unter dem Baldachin des Leichenwagens, von acht schwarzbehängten Rappen gezogen, ist der Sarg der Kaiserin zu erkennen, wie eine Vision, die, kaum aufgetaucht, im Dunkel der Nacht verschwindet. Ein Blick auf den Sarg, und das Spektakel ist auch schon vorüber.

Der Hufschlag der Rösser verklingt in der Ferne, die Silhouetten der Hofwagen, Husaren, Berittenen sowie Lakaien mit Dreispitz, Perücke und schwarzer Livree verblassen, die Menge entlang der Ringstraße zerstreut sich wieder.

Es ist bereits elf Uhr, als der Kondukt die Hofburg erreicht. Dort, in der Kapelle, wo der Sarg bis zur Beisetzung aufgebahrt werden soll, wird der Kaiser die Verstorbene in Empfang nehmen. Wie gewohnt, so ist zu hören, wird das Zeremoniell im engsten Familienkreis und in Anwesenheit der Töchter Seiner Majestät stattfinden und unter der Leitung des Hofburgpfarrers stehen. Wie vom Zeremoniell bestimmt, wird der Sarg bis zur Beisetzung am morgigen Samstag an Ort und Stelle aufgebahrt bleiben.

So weit also meine Eindrücke, die ich am Abend des 15. September sammeln konnte.

Fazit: In Anbetracht der Extravaganzen, welche die Verstorbene zeitlebens kultivierte, fällt es schwer, eine Erklärung für die unerwartet große Anteilnahme zu finden. Käme an Licht, was unter keinen Umständen publik werden darf, die Katastrophe wäre perfekt. Schon wird gemunkelt, das Attentat könne unmöglich das Werk eines Einzelnen gewesen sein, hier und da ist sogar von einem Komplott die Rede. Wer die Gerüchte in die Welt gesetzt hat, bedarf einer genaueren Untersuchung, und ich rate dazu, die Dinge nicht auf die leichte Schulter zu nehmen. Um den Bestand der Monarchie zu sichern, sollten alle nur erdenklichen Vorkehrungen getroffen werden, auch solche, die im Widerspruch zu unserer Rechtsordnung stehen. Geschieht dies nicht, dürften die Verfallserscheinungen, die allenthalben zu beobachten sind, nicht mehr aufzuhalten sein.

Gott schütze Österreich-Ungarn, und Gott schütze den Kaiser!

Anonymus

30

AUFBRUCH

Aus einem Brief von Cesare Monteverdi an seinen Freund
Auguste Beaulieu, wohnhaft in der Rue des Alpes in Genf

Lieber Auguste!

Soeben kommen wir von der Beisetzung der Kaiserin
zurück, die, wie Du Dir gewiss denken kannst, in der
Familiengruft zur Ruhe gebettet wurde. Stell Dir vor:
Dank guter Beziehungen, die meine Schwiegereltern zu
den zuständigen Stellen unterhalten, konnten wir einen
Platz in der Kapuzinerkirche ergattern, zwar nur auf den
hinteren Bänken, aber immerhin. Es ist schwer, meine
Eindrücke zu schildern, ich komme mir vor wie in einer
anderen Welt. Anwesend waren alle möglichen gekrönten
Häupter, allen voran der deutsche Kaiser, der, wie nicht
anders zu erwarten, in der ersten Reihe saß. Dahinter die
Kronprinzessin-Witwe Stephanie und die Töchter der
Verstorbenen, Prinzessin Gisela und Erzherzogin Marie
Valerie. Die Einzelheiten des Zeremoniells erspare ich mir,
jemanden wie Dich würde das nur langweilen.

Die eigentliche Beisetzung fand unter Ausschluss der
Trauergemeinde statt, so will es das Protokoll. Traditionell
ist nur der Kaiser befugt, die Sargträger auf ihrem Weg in
die Gruft zu begleiten, was Franz Joseph denn auch schweren Herzens tat. Wie sehr ihm das Schicksal seiner Frau

zu Herzen ging, war ihm deutlich anzumerken, und ich wage zu behaupten, dass er über die Hintergründe ihres Todes nicht im Bilde war.

Wir beide, Du und ich, sind unter den wenigen, die darüber Bescheid wissen, was gespielt wurde. Keine leichte Hypothek, wenn man die Ereignisse der zurückliegenden Woche Revue passieren lässt. Manchmal denke ich, es wäre besser gewesen, wenn ich mich nicht quergestellt und Lienhard die Fotografien überlassen hätte. Aber wer weiß, was dann passiert wäre. Schwamm drüber, die Sache war es wert, auch wenn wir an unsere Grenzen gestoßen sind. Wer die wahren Schuldigen sind, werden wir wohl nie erfahren, und wenn ich ehrlich bin, ich lege keinen Wert darauf. Eins ist mir indessen bewusst, nämlich wie viel ich Dir und Clodile zu verdanken habe. Wärt ihr beide nicht gewesen, wer weiß, welches Schicksal mir zuteil geworden wäre.

Wenn wir gerade dabei sind: Meine Verlobte – du hast richtig gelesen, alter Schwerenöter! – lässt dich herzlich grüßen.

Und rät Dir, einen anderen Lebenswandel zu pflegen. So gern ich es täte, aus meiner Sicht bleibt dem nichts hinzuzufügen.

Auf ein baldiges Wiedersehen

Dein Freund Cesare

P.S.: Die Fotos befinden sich an einem sicheren Ort. Man weiß ja nie!

EPILOG

Zwölf Jahre später fand man Lucheni erhängt in einer sogenannten Dunkelzelle, in die man ihn wegen unbotmäßigen Verhaltens gesteckt hatte. Die offizielle Selbstmordver-
sion wurde angezweifelt. Gerüchteweise soll bei Luchenis
»Selbstmord« etwas nachgeholfen worden sein. Tatsächlich
gab es einige Ungereimtheiten. Ganz aufgeklärt wurde die
Causa nie. Das Gefängnispersonal war jedenfalls »glücklich, diesen unbequemen, rachsüchtigen und hinterhältigen
Gefangenen vom Hals zu haben«. Ein offizieller Vertreter
Österreichs überzeugte sich persönlich vom Tod Luchenis.

(www.springermedizin.at/05.12.2005)

OBDUKTION

31

Luigi Lucheni – eine endlose Geschichte

Im Anschluss an die Obduktion, bei der an Luchenis Gehirn keinerlei Anomalien feststellbar waren, wurden Teile seiner Leiche für wissenschaftliche Zwecke konserviert. So wurde der Kopf des Attentäters ab 1910 in einem mit Formalin gefüllten Glasbehälter im Gerichtsmedizinischen Institut der Universität Genf unter Verschluss gehalten. Zehn Jahre später erhielt die Presse Gelegenheit, das bizarre Relikt in Augenschein zu nehmen. Die ›Tribune de Genève‹ schrieb dazu: »Durch die nicht ganz klare Flüssigkeit, die seinen Kopf ein wenig verformt, hat er etwas Grauenerregendes. Die Augen sind halb geöffnet und der leicht verzerrte Mund gibt den Blick auf einwandfreie Zähne frei.«

Genug des makabren Spiels? Weit gefehlt. Auf Ersuchen der Republik Österreich kam das Präparat im Jahre 1985 nach Wien, wo es im Magazin des Pathologisch-Anatomischen Bundesmuseums deponiert wurde. Kaum verwunderlich, dass die Presse Wind von der geheimen Transaktion bekam, und so dauerte es nicht lange, bis Lucheni erneut in aller Munde war. Dies führte dazu, dass sich das Bundesmuseum mitunter im Belagerungszustand befand, speziell dann, wenn sich das Attentat auf die Kaiserin jährte.

Ein an sich unhaltbarer Zustand, der nach einer Lösung verlangte.

Anno 2000, exakt 90 Jahre nach seinem vermeintlichen

Suizid, wurde der Kopf des Attentäters in aller Stille auf dem Wiener Zentralfriedhof in den sogenannten »Anatomiegräbern« beigesetzt.

P.S.: Die Feile, mit der Luigi Lucheni die Kaiserin Elisabeth von Österreich erdolcht hatte, wird im Museum für gerichtliche Medizin aufbewahrt. Das Geschenk aus Genf befindet sich in einem Tresor und wird aus Angst vor »Souvenirjägern« nicht öffentlich ausgestellt.

AUSWAHLBIBLIOGRAFIE

Egon Caesar Conte Corti, *Sissi. Glück und Tragödie einer großen Kaiserin*, Lizenzausgabe o. J.

Lisbeth Exner, *Elisabeth von Österreich*. Reinbek bei Hamburg 2004

Sigrid-Maria Größing, *Elisabeth. Kaiserin aus dem Hause Wittelsbach*, Wien 2013

Sigrid-Maria Größing, *Franz Joseph und seine Familie: Ein Kaiser blickt zurück*. Wien 2016

Sigrid-Maria Größing, *99 Fragen zu Kaiserin Sisi*. Wien 2015

Brigitte Hamann, *Elisabeth. Kaiserin wider Willen*, Wien – München 1982

Brigitte Hamann, *Kronprinz Rudolf. Ein Leben*, München – Berlin 2006

Joan Haslip, *Sissi. Kaiserin von Österreich*, Köln 2001

Franz Herre, *Kaiser Franz Joseph von Österreich. Sein Leben – seine Zeit,*. Köln 1988

Renate Hofbauer, *Kaiserin Elisabeth von Österreich. Das Schicksal einer Frau in den Zwängen des kaiserlichen Hofes,* Wien 1998 / 2011

Luigi Lucheni, »*Ich bereue nichts!*«. *Die Aufzeichnungen des Sisi-Mörders, herausgegeben von Santo Cappon,* Wien 1998

Marie Valerie von Österreich, Das Tagebuch der Lieblings-tochter von Kaiserin Elisabeth,

Maria Matray / Answald Krüger, *Das Attentat. Der Tod der Kaiserin Elisabeth und die Tat des Anarchisten Lucheni,* München 2000

Hans Petschar, *Der Ewige Kaiser. Franz Joseph I. 1830–1916,* Wien 2016

Dietmar Pieper / Johannes Saltzwedel (Hg.), *Die Welt der Habsburger. Glanz und Elend eines europäischen Herr-scherhauses,* München 2011

Martha Schad, *Elisabeth von Österreich,* München 2013

Martha Schad, *Kaiserin Elisabeth und ihre Töchter.* Mün-chen 2014

Martha Schad / Horst Schad, *Das Tagebuch der Lieblings-tochter von Kaiserin Elisabeth.* München – Berlin 2015

Christoph Schmetterer, *Kaiser Franz Joseph I.* Wien – Köln – Weimar 2016

Johannes Thiele, *Elisabeth. Das Buch ihres Lebens*, München 1996

Katrin Unterreiner, *Franz Joseph. Eine Lebensgeschichte in 100 Objekten*, Wien 2016

Katrin Unterreiner, *Die Habsburger. Eine europäische Dynastie im Porträt*, Wien – Graz – Klagenfurt 2011

Katrin Unterreiner, *Die Habsburger. Mythos und Wahrheit*, Wien – Graz – Klagenfurt 2011 und 2014

Katrin Unterreiner, *Kaiser Franz Joseph. Mythos und Wahrheit*, Wien 2015

Katrin Unterreiner, *Sisi. Mythos und Wahrheit*, Wien 2015

Karl Vocelka / Martin Mutschlechner, *Franz Joseph 1830–1916.* Wien 2016

Michaela und Karl Vocelka, *Franz Joseph I. Kaiser von Österreich und König von Ungarn*, München 2015

Michaela und Karl Vocelka, *Sisi. Leben und Legende einer Kaiserin*, München 2014

James Wilkie, *Die Kaiservilla in Bad Ischl.* Akademische Druck- und Verlagsanstalt 2004

Martina Winkelhofer, *Der Alltag des Kaisers. Franz Joseph und sein Hof*, Innsbruck – Wien 2010

Martina Winkelhofer (Autor) / Krone-Verlag GmbH & Co KG (Hrsg.), *Kriminalfall Mayerling.* (2015)

Weitere Titel finden Sie auf den
folgenden Seiten und im Internet:

WWW.GMEINER-VERLAG.DE

Clayton Percival ermittelt:

Alle Bücher von
Uwe Klausner
finden Sie unter
www.gmeiner-verlag.de

SPANNUNG

GMEINER

WWW.GMEINER-VERLAG.DE
Wir machen's spannend

DIE NEUEN

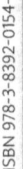
ISBN 978-3-8392-0154-1

AM INN

ISBN 978-3-8392-2730-5
AUGSBURG
UND BAYERISCH-
SCHWABEN

ISBN 978-3-8392-0155-8

FÜNFSEENLAND

ISBN 978-3-8392-0158-9

HARZ

ISBN 978-3-8392-0160-2

mit Hund
NORDSEEKÜSTE
NIEDERSACHSEN

ISBN 978-3-8392-0159-6

LÜNEBURGER
HEIDE

ISBN 978-3-8392-0161-9

NIEDERRHEIN

ISBN 978-3-8392-0163-3

OSTSEE
MECKLENBURG-
VORPOMMERN

ISBN 978-3-8392-0164-0

OSTSEE
SCHLESWIG-HOLSTEIN

ISBN 978-3-8392-2626-1

SACHSEN

ISBN 978-3-8392-0156-5

Für Senioren
BODENSEE

ISBN 978-3-8392-0157-2

Für Senioren
NORDSEE
SCHLESWIG-HOLSTEIN

ISBN 978-3-8392-0166-4

SÜDLICHE WEINSTRASSE
UND PFÄLZERWALD

ISBN 978-3-8392-0166-4

SÜDTIROL

ISBN 978-3-8392-2838-8

USEDOM

ISBN 978-3-8392-0168-8

WIESBADEN
RHEIN-TAUNUS
RHEINGAU

GMEINER KULTUR

WWW.GMEINER-VERLAG.DE
Mensch, Kultur, Region